好吗 好的

请相信，这个世界上真的有人在过着你想要的生活

大冰作品

湖南文艺出版社
HUNAN LITERATURE AND ART PUBLISHING HOUSE
·长沙·

博集天卷
CS-BOOKY

图书在版编目（CIP）数据

好吗好的 / 大冰著 . —— 长沙：湖南文艺出版社，2016.8（2025.5 重印）
ISBN 978-7-5404-7689-2

Ⅰ . ①好… Ⅱ . ①大… Ⅲ . ①短篇小说—小说集—中国—当代 Ⅳ . ① I247.7

中国版本图书馆 CIP 数据核字（2016）第 164194 号

上架建议：畅销·小说

HAOMA HAODE
好吗好的

作　　者：大　冰
出 版 人：陈新文
责任编辑：薛　健　刘诗哲
监　　制：毛闽峰
策划编辑：史义伟
特约编辑：赵志华
营销编辑：杜　莎　刘　珣　大　焦
版式设计：张丽娜
封面设计：WONDERLAND Book design 仙境 QQ:344581934　李　洁
图片摄影：小芸豆　王泽明　梁　博　潘朝奉
封面人物：柠檬 Nora
封面摄影：沐沐打晕的狼 Oliver
出　　版：湖南文艺出版社
　　　　　（长沙市雨花区东二环一段 508 号　邮编：410014）
网　　址：www.hnwy.net
印　　刷：三河市鑫金马印装有限公司
经　　销：新华书店
开　　本：875 mm × 1270 mm　1/32
字　　数：332 千字
印　　张：11.25
版　　次：2016 年 8 月第 1 版
印　　次：2025 年 5 月第 9 次印刷
书　　号：ISBN 978-7-5404-7689-2
定　　价：39.80 元

若有质量问题，请致电质量监督电话：010-59096394
团购电话：010-59320018

目录
contents

Mathilda：Is life always this hard, or is it just when you're a kid?
玛蒂尔达：人生总是如此艰难吗，还是只有小时候是这样？
Léon：Always like this.
莱昂：总是如此。

064　旁人笑我太疯癫

友情提示：
这篇文章要么别看，要看就看完，否则一定读歪。若没看完后
半部分就指责我误导众生，爷不认账，概不负责。
若只看一半就咆哮撕书的，你下个月胖十斤。

106　寻人启事

这篇文章是一个寻人启事。
寻的是一个故事的结尾，找的是两个离家太久的孩子。

卉姑娘，故事该怎样画上句号，自己决定吧。

若你愿意继续当你的灰姑娘，有一间小屋永远乐意当你的南瓜马车。
如果你希望这个故事悄悄地结束，仿佛从未发生过。
那么好吧，保重，祝你生日快乐。

204　最后一个义工

只要小屋还存世一天，收留流浪歌手的规矩就不会变，咱们抱团取暖。
有缘就惜缘，缘深就当族人，来者可以拖着理想，可以背着希望，可以扛着命运，也可以只是为了钱。

钱不钱的和俗不俗蛋关系没有。
从某个角度来说，我认可果子的那句话——没资格谈论理想时，先好好去挣钱。
靠理想活着牛×，靠手艺挣钱吃饭也不丢脸。
歧路或坦途，船总要有根龙骨，人总要有个信念。

美少女壮士

枪托在后面大力地推搡，人被带到停车场，他们让小芸豆一行三人双手抱头蹲在地上，车灯从背后唰地打亮，电影里演的枪决现场一般。

一回头就骂，还有拉枪栓的声音，于是只能抱头蹲着。前方一片混沌，时间开始变得漫长，几分钟像是一个世纪。

270 斗茶

姑娘当真好气场，不慌不乱不尴尬。
她盯着公道杯，轻轻摇摇头。豆儿姐，她说，今天我是奉命而来，
你就算用开水泼我，我也不会走的⋯⋯

她又把目光锥在成子脸上，一字一句地说：
今天的这次斗茶，我和我爸爸等了 20 年了。

◎看得懂的，都不是命运。说得清的，都不叫爱情。
忘得了的，都不是遗憾。听得见的，都不是伤心。
躲得开的，都不是缘分。猜得透的，都不叫人生。

夺命大乌苏

故事长满天涯海角，
包括你和你的故乡。

不要一提内蒙古就说草原，不要一提拉萨就说流浪。

不要一提新疆，就只说羊肉串和切糕、大盘鸡和馕。

新疆新疆，那里的人们和你我又有撒两样？

你有酒，他们也有酒，你有故事，他们也有故事。

一样的红尘颠沛，一样的爱恨别离，一样的七情六欲，一样的希望或失望、笃信或迷茫。

何必正嗣自持，而把新疆当远房？

何故中轴自居，而把新疆当远方？

貌似无所谓的便捷标签，实则有所谓的刻板印象，随口说说而已时的高高在上。

我擦，凭撒？

这个时代哪儿还有什么边塞？谁说动人的故事，只配发生在北上广？

（一）

金波狂药般若汤。

唯一配得上这七个字的，唯有新疆夺命大乌苏，我是说，工业格拉斯里。

遥远的新疆，要命的夺命的，追魂裂魄的，怎么戒也戒不掉的大乌苏，戒不掉的不是酒，是苦，苦才是啤酒，苦酒解忧，酒苦话勾，苦酒配上牛鞭马肠羊腰子、红柳枝烤肉……再配上老友。接风或送行，惜别或重逢，万般风尘，十方江湖，皆沉在杯中。

写诗写诗：

饮罢良宵晨色催，既是故人别续杯。
远风近雨何须慰，一箱乌苏待我归。
…………

归不归得，定不是我，是新疆的儿子娃娃们，去留归走，疆三代们经年跋涉的生命课题，沉在酒杯最深处，永不见底。所以，今朝我讲一个关于夺命大乌苏的故事给你听，个中远风近雨，是他们的，或也属于你。

故事主人公难兄难弟两个，或者说两坨，你可以喊他们：马屎羊粪。

（二）

都是真名。马史，杨奋。
都是牧场上司空见惯的东西。
都是亲爹起的。

马史杨奋的家乡有牧场有沙漠，有丘陵有戈壁，也有金矿，还有一条浩浩汤汤的乌伦古河，或可翻译为：迷雾升起的地方。

雾起何方，边疆的边疆。这里是真正意义上的边塞，280公里的边境线与蒙古国接壤，秦汉更迭时，是匈奴人的草场。后来鲜卑人在这里放马，后来突厥人在这里牧羊。唐朝时，北庭都护府韬光养晦镇守此方，清朝时，准噶尔部厉兵秣马雄霸此方。……林林总总的游牧先民，不同的部族不同的人种，一茬一茬地把这里认作故乡，迷雾里往来穿梭，潮汐一样，走马灯一样。

得到又失去，融合或消亡，或俘或降或战死，或头也不回地远走他方。回不回头，都留下乡愁。乡愁最虐心，乡愁也最无情，最容易拾起，也最容易丢。苦才是乡愁，不苦则丢。十年百年千年，那些以为永不会被风化的思念执念，终究不咸不淡化云化烟，稀释淡忘，无声消散，雾气一般。

雾起何方，谜一般的边疆。

这里从不是个长情的地方。

新疆阿勒泰，乌伦古河畔青河县，哈萨克人的牧场，马史杨奋的家乡。县城人口两万，太小的一个县城了，比东南沿海地区的一个镇子还要小，一个馕就能滚完。没人舍得滚馕，这里的人质朴，生活极简，糟践粮食的事情想都不会去想。同样质朴的，还有人们对外面世界的想象力，以及对自己人生的想象力。除了吃饭上班养娃娃，对生活，这里的人大多没什么过高的期许。

有也不会跟人说。

不论是街面上还是学校里，马史、杨奋这两个名字，也没人会用谐音去笑话。都是牧场上司空见惯的东西，笑话撒？都是亲爹起的，谁敢笑话？

没人敢惹马史的亲爹。

他有三大爱好，喝酒、骂街、疼孩子。当过兵的人耿直，看不顺眼的事就开骂，骂了没用就喝夺命大乌苏，乌苏喝多了以后看谁都不顺眼，包括孩子。他对谁都凶，也凶马史，但从不动手，周围的人都觉得蛮奇怪，当了半辈子兵的人居然从没打过孩子，倒也稀罕，连马史自己都奇怪。

他疼爱马史的方式很奇怪——买皮鞋。

买就买好皮鞋，专程托人从乌鲁木齐的商场里买，从小买到大。青河风大尘土重，他每天上班前都会蹲在门边吭哧吭哧给儿子擦皮鞋，不擦得锃光瓦亮成镜子不起身上班。他每天出门时手掌上都沾着黑鞋油，一胡噜头发，脸黑一道。路人笑他：老马又给儿子当孝子了？他抬脚佯装要踹人家的自行车，脚上一双军用皮鞋皱皱巴巴裂皮开线，穿了快十年。

马史的父亲最敬佩的人是杨奋的父亲，每每提起，每每竖起大拇指：那是个真正的文化人。

当年全县的小白杨树要被砍掉，马史的父亲是奉命执行的人，杨奋的父亲是整个青河县唯一一个站出来反对的人。杨奋的父亲不善争辩，语无伦次地阻拦：少砍几棵树……给孩子们上学路上留点儿绿荫。

文人爱白杨，斧子好似砍在他自己身上一样。有人笑他酸，也有人隐约听懂了他，但树到底还是砍光了，他颓唐地坐在树桩子上，垂着头，手撑着膝盖。

杨奋的父亲是个会计，数钱的。

和马史的父亲一样，他也是最早开垦边疆的那批人，来自北京。那批人命运雷同，大多来自绿树成荫的锦绣之乡，大多终其一生未能重返故土中原。边塞苦寒，杨奋的父亲写文章取暖，从青年写到中年，几乎算是唯一的爱好。家里有个大本子，里面贴满了从报纸上剪下来的豆腐块报道，都是父亲写的，他曾是新疆多家报纸的优秀通讯员。家里最值钱的东西是一支金笔，一分一厘的文章稿费攒出来的，只在写文章时用，平时郑重地擦拭干净，塞进布套子，装进皮袋子，袋子挂在墙上，旁边挂刀。

杨奋中考时要借用，不借，那支笔父亲看得命一样重。

作家杨奋说，其实从尕尕的时候（新疆方言，小的时候）就知道，父亲最大的梦想就是出一本书。

这个梦想他从未和任何人明说，需要说吗？几十年光阴流转，这个梦想妥妥地和金笔一起挂在墙上，旁边挂着刀。

从背井离乡到把异乡认作故乡，父亲用了一生的时光。不管是主动还是被动，他都不得不爱上这个辽远幽寂的地方，任何一种爱都需要表达，父亲的表达方式，是金笔下那一笔一画的新疆：刀郎木卡姆的急促鼓点，阿希克苦修者的铁环马棒，河狸和红隼，垦荒者和麻扎，哈萨克年轻阿肯的冬不拉弹唱……

除了给报社投新闻稿，父亲也是给出版社投过长篇书稿的吧。在那个没有快递没有电邮的年代，他应该曾无数次摩擦过街角那只绿色邮箱，当邮递员的自行车铃声响起时，他是否也曾慌忙地起身，心脏怦怦地跳？

不知道，没听他提起过，一个男人真正的心事，怎会向人道？

只记得午夜的餐桌上厚厚一摞稿纸，他借着头顶15瓦的小灯泡发出的光，一字一句地誊抄。泡一杯温热的黑砖茶，点一根报纸卷的莫合烟，沙沙沙的轻响中，两种青烟，各自袅袅。杨奋起夜，睡眼蒙眬地路过，父亲的手掌摊开，遮在稿纸上：唉，睡不着，练练字……

金笔的光泽微微闪烁，一丝羞赧，居然挂在中年男人的脸上。

没听他提起过投稿，也没听他说起过退稿，只见过他午夜独坐，金笔在纸上沙沙响。年复一年，从一个午夜到另一个午夜。

金笔只用来写文章，只有一次例外。

派出所里，父亲弯腰埋下头，签下自己的名字。是一份需要监护人签字的保证书，签了才能将杨奋保释，名字写得严谨工整，父亲一贯的风格。一个警员追出来，右手高高擎起，一抹金光。满街的人抬起头，听他咋咋呼呼地高声喊：杨会计，你的笔咋忘拿了？

县城只有一条街，父子俩慢慢走完。家门早过了，父亲的脚步却不停，城边的小山包前，他终于转身，杨奋后蹦半步，下意识捂住脸蜷起腰。爸爸！他告饶，我以后再也不馋了，我再也不去门市部偷了。没有预想中的耳光，也没有兜心脚，父亲没打他。他战战兢兢地解释：门市部里进了一箱健力宝，电视里才有的那种……我以后再也不馋了。

日光晃眼，积雪未消，风里冻了良久，才听见父亲说：……报社寄来的稿费，以后给你当零花钱。

杨奋蹲在地上哭：爸爸，我给你丢人了……

父亲没去扶他，父亲立在原地，手攥成拳头，里面紧紧握着那支笔。

父亲向来木讷，父亲嘴唇哆嗦了半天，方又挤出一句话：……不管生在哪儿，都要做个有出息的人。

他脖子上青筋暴起，低声地、吃力地说：不管我有没有出息……你都要有出息。

衣襟扑簌，手指冰凉，枯草俯身偃，风来自远方。轰隆隆的战车一样，铺天盖地的骑兵一样，穿越蒙古利亚的高原，搅浑乌伦古河水，横扫西北偏北的旷野，从一个远方席卷向另一个远方。

…………

（三）

金笔只外借过一次，借给杨奋高考。

父亲站在考场外，人群中静立，微笑，看着他。

不等父亲问，杨奋大声抢答：放心，考得很好，我可是用金笔考的呀！

人流涌过，乌泱泱的考生，出圈的羊群一样。一片嘈杂里，有人侧目，瞥一眼这个昂着头的孩子，他扯着嗓子在大声喊：放心，我没给你丢人！

有人惊讶地看看他，然后捂着嘴笑：这家伙，考疯了吗？咋又哭又笑满脸放泡。

…………

填高考志愿的夜晚，父亲走过来，乐呵呵地站在他身后。父亲指了指墙上的金笔，示意他用金笔填。

杨奋说：不用了爸爸，我已经用碳素笔填好了。

父亲的手僵在一旁，半晌，又望了望那张志愿单。

纸上填好的第一志愿，杨奋没来得及伸手去遮：是吉林，不是新疆。

父亲提起过的，希望他将来能留在新疆。

父亲没有说话，他一贯沉默。杨奋沉不住气，尝试着解释：马史填的志愿更远……他倒是想留在新疆，但他爸爸逼着他报了江苏的大学，他爸爸说：我们这一辈走不出新疆，你们这一辈咋样也要走出去，走了就不要回来了，留在江苏好好过，下一代也不要再回来了……马史哭，他爸爸还骂他没志气，说白给他擦了这么多年的鞋。

杨奋争辩道：爸爸，我如果像你们一样在这种地方待一辈子，能有撒出息？能实现撒理想？

他争辩道：……你不是说过的吗，不管你有没有出息，我都必须要有出息！

没人和他争辩。

父亲转身，无声无息地走开。

是去继续他那永远无法出版的书稿吗？不知道。身后的小餐厅里，听不到沙沙声，闻不到黑砖茶混着莫合烟的那种香。

杨奋考去的是吉林市北华大学，离家5000公里。临行前夜，他拆开早已打包好的行李，眼睛一秒钟被烫伤，行李的一角，躺着那个熟悉的布袋子，里面是那支金笔。父母房间的灯是黑的，无声无息，安安静静，今天睡得好早，父亲应该睡得很沉，一丝呼噜声都听不到。杨奋在小餐桌前坐下，头顶15瓦的小灯泡昏黄，石英钟嘀嗒，手里的金笔泛着烫手的光。

杨奋说，18岁那一年的那一夜，他人生中第一次忽然想找点儿酒喝。

悄悄推开门，沿着漆黑的马路走出去很远。街尽头一家即将打烊的小商店，他小时候偷过的那家店，这么多年过去了，里面的货品依然是乏善可陈。

店小，只有啤酒，夺命大乌苏。

付钱时他呆了一会儿，口袋空空，一毛钱也没有，他已经很久没有过零花钱了。

父亲的通讯员稿费，已经很久没有收到了……

店家着急打烊，催他结账，正发蒙呢，一旁伸出一只手，摁在他的肩头。那人应该是父亲的熟人，他对店家说：一瓶乌苏吗，我请了。

摁在肩头的手又大又沉，那人说：考上大学了是吧？老杨值了，生了个好儿子……

杨奋不接话，抱着酒瓶子，低着头走开。

第一次喝夺命大乌苏，原来这么苦，太苦了，从口苦到心，边走边喝，一直喝到城外的小山包上。

酒还剩一半，手高高举起，慢慢往土上浇，胳膊一扬，瓶子远远地扔掉。残酒泡沫泼了一地，酒瓶子骨碌碌滚，滚出一串脆响。他抖了一下，猛地一个转身，脚下一绊，面口袋一样重重拍在地上。土很暄，脸不疼，他不着急爬起来，攥住两把草，久久地趴着，睡着了一样。夜里11点不到，不远处的小城已是漆黑一片，酒瓶子的声音滚得很远，这个安静得让人喘不上气来的地方。

清晨回家，一头露水，背起行李就走，一个人走的。

金笔他没拿，挂回了墙上，笔袋里叠着一张纸，父亲剩下的稿纸。

纸上工整的一行字：爸爸再见，我走了。

走了走了，T69火车开了很久，日出日落，终于开出了辽阔新疆。前方是甘肃界，身后是渐行渐远的故乡，故乡从此是远方。

那支金笔，父亲是希望他带走的，他当然知道。

留下那支金笔，父亲会有什么反应？

他不知道，永远也不可能知道了。

…………

金笔不是父亲放进箱子里的，父亲并未等在考场门外，填志愿时父亲也并未站在一旁。

离家的前夜，他拎起人生中第一瓶酒，去和父亲分着喝，然后睡在了父亲的身边。

头枕的是父亲的坟，两手攥的是坟头的草。

父亲几年前就病故了。

就埋在青河城边的那个小山包上。

若干前，父亲站在那个小山包旁，对杨奋说：……不管生在哪儿，都要做个有出息的人。

他说：不管我有没有出息……你都要有出息！

若干年后，父亲躺在那里，披着露盖着霜，看阿尔泰飞雪漫天，看乌伦古河水汽升腾。

遗言里，他拒绝重返原籍，只要求带走所有的书稿文章。

片纸不留，焚灰陪葬。

雾起何方，边疆的边疆。多情又无情的边疆，也是异乡，也是故乡。父亲与整整一代开垦边疆的故人结伴静卧。沉默不语，化土化泥，在这个谜一样的地方，静静地等着被世界遗忘。

…………

铁轨不再笔直，开始缓慢迂回。窗外飞驰的山水风光，渐渐变得和故乡越来越不一样。一个刚刚成人的新疆儿子娃娃，把脸贴在清凉的车窗上，牙咬得紧紧的，眼睛闭得紧紧的，哭得像个王八蛋一样。

咋回事？魂被拽走了一样，心被剜走了一样。

喉咙里这口气，咋又苦又烫？

爸爸我走了哈。

爸爸，为撒一离开新疆，才发觉你真的离开了我身旁？

（四）

杨奋离家八年，没有回过新疆。没人见他回来过年，没人见他回来上坟，没人能说清楚他具体干吗去了。马史说，只辗转听人讲，杨奋闯荡过许多城市，上海、杭州、大连、青岛……都是他父亲从未抵达过的地方。那些年，他的人生是个谜。

有人推测杨奋一直在从事文字工作。有人怀疑天涯社区曾经最有名的那个版主是他，也有人怀疑他一度在给最知名的编剧团队当枪手，还有人信誓旦旦地说，CCTV那几个最有名的广告的文案是他写的……总之，杨奋或许已经发达了，或许已经在某个大城市买车买房出息大发了。

马史也是这么以为的，八年间马史也没见过他。马史伤心过，卖沟子的，发达了就不联系了是吧，早知如此，小时候偷门市部时就不帮你把风。伤心完了，就把这个人给忘了，无情无义的家伙，为了出人头地连家都不回，连坟都不上，还能指望他记得老朋友吗？

马史大学去的是扬州，被他父亲用鞋底子给抽着走的。放假想回家，父亲不让，打工也行实习也行，回家坚决不行，说敢回就敢砸断他腿。马史说：我一个人留在那儿干撒？湿冷湿冷的，吃又吃不惯。
父亲就骂：吃不习惯也要吃，现在不习惯，将来留下了咋办？
他央求父亲给寄一大箱子馕来，父亲邮寄来小小一个纸盒……同学激动坏了，问是新疆特产吗？马史说是呢是呢，结果拆开一看……
这不是皮鞋吗？仔细一看，还是 Made In Wenzhou（温州制造）的。
…………

父亲是拿死工资的人，除了买皮鞋，吃穿用度上并不惯孩子，马史上大学时一直用的是 200 元钱的二手诺基亚，脚上的皮鞋也是全班款式最土的。父亲并没有渠道去了解千里之外的世界流行的是什么，他一直以为只要是商场里的皮鞋就都是最体面的。

马史的父亲一生没有走出过新疆。

他 18 岁入伍，半生戍守边防，年轻时留下的照片很帅，牛皮武装带，裁绒雷锋帽，一身八五式军装，目光坚毅，剑眉入鬓，骑兵马刀出鞘，森森泛着寒光。这种自带的煞气，一定不是无缘无故得来的，但关于年轻时的那些峥嵘往事，父亲只字不提。马史只知他是青河县武装部酒量最吓人的干部，脾气也最吓人，疾恶如仇，眼里揉不得沙子，说话办事斩钉截铁，像是在亮剑拔刀。

这样的人多少有些军阀作风，难以亲近，他却唯独高看杨奋的父亲一眼，时常和马史提起当年白杨树下的冲突，说起杨奋父亲颓坐在树桩上的模样。他说：老杨是个文化人，只有文化人才能说出这种话——给孩子们上学路上留点儿绿荫。……没有办法，他说，在其位谋其政，命令就是命令，必须执行！

他慨叹：老杨这辈子如果活在北上广，凭他那手文章，一定大有作为……可惜了可惜了，妈的屈才！

一边骂街，一边恶狠狠地擦皮鞋，大手抓着儿子的小皮鞋，上下翻飞，唰唰有声，几乎盖过窗外的风声。

他一直念叨着想和杨奋的父亲喝顿酒，却一直抹不下脸、张不开口，每次街头相逢，都只是简单地打个招呼点点头，那双早已穿变形了的军用皮鞋踩着风，面无表情，大步流星。

马史和杨奋自幼处得很好，经常互相串门玩儿，两个父亲却几乎没什么交集。最后一次交集是葬礼。杨奋父亲出殡时，马史的父亲去抬了棺材……然后半跪在地上，帮忙将书稿一摞摞点燃。回家后他独自喝了一夜的酒，桌上两个杯子，满地空酒瓶。终其一生，他们没能成为朋友。

杨奋离家前的那天晚上，街头的小店里，他摁住杨奋的肩头，说：一瓶乌苏吗，我请了。
他柔声说：考上大学了是吧？老杨值了，生了个好儿子。
…………

他亲儿子倒从没享受过这种语气。
马史每次想家，怯怯地打个电话，都会挨上他劈头盖脸一顿骂：你看人家杨奋，走了就走了，有志气！不破楼兰终不还！……你再看看你这个尿娃娃！骂完了，接着给儿子寄鞋。想吃馕，没有！只有皮鞋。马史鼓起勇气，想问他要点儿钱换个能拍照的手机，又换他一顿骂：想用新手机就自己打工去挣！我没这个尿本事！

那部200元钱的诺基亚，倒是救过马史一命。

当时马史大四，央求了好久，才获准回新疆待上一星期。马史约上两个同学去沙漠边露营野炊，火刚生起来，就惹来了是非。两辆越野车停在了不远处，一群拎着管叉的人，晃晃悠悠地走过来，一半是光头。
他们喊：嗷哟，烤肉有呢嘛，多烤点儿多烤点儿，吃饱了再去干。
大乌苏酒瓶子噗噗地起开，他们完全不把这几个半大孩子放在眼里，自顾自地抢盘子，撒孜然。忙活得正欢，一个光头冲马史眯起了眼……他忽然抡起手中的瓶子冲马史砸了过去，吊着嗓子喊：这不是马书记的儿子吗？哎，有仇的可以报仇了。

一堆人全丢了盘子蹦了起来，有人抄起插在沙地上的钢管，有人轻描淡写地喊：挖个坑，埋了。

马史捂着胳膊，歪在地上吼，刚想起身往上冲，又被几只厚底靴子踩翻。

钥匙、手机、零钱撒了一地，马史脸朝下啃沙子，呛得死去活来，想骂也骂不出声。

光头们踩着他的脖子笑：嗷哟，还算是个带把儿的。

那群人里唯独有一个人没有起身，是个戴眼镜的刀疤脸。他端着盘子一口一口地认真吃肉，瞥一眼马史，再仰头喝一口酒。他不说话，用手指点点那部诺基亚，立马有人用双手捧了过来。他也不伸手去接，只是继续吃肉，一边吃一边看着那部200元钱的诺基亚……

肉吃完了，坑也挖好了。

戴眼镜的刀疤脸起身打了个饱嗝，一边舒坦地叹着气，一边转身走。算屌，都走吧，他说，他爸爸，是真的正直。他指指那部手机，说：给那娃娃还回去，再留点儿肉钱。

自始至终他没和马史说过话，走出去快十米后，却扭头笑：你记住哈，我不是怕你爸爸。

（五）

那部200元钱的黑白屏诺基亚，马史用了很久。父亲的皮鞋也邮寄了很久，后来终于停寄了，改成汇钱，专款专用，鞋钱。那时的马史已留在了北京，或者说是漂。杨奋杳无音信的那几年，马史从扬州漂到了北京，在赫赫有名的北京电影学院进修导演——蓟门桥旁北京电影学院继续教育学院业余专升本导演专业电视编导方向。一天一个馒头撑着去上课，绞尽脑汁用 50 元钱拍一个作业。他没钱，同学间的聚会参加很少，晚上窝在租来的地下室里画画，他画了一个"小馕人"系列漫画，厚厚一摞画稿，但卖不出去，很多人不知道什么是馕。

人在年轻时都有三年旺运，每个人都有，没有例外。马史从毕业就开始起运，顺风顺水地有了自己的视频工作室，拍过一些短片，获过一些奖，比如上海电影节最佳短片奖，钱没挣多少，但名气多少攒了一点儿。偶尔有人会尊称他一声马导，"史"字一般不说。马导在京城罕有交际，闲暇时就画画，油画水彩画漫画，画的都是新疆。

父亲每过几个季度给他汇一次鞋钱，说北京的商场多，有的挑，别心疼钱，要买就买进口的。男人嘛，只要脚下的鞋穿好了，底气就足了，底气足才能走得远。马史顶一句嘴：只有走得远才能有出息吗？您一辈子没穿过一双好皮鞋，底气不是照样足吗？
想想而已，他哪儿敢？

有的孩子热爱勇闯天涯，有的恋家，马史是后者。这是一种无法用言语细述的感觉，像是一根隐形的橡皮筋，柔韧的拉力隐隐地拽，抻得再长再远也扯不断。旁人眼中，马史是个奇怪的人，听歌只听刀郎，吃饭只吃拉条子，他走哪儿都背个大包，丁零当啷装着家当，打眼一瞅，谁看谁像游客。开工拍片子时，大包窝在一旁，新认识的同事关心地问一句：搬家呢？
打车时，司机帮他关上后备厢，失望地说：哦，不是去机场的。

他自己倒也不嫌沉，成天背着壳，小蜗牛一样，一背就是好几年。

北京给了无数人一个海市蜃楼帝都梦，唯独给不了他这个新疆儿子娃娃归属感，北京的新疆馆子再多，吃完了走到街上，嘴一抹，依旧是过客。拥挤的地铁站里，他随波逐流地挪动着，漫长的台阶爬完，眼前依旧是帝都黄昏的雾霾天，有一点点像家乡乌伦古河上的清晨呢，厚重又迷幻，水雾升腾……

他站在二环路的拐角处，停在面无表情的人群中，静静地看着红灯亮了又灭，不知不觉又开始发呆，他想起北疆牧场上羊群的咩咩声，想起夺命大乌苏入口的滋味，想起年少时的伙伴，那个绝情离家的杨奋已消失多年……
人和人咋这么不一样？
他就笑，你看看人家……

父亲汇来的鞋钱他存着，不敢花，也不忍心花，自己的鞋已经足够多了。他去逛商场，意大利手工皮鞋店的橱窗前驻足，好漂亮的棕色小牛皮布洛克，标价3000多元，随便一双都顶得上20双军用皮鞋，父亲脚上的那种。银行卡在怀里焐得温热，他喊来营业员，却忽然发现，不知道父亲穿多大尺码的鞋。

父亲老了，耳渐背，每次通话时音量都很大，喊山一样。信号不好，电话里他断断续续地喊：你管我穿多大的鞋……别乱花钱，我这个岁数……穿撒不是穿！
父亲不耐烦地岔开话题，在电话里问起北京的房价，他不明说马史也知道，父亲希望能帮他交首付款，在北京买房安家。他嘴上嗯嗯啊啊地应承着，心里却忍不住难过：父亲那笔攒了一生的微薄积蓄，在这座寸土寸金的城市，不过是个笑话。

其实按照马史的事业发展速度，未来几年内付得起首付，并不是梦。身旁的人都看好他：这个永远背着大包的男人，会是一个出色的电影导演。这也是他一直以来的奋斗目标。所以，当马史告别北京时，所有人都吓了一跳。合伙人要揍他——工作室已小有名气，业务已开始蒸蒸日上，投资人已投来观望的目光……合伙人拍桌子：什么？什么乡愁？我呸！你丫有病吧你，别他妈不说人话！这个节点撤回新疆，你脑子里飘的是拖鞋吗？不行，你必须给我个说法！

马史慢慢地说：都说人往高处走，凭撒高处就只能是北上广……
合伙人摇头：傻吗你！新疆怎么会有这么多资源，怎么可能有这么多机会？
马史愣了一下，反问：北上广有的，凭撒我们新疆就不能有？

合伙人就笑：原来你丫这么不开窍，傻……×吗你？
马史捏起一只拳头，又放下，他竭力控制住体内的洪荒之力，说：混在北京的就都是开窍的？就不傻×了吗？有本事还怕没资源吗？既然我有本事在身上，为撒不能回到我喜欢的地方去活着？
合伙人大力摔上门，半层楼的玻璃哗哗响：滚吧你！没什么好说的了马史，你他妈就是坨扶不上墙的屎！

于是就走了，也没啥需要打包装箱的，骨子里老把自己当个过客，他没养成习惯置办东西，装来装去，不过是奖杯和鞋，以及"小馕人"画稿，刚刚装满肩上那个大包。没人再来拦他，也没人认真送行，大家都务实，没工夫把时间浪费在一个莫名其妙的逃兵身上。

出租车司机说：哟，我都拉您好几回了，嚯！还是这大包……怎么着？这回是去机场？得嘞！走着！
又说：哥们儿，您看我好不容易拉这么一大活儿，我再捎带上这俩小伙子行吗？反正你们都是去机场，拼一拼车还能都省点儿钱……得嘞，走着！

三环今天居然不堵车，马史摇下车窗，伸出指尖，摸摸那荡漾着 PM2.5（细颗粒物）的风……
座上两个拼车的小伙子抱着琴盒，一脸疲惫，也默默地发着呆，少顷，瘦点儿的那个对胖点儿的那个悄声说：我觉得咱们这首歌，应该把歌词调整成这样……
他轻声哼唱：

你有多久没有看到，满天的繁星
城市夜晚虚伪的光明，遮住你的眼睛
…………
许多人来来去去，相聚又别离
也有人喝醉哭泣，在一个人的北京
也许我成功失意，慢慢地老去
能不能让我留下片刻的回忆
许多人来来去去，相聚又别离
也有人匆匆逃离，这一个人的北京
也许有一天，我们一起离开这里
离开了这里，在晴朗的天气
让我拥抱你，在晴朗的天气……

千里江陵一日还。机场的到达大厅外，马史停住脚步，龇牙咧嘴地站着，乖了快 30 年，第一次叛逆就玩儿得这么大，家里人会怎么想？找借口吗？找撒借口呢？说回来给爸爸送鞋……他摸摸背上的包，那双 3000 元钱的意大利手工皮鞋盒子棱角分明，硬得硌手。爹又不傻，这不年不节的忽然跑回家送鞋，板上钉钉得挨亲爹一顿踹，能晚一分钟就晚一分钟吧……

说时迟那时快，砰的一声闷响，马史屁股上猛地挨了一记重踢！

半身冷汗涌出，毁了，爹得到消息了！爹在家等不及了，直接撵到乌鲁木齐地窝堡机场行家法来了。

这光天化日的，一个快30岁的大小伙子被老父亲当众暴打，太太太丢人了……

雪上加霜的是，脚上要死不死穿的是双运动鞋。

完了完了完了。

他一寸一寸地艰难回头……

……一头风尘仆仆的矮胖子亲热地站在背后，背上一只空空的行囊。

胡子拉碴的矮胖子亲热地喊：

马屎，我是羊粪啊！

下一秒钟，矮胖子被一个扫堂腿放倒在了地上。

胖子躺在地上亲热地喊：哎呀马屎，你终于不穿皮鞋了！

（六）

回了新疆的马史，成了个无家可归的孩子。

马史导演的父亲没有打他，老了，打不动了。大门紧闭，马史见不到他。送给父亲的那双意大利手工皮鞋搁在门边，一段时间后再去看，落了一层的灰。作家杨奋陪他一起敲门，依旧是敲不开。那应该是马史一生中最抑郁的低谷期，像一碗坨掉的拉条子，又蔫又凉。家门不得而入，事业完全没影，从一个京城崭露头角的新锐导演坯子，沦落为连不孕不育电视广告都接不到的失败者。

被人说中了，资源少机会少，处处碰壁，一头的包。也不仅仅是资源少，很多时候甲方和他第一轮接触后，都会诧异：按照资料提供的资历履历，这不是在北京混得好好的吗，咋回新疆了呢？是不是别有隐情？
马史试着解释：我只是想在喜欢的地方，做喜欢的事情……
甲方们耐人寻味地彼此看看，几个哈哈一打，合同也就不签了。

偶尔也有签成的合同，干完一单得罪一票人。他太较真，拍个商业微电影都拿出冲击戛纳的劲头，不计工期不计成本，搞得制片主任人前人后地骂：×，拍个空镜还非要去一趟慕士塔格，以为自己是王家卫还是张艺谋，犯得着吗？
演员也叫苦不迭：动不动就 NG（No Good 的缩写，不好），咋这么难伺候啊！
最后甲方也毛了：马导，这里不是北京，要求没那么高，咱们拍的是商品，不是艺术品，你意思意思就行，片子能拍出来就行……

他嘴上嗯嗯啊啊地答应，但人一坐在监视器前就魔怔，不精雕细琢不罢休。他是真喜欢拍片子，并把其认知为享受生命的美妙方式。但他那时并未意识到：在这个时代的中国，对于很多人而言，理想主义的认真，往往是一种低能的错。
对立于理想主义的是实用主义。在实用主义者掌握资源配置权的社会里，口碑二字极重要，不遵循世俗成功法则的人不会有好口碑，一旦被定位成理想主义的怪胎，紧接着就会沦为笑柄，继而被孤立，继而沉沦水底。总之，在乌鲁木齐不大点儿的影视圈，马史当时的口碑是：一个勺子（新疆方言，傻瓜）。能力再强功力再高，也是个勺子。

我认识马史时，他蓄了一脸的胡子，已经很久没有接活儿了。我第一次和他握手时，他眼泡浮肿，脸皱得像奶疙瘩一样，身上有一股浓郁的陈年酒糟味。他上下调整着胳膊的角度，晃了半天才捉住我的手。

脸凑过来，吐气如兰，他问：您是……哪行发财的？

我说我我我是个写书的，他说哦……

过了一会儿，手又伸过来了，他问：你……你是干撒的来着？

这种车轱辘话，他一顿饭能说上20多回，对一个醉鬼来说不算太多。

他那时和作家杨奋租住在乌鲁木齐七一酱园后面的一栋破旧的居民楼里，相依为命，相爱相杀，一起吃一起睡一起醉，除了新疆和电影，他那时还亡命地贪恋上了夺命大乌苏。入愁肠愁更愁，满地空酒瓶，故乡新疆和那个导演梦都沉在瓶底，触手可及，却咫尺天涯。

是走是留？想和爸爸通个电话，却永远是忙音……他的话越来越少，越来越懒得和人交流，摇摇晃晃地站在抑郁症的边缘。曾经前途无量的导演马史，如今成了个沉默的扎巴依（酒鬼）。

所有人都说马史废了，除了作家杨奋。作家杨奋拯救马史的方式很低级，他拖着马史参加各种各样的聚会——各种组局，各种见人，各种聊天扯淡，上一场还在二道桥，下一场又跑到了红光山，连吃碗黑抓饭也要去趟米泉。杨奋每天都把时间排得满满的，打死也不让马史一个人窝在家里发呆喝闷酒。

马史那时对作家杨奋很凶，嫌他烦，乱花钱，见的也净是些八竿子打不着的人，有个卵用？他经常木着脸坐在饭桌的一角自斟自饮，不时白眼瞪杨奋，一个字不说。八瓶红乌苏才能让他喝多，他喝多了才话多，脸色好似也活泛了一些，然后不停地找人握手，说车轱辘话……反复问人是干吗的。

马史话一多，作家杨奋就高兴，不管多烦人都不去拦着。不仅不拦，还助纣为虐，作家杨奋经常在马史最话痨的节点站起身，端起杯子骚情地喊：大家一起走一个。

然后面朝着马史的方向一脸恳切：

我说两句话，多了不说，我想和我的兄弟说……

啊……

再歹歹地（新疆方言，很厉害，很好，棒棒的）坚持一次理想，肚子不胀的理想！

用海埋寺的力量去拼搏，把爱来白来的悲伤忘却，骚情或者不屎行都已经不重要。

儿子娃娃的人生总会面对各种卖沟子的讥笑。

但还要日能地前进、比蹭地奔跑、骚情地恋爱，才会有一天回忆起来——哦吼，生活可以这样嘎嘎的美好。

…………

不做注释不翻译了，是新疆人都读得懂，不是新疆人的自己体会自己猜。反正大体不离励志鸡汤的范畴，他是在深情款款地鼓励某人振作。不论是一次又一次地拖某人参加饭局，还是忙忙叨叨地把某人的时间填满，不论有多惹人烦多讨人厌，杨奋是个及格的朋友，他有他笨拙的良苦用心。

可某人已经醉了，脑袋搁在桌子上，半脸的菜汁。不知从何时起还打起小呼噜来了……

我替作家杨奋尴尬，对牛弹冬不拉啊，他也尴尬，但他胖，脸上肉厚皮也厚，他一边挤出一个微笑，一边对众人说：要有足够的理解力与心胸，才能明白一个理想主义者。他一边说一边自己点头，然后大家都点头，然后都假装不尴尬了。接着喝接着喝，该睡的睡，该喝的喝。杨奋很快也喝大了，他一喝大就和我说他爸爸，拍我大腿和我推心置腹，非要带我一起去给他爸爸上坟扫墓。理由是他爸爸也写文章，但一辈子也没写成个作家，到死也没见过任何一个活的作家。

他醉眼蒙眬地问：敢去吗？去让我爸爸看看，我除了马史这个当导演的朋友，现在也有作家朋友了！

有啥不敢的？我说，去就去嘛，上坟烧纸的时候按我的样子再扎个纸人，胸口用马克笔写上作家两个字，烧给你爸爸。

他嘿嘿笑：烧你干撒，回头要扎纸人也是按我的样子扎，作家两个字用钢笔写，我爸爸喜欢钢笔……

那支金笔就插在作家杨奋的上衣口袋里，我拔出来想看看，却被人一把夺走。

笔在马史手中，他啥时候醒的？

马史脸上还滴着菜汤，他捏着笔，点着杨奋的鼻子，笑着问：我燃死你信不信！……你个卖沟子的，你也不想想，你爸爸如果活着，还愿不愿意再见你……

手一扬，一声轻响，那支曾被杨奋父亲珍视一生的金笔，骨碌碌地在桌上滚，滚过鸡骨羊骨杯盘狼藉，一直滚回杨奋面前。

杯中的乌苏一饮而尽。马史抹一把脸，闭着眼睛缓缓开口：当年出殡时，杨奋站在坟坑前，整个人勺（傻）掉了嘛，铲土埋棺材时他才醒过来……

日能的他，还去抢铁锨，还打人，往坑里扑，四五个大人费了牛力气才勉强抱住个十几岁的娃娃，焚烧中的书稿，被他扑腾得火星四溅、狼烟直冒。

他一边挣扎一边喊：爸爸！我有话和你说！

他把头使劲往坟坑里抻，咬牙切齿地喊：你等等啊……书我替你写啊，作家我替你去当！

火苗燎了头发，烧煳了他的眉毛，旁人哭成一片，杨奋那天反倒一滴眼泪都没掉。

…………

马史醉了，他指着杨奋，粗着舌头喊：和现在比，你那时候反倒更像个儿娃子！

他指着杨奋，手半天不放下，忽然，哇地哭出声来。

他涕泪横流地喊：杨奋！我一直以为你会比我有出息！

稀里哗啦一阵乱响，马史碰翻椅子碰翻瓶子，跋山涉水蹚到杨奋面前，手依旧举得笔直，一直指到杨奋鼻尖……两个年少时的伙伴互相揽住脖子，额头顶在了一起。

马史肩膀耸动，大声哽咽大声抽泣。

我一直以为我们都会有出息，我一直以为我们都能对得起父亲。

他不停地说着车轱辘话：……我一直以为，我们都能对得起父亲。

杨奋背对着我，一动不动地抱着马史，背影凝固如雕塑，表情我看不清。

啪一声轻响，那支金笔终于滚落在地上，浸着菜汤残酒，滚在一地狼藉里。

桌面上一片沉默，没人伸手去捡起。

…………

年少时坟前的誓言，作家杨奋并没能实现。

所谓作家，不过是自嘲的自封，他一本书也没出版过。

他写得最多的是快递单子。淘宝卖土特产，比如雪菊。

和田克里阳雪菊 20 元钱一两，满 100 元钱包邮，和其他卖家一样，路远，只发韵达不发顺丰。

唯一的区别是填快递单子时，杨奋用一支金笔。

菜早已凉透，无人说话，静悄悄的屋子里，只听得见马史的抽泣：我一直以为，我们都能对得起父亲……

（七）

走吧走吧，两个傻孩子，已经对不起父亲了，不要再对不起自己了。
走吧走吧，天大地大，何苦还留在新疆这旮瘩。

受众友所托，由我去说服马史，他们说：大冰，你不是在书里写过吗？"每个人都有权给自己选择一群没有血缘关系的家人，每个人都有权给自己选择几个不是籍贯的家乡"……死马当活马医，不如你用这个理论去给马史洗洗脑。又说：有些话，还是你去开口比较好……再晚了，他当真会废在新疆。
我理解我明白，都是朋友，有些话，还是我这个过客去掀开门帘比较好。

出人意料，半杯三炮台的时间，马史就点头了。不是我说服力有多强，只不过是他认输了而已，清醒得很，酒一口没喝。我愣了一会儿，有心宽慰他几句，话刚出口，他冲我摆摆手，低头笑了笑，埋头把面前的锡伯大饼一口口干掉。他含着一口饼，含含糊糊地说：以前太幼稚了，老希望能在喜欢的地方做喜欢的事情，呵呵呵，勺子……

我们坐在沙依巴克区的饭店里，一顿饭的时间，看着一个理想主义者死掉。
那是家锡伯族饭店，名字叫大西迁。

马史订了机票，请我陪他一同去取行李，那个走到哪儿背到哪儿的大包。我拦一辆出租车，他冲人家摆摆手说不要。马史说：咱们走走吧。

从西大桥走到中山路，路过小西门时，马史停下来，指着一片灰蒙蒙的商贸楼，说：我小时候的皮鞋，都是我父亲从这里买的。又指指脚上那双皮鞋，说：这双是当年寄到北京的，应该也是从这个地方买的。

他呵呵笑：这么多年，浪费了这么多钱……

最后一条街沉默着走完，马史忽然带着哭腔开口问：……那杨奋咋办？

我咋知道杨奋怎么办？

杨奋在外漂泊的那八年，是好是坏都始终未曾对人详细诉说。对父亲的那个承诺，我无从判断他是否坚持努力过，也无从知晓他重返新疆的真正原因是什么。为了卖雪菊吗？仨瓜俩枣的小生意，在哪儿做不是做，何苦当年决绝离家，如今却落魄归来扮演一个失败者？把少年时的誓言戏谑成中年人的自嘲，很好玩儿吗？填快递单时，怎么会有脸用那支金笔？

个中缘由，我想不明白，却也没有太大的兴趣去探索，就这样吧。

我说：人各有志，杨奋就随他去吧，人嘛，怎么活不是活？

杨奋不在家，应该又出门推销雪菊去了。马史独自上楼收拾行李，大半个小时过去，迟迟没有下来。犹豫是人之常情，只是飞机不等人，我踩灭烟头，迈腿上楼寻他。

刚爬了一层楼不到，迎面被一辆火车撞翻！丁零咣当滚下台阶。160多斤的大个子马史结结实实地坐在我身上，压得我死去活来……骨头嘎巴嘎巴响，身旁雪白的稿纸洋洋洒洒飞满天。马史打了鸡血吗？他眼睛瞪得牛一样圆，手里抓着一把稿纸疯狂挥舞，张着血盆大口吼道：卖沟子的！杨奋原来是这种人！

马史临行之际想给杨奋留几句话，翻箱倒柜找纸笔时，拽开了一个不起眼的抽屉……然后冲下楼梯撞翻了无辜的我，还喷了我一脸唾沫星子，然后告诉我说：杨奋原来是这种人！

杨奋是哪种人？特务？通缉犯？女扮男装？变性易容？
都不是，比这些来得都要惊悚：卖雪菊的杨奋，原来是个写书的人。
抽屉里是厚厚几摞稿纸，密密麻麻足有几十万字——杨奋的笔迹。
一张张细细品味，《再见扎巴依》《回族姑娘》《海上新疆》……几十万字写的都是身旁的故事，故事都发生在新疆。误会他了，原来那支金笔所写下的，不仅仅是快递单。
原来他那自称的作家，并非自嘲。

若干年前，他趴在坟前喊：爸爸！我有话和你说！
他把头使劲往坟坑里抻，咬牙切齿地喊：你等等啊……书我替你写啊，作家我替你去当！

他并未食言。
若干年后，他走遍天涯又回到故乡，白天卖雪菊，夜里写文章。
用的是父亲的笔，笔下全是父亲的新疆。

（八）

你是不是以为这个故事讲完了？

我×，那不是我一贯的风格。

从发现杨奋的书稿，到书稿正式出版，整整一年半。憋得我好辛苦啊，憋话永远比憋尿难，每次相聚时都猛掐自己大腿，慎言慎言，别让杨奋这小子发觉我已经将他的书稿通篇偷看了。

2015年夏，我赴伊犁，去寻访解忧公主的遗香。途经乌鲁木齐时，夜来无事，约一帮新疆老友再度聚首，再饮夺命大乌苏。同行的还有《ONE·一个》当时的副主编金丹华，我吓唬他：今夜必醉，谁后倒下，谁就负责把谁扛回酒店……他知道我的酒量，故而被夺命大乌苏的威力吓坏了，买来海王金樽咔咔咔嚼了好几片。

是夜惊喜连连，杨奋那天刮了脸，郑重地把一本手稿摆在我面前。冰哥，他说，我签了作家出版社，新书马上出版，所以所以……我想我想……
挺能BB的一个人，这一次居然结结巴巴红了脸。

马史哈哈笑着接话：我来说吧！
是的没错，是马史。
就是那个曾经认输决定离开新疆但又因为发现了杨奋的书稿而大受刺激从谷底爬起撕掉了机票留在了新疆并且逼着杨奋把雪菊清仓然后伙同杨奋开了一家文化工作室并且励精图治立足新疆已经拍出一部业界好评如潮的网络大电影同时即将签约湖南卫视制作黄金档电视剧的那个实现了在喜欢的地方做喜欢的事情的……导演马史。
（马史的故事暂且按下不表，有缘再续。）

马史说：冰哥，这是杨奋的第一本书，你是他当年认识的第一个作家，所以，他希望你能给他写序。

哦，原来是写序……

我一页一页地草草翻看书稿，然后黑着脸站起来，冷冷地哼了一声，推开椅子，走进洗手间。

五分钟之后，哗啦啦啦马桶响。素来以高冷著称的野牛作家大冰，慢慢地从洗手间走出来，只见他气贯涌泉，下盘稳健，一步一个脚印，走回那群忐忑不安的人中间。

他亮出一个亮着屏幕的手机，啪的一声，拍到面如土色的杨奋面前。

除了马史，众人皆一脸蒙。

因为但闻此人朗声说道：兄弟，序写好了，1000字！

一直到今天，乌鲁木齐的老友圈里还在流传：大冰不是人，五分钟手机打字1000个。

一直到今天，杨奋也不知道，那篇1000字的序，当时已在那部手机里存了快整一年。

不错，马史嘴挺严。

服务员，夺命大乌苏再来一箱……不，再来三箱，反正杨奋埋单！

咋了？你问我咋会弗（说）新疆话？哎……这个新疆话嘛好学得很嘛——

新疆的丫头子，爱嘛爱尿，不爱嘛算尿；

新疆儿子娃娃，去嘛去尿，不去嘛算尿；

远方来的朋友，喝嘛喝尿，不喝嘛算尿。

············

远方来的朋友很快喝成了个屎，醉得记不清是谁扛他回的宾馆。

半路上遇到电线杆子，他倒是记得挣扎着扑上去抱，结果动作太猛，哇的一声吐成了个大号喷壶，身旁无人幸免。然后发生了撒？失忆了失忆了，要命的夺命大乌苏……

只记得，昏天黑地的狂呕中，有人气愤地叫骂：

卖沟子的！这是我爸爸刚给我买的新皮鞋啊！

（九）

那次去新疆，我带着宿醉离开乌鲁木齐，一路醉到空中草原那拉提。

然后沿着独库公路边走边喝，一直晕到巴音布鲁克。一路上陪着我的，是夺命大乌苏、阿布拉馕、冬不拉的弹唱，以及杨奋的书稿。手写稿，用他父亲的那支金笔写的。

杨奋在书稿中问：世界那么美丽，为什么我们却留在了新疆？

他自问自答道：因为这是一个有骨有肉的家，因为我们是新疆的孩子呀。

羊在车旁咩咩跑，云在头上悠悠地飘。

我呵呵笑了一会儿，唉，真是个俗气的回答……

但一瓶夺命大乌苏咕嘟完，我忽然发觉，其实并没有更好的答案。

············

我曾是那本手稿的第一个读者，也是最后一个读者。

哦，我不是最后一个，杨奋的父亲才是最后一个读者。

…………

若干年前，毕生未能成为作家的父亲悄然离去，带走了一生的文章。

片纸不留，焚灰陪葬。

若干年后，即将成为作家的杨奋独自回到阿勒泰，在父亲身旁埋下了那支金笔，烧掉了那本手写稿。

衣襟扑簌有声，风来自远方。青烟贴地飘，纸灰像黑蝶般飞扬。

他蹲在父亲面前，慢慢地，一株株拔去坟头摇曳的枯草。

爸爸。

他笑：我想你了呢。

爸爸，爸爸……

他问：我没给你丢人吧？

（十）

或俘或降或战死，或走或留或彷徨。

或沉默倔强，或远走他方，或失而复得，或重返故乡。

每一代人有每一代人的乡愁。

每一代人有每一代人的新疆。

每一个儿子娃娃，有每个儿子娃娃的新疆。

新疆新疆，那里的人们和你我又有撒两样？

你有酒，他们也有酒，你有故事，他们也有故事。

一样的红尘颠沛，一样的爱恨别离，一样的七情六欲，一样的希望或失望、笃信或迷茫。

干吗以正嗣自持，而把新疆当远房？

何故以中轴自居，而把新疆当远方？

貌似无所谓的便捷标签，实则有所谓的刻板印象，戏谑间的以偏概全，随口说说而已时的高高在上。

我擦，凭撒？

这个时代哪儿还有什么边塞？谁说动人的故事，只配发生在北上广？

故事长满天涯海角，

包括你和你的故乡。

2015 年冬

成都

▶ ▷ 大冰的小屋·一鸣《飞去远方》　

▶ ▷ 大冰的小屋·一鸣《那个人》　

▶ ▷ 靳松《烛光》　

叔叔再见

Mathilda：Is life always this hard, or is it just when you're a kid ?

玛蒂尔达：人生总是如此艰难吗，还是只有小时候是这样?

Léon：Always like this.

莱昂：总是如此。

现在是 2016 年 2 月，我赴南极过年，此刻北京飞往布宜诺斯艾利斯的航班上鼾声一片，近 30 个小时的航程刚刚过半，真不愧是地球上最漫长的航线，浮生聊赖，坐觉苍老。

唰地掀开窗板，嘎巴巴伸个懒腰，三万英尺的高空彩云漫天，无垠，瀚海无浪。

电脑屏幕光斑耀眼，它也累了，又困又烫，电池报警，笔记本就快没电。

再坚持一会儿噻，让我把这段往事写完。

既是天注定的久别重逢，自当在天上画下一个句号。

（一）

第一次有人喊我叔叔时，我他妈才八岁。

第二次有人喊我叔叔时……唉，不说了。

俺老家山东威海乳山白沙滩，我八岁时回村里过年，大年初一早上一个人出门玩儿。正月里的山东乡下噼里啪啦，硝烟弥漫，遍地炮仗皮，闻起来听起来，都像是淮海战役。

我胆小，不敢放鞭炮，一个人倚在门边玩儿。

一手掐着地瓜，一手拿根玉米秸，啃一口地瓜，戳一戳路边的狗。

狗被截了一早上，终于急了，上来冲着我裤裆，啊呜就是一口……幸亏 20 世纪 80 年代初还流行穿大棉裤，奶奶缝的棉裤厚得嘞，锥子都扎不透，狗牙当然也没咬透，没伤着蛋。那大狗也轴，目测是德国黑背和中华田园犬的混血儿，咬住了就不撒口，还拼命拨浪头，甩得我天旋地转风中凌乱，我想喊救命却被晃荡得说不出完整的句子，只能一个劲地啊啊啊啊啊。

说时迟那时快，嗖嗖嗖几条黑影从天而降，一只钉耙样的大手伸过来，一把薅住大狗头颈上的皮，噌的一声把我俩撕开了，没错，是噌的一声，那狗恋战，牙咬得紧，我的棉裤豁开了一道大门帘，好清凉好清凉。
狗气呼呼地跑了，后来每回遇见我都冲我翻个白眼。

八岁，知羞了，我捂着裆道谢，谢字还没出口，倒吸了冷气一口。一排铁塔吗这是，这么高？个顶个手大脚大脑袋也大，脸上那是胡子吗？粗成那样，简直可以当皮鞋刷子了……
乡民质朴，口笨，当中最年长的那座铁塔堆着一脸的笑，好像要和我说点儿什么，努力组织着语言，刚才撕狗的也是他。得了，别让人先开口了，咱年纪小但不能没家教。
我礼貌地鞠了一躬，说：谢谢大大。

我没说错什么啊，咋那条身高快一米九的铁塔大汉瞬间脸色变了？
但见他一个箭步冲上前来，还没等我抱头防御，只闻扑通一声，他他他给我跪下了。
咣当！他还给我磕了个头。
他青着一张大脸，急赤白脸：哎呀妈呀，这大过年的可别乱叫啊……叔！侄子给你拜年了！

咣当，又是一个头。

幸亏我才八岁，不然一准儿心肌梗死而亡。我捂住心口摇晃了一下：这个世界
太复杂了，不是应该我喊你大大吗？你怎么反倒喊我叔叔了？
还没完，我那个四十多岁的大侄子反手一拨拉，拽倒了其他几座铁塔，他厉声
喊道：快！快给爷爷磕头。

莫毁我清誉！
我才八岁啊，货真价实童子鸡，还没开始发育啊，婚还没结过啊就有孙子了？
扯什么淡啊？
这个世界太复杂，妈妈，我要回家。

我妈说我那天被吓哭了，还尿了裤子，嗷嗷喊着满街躲，后面还追着一条大
汉，边追边喊叔。

无论如何，八岁被人喊成叔，真是一种颠覆世界观的折磨，我有好几年不敢回
老家。
后来青春期了，忽然就想明白了，便宜不占白不占啊，于是闹着要回老家
过年。

真的，我不该回去的。
那个大年初一，我在柴门外等到地瓜都凉透了，也没等到我那霹雳无敌真豪情
的铁塔大侄子。
等来的是个流着鼻涕的小屁孩子。他拖着他妈妈的衣角，闹着要吃我手里的地
瓜。我推他一把，说：去去去，一边玩儿去，我凭什么要给你吃！

话音刚落，我被一个大学老师从背后一脚丫子踹翻了。从力度和角度来看，是亲爹。

我亲爹怒不可遏地冲我凶：净让你二姑奶奶看笑话，赶紧把地瓜给你小叔叔！
这货是我叔？这货还流着鼻涕呢……
后来，我叔啃着地瓜，我被人摁着脖颈子，跪在地上，给我叔，磕了头，拜了年。

……二十多年过去喽，也不知我叔现在过得好不好，在哪儿上学，在哪儿上班，后来吃地瓜有没有被噎着，没被地瓜噎着也会被花卷噎着吧，大学应该考不上二本，考上二本也过不了英语四级，考过了四级也找不到女朋友，找到了女朋友也考不上研也考不上编……
谁让你当年抢我的地瓜。

当年我刚给我叔把头磕完，远远地看见我那个铁塔大侄子走过来。你终于来了，你咋才来呢……鼻子一酸，我哭得那叫一个惨啊，边哭边跑……
好委屈啊，太委屈了。
一直到今天我也说不清楚那是怎样一种委屈。

一直到今天，关于叔叔一词，我都发自肺腑地自觉比旁人能多几分理解。

（二）

所以，当一生中第二次被人喊叔叔时，我狠狠地打了一个寒战。
…………

彼时我二十啷当岁，卖艺行天涯，途经昆明时短了盘缠，短暂逗留于那个异乡。长路漫漫任我闯，幸有技傍身，除了吉他和手鼓，随身还背着小画箱。身为大山东皇家艺术学院风景油画专业肄业的高才生，当时我撂地在翠湖旁，给人画肖像。

喊我叔叔的，是个俏生生的云南小姑娘，十三四岁的光景，头发齐腰长，细胳膊细腿小瓜子脸，套着一身肥得出奇的初中生校服，夹着一只灰不溜秋的毛绒小熊。
这么大了还抱公仔？真是个稚气未脱的小朋友。

她蹲在我旁边，掐着一大把烤豆腐串，一边看我画画，一边吧唧吧唧地吃。
建水豆腐哦……外酥脆，内包浆，入口辛辣鲜香，兼有幼滑。万恶淫为首，百衰馋当先。怪只怪那时嘴太馋，加上那天没吃饭，一不小心，口水滴成一条线，画板上湿了一摊。围观看画的人哄地一下散了，嫌我不专业，各种嫌弃脸。昆明人务实，那个模特大妈费力地蹲下，把之前搁下的钱又从画箱里大义凛然地拿走了。

抱熊的小姑娘没走，烤豆腐也没吃完，她吃得特别认真，嚼得也特别起劲。我馋，我实在忍不住了，我严肃地搭讪：……好吃吗？
她头也不抬地撇回来一句：不好吃！
不好吃你吧唧什么嘴？！小土贼！会不会聊天，这样让我怎么接话？！
我想了一会儿，严肃地说：既然不好吃，那给我吃了吧……

她搂紧玩具熊，身子一别，嘴上加速，吃得飞快。
怎么没噎死她？

正是海鸥飞来的季节，翠湖边晚风荡漾，建水豆腐的香味也荡漾，我终于放下尊严伸出手去：

你别吃那么快，给我吃一块……

后来达成协议，一块豆腐换一幅速写，画谁由她来点。她点了路飞和犬夜叉，还有四驱兄弟和高达……什么鬼！我一个油画科班生，干吗拿二次元半来难为我。为了豆腐，次元壁裂一次也无妨，我说你说的那些都太大众，我给你画个魔法咪路咪路吧，或者魔卡少女樱，飞天小女警和水冰月也行……

她大人一样叹了口气，仿佛是在可怜老夫的这颗少女心。反正到最后我也没吃成豆腐，她全吃干净了，掏出个手绢抹抹嘴，书包一甩，走了。

那么傲娇干吗！年纪轻轻就学会耍人了，你你你哪个学校的你！我认识你们校长你信不信！我认识你们班主任你信不信！她远远地停下脚步，扬起那只公仔熊指着我点了点，看口型，应该是在说：才不信。

连恼带馋，我差点儿背过气去栽进翠湖里。

（三）

转天，小姑娘又擎着一大把建水豆腐出现了，还是蹲在老位置。

如果再年轻十岁，我绝对跑过去往她豆腐上喷口水。画画的间隙我一眼接一眼地瞪她，她倒是不怵，我瞪她也瞪，还比画了一下拳头，嘴里还念念有词，好像要揍我。半大孩子咋这么讨人厌，你看你蹲的那样儿，跟个老农民似的，还抱着个熊……瞪什么瞪！

豆腐的香味勾着鼻子，我没心思画了，收拾家伙打算撤时，那小姑娘反倒凑上来了。哎哟，还真要打我？你来啊你来啊你来啊！她没打我，大大方方地和我并排一蹲，小爪子一擎，说：吃吧。

这这这怎么好意思……原来你今天是专程给我送豆腐来的，哎呀呵呵呵，太不好意思了，其实我只是想尝一尝，也不用买这么多……

豆腐串往前一挺，直接捅在我嘴上。

她高傲地戳戳我的嘴，软软糯糯的昆明话：好了，毛装了嘎，沁吧叔叔！（别装了，吃吧叔叔！）

叔叔？谁？我吗？

我轻轻打了一个寒战，八岁那年的委屈瞬间昨日重现……我看着豆腐，轻声说：唉，没刮胡子而已，其实哥哥还年轻着呢……

这话没什么毛病啊，她咋仿佛被酸到了一样，皱着眉头哎哟了一声。

看在豆腐的面上我忍了，我柔声解释：别喊叔，喊哥就行，喊小哥哥也行。

她眉头一拧，搂紧公仔小熊，厉声质问：你对我有什么企图？！

手里的豆腐串也应声缩了回去。

我打死你信不信！你发育了吗你？谁他妈对你有企图啊……你把豆腐给我！

她翻了一个很厉害的白眼，嗒嗒嗒，连人带熊带豆腐，跑了。

姑娘叫小米辣，人如其名，辣得人牙根痒痒。

她爱用鼻孔眼儿看人，傲气得嘞，气死人不偿命的熊孩子。

（四）

小米辣天天找我玩儿，每次都夹着那只熊。

每次都带几个豆腐串，也不多，就几串。她傲气得嘞，每回都把豆腐直接捅到我嘴边，说：来，吃吧。

我一边吃一边五味杂陈，感觉好像是她家后院里养的兔子……喂宠物一样。

这种不良的感觉，导致我每吃一会儿就警惕地抬头看看，看看她别和摸兔子一样摸我的头啥的。

我多虑了，小米辣正忙着呢，没工夫搭理我。她抱着小熊，盘腿坐在地上叠纸船，叠完一只又一只，一边叠还一边哼歌。水光潋滟，海鸥翩翩，翠湖漪涟点点，她脚旁摆满小纸船，一边哼歌一边手塞进书包里掏呀掏，又掏出几张纸来——裁开。

纸泛着油墨香，应该是试卷，我摸过来细看，漂亮，全他妈是红叉叉。

我说厉害啊你，考成这个熊样还不好好学习，你这样旷课胡闹，长大了能有什么出息？别在这儿玩儿了，赶紧给我回学校上课去。她淡定地瞅瞅我：叔叔，你吃你的豆腐去吧。

我默默嚼了一会儿建水豆腐，忍不住又问：你就不怕回家挨揍？……你家里人怎么也不管管你？

她瞬间不淡定了，一秒钟都没犹豫，大声反问道：谁说我家里人不管我！

小米辣像个内力深厚的武林高手，脸色瞬间充血变红，良久才重新变白。手上的纸船一丢，她把小熊冲我一举，命令道：你自己拆开看！

不仔细看，很难发现熊背后的拉链，不使点儿劲，还真挺难拉开。熊小，肚子却很深，先是掏出几张毛票，接着是几张散钱，紧接着露出厚厚一沓百元人民币，足有一寸。

这么多钱哪儿来的？我失声喊道，你就不怕我是坏人?!

她愣了一下，一把抢回熊，接着翻了一个很厉害的白眼，嗒嗒嗒，跑了。

连人带熊带人民币。

（五）

十几岁的小姑娘，身世却是个谜。

后来听她说，钱是生活费，家人托人捎回来的，他们忙，老也见不到，也顾不上小米辣的学习。她到底是个孩子，受不了人激，气头上露财，只是为了反驳"你家里人怎么也不管管你"。

至于她的家人在哪里，做什么生意，我没套出话来，她好像也懒得和人谈这个话题。

关于为什么把钱藏在熊里，她白我一眼，依旧懒得回答我的问题。

我一直没搞明白这个爱翻白眼的小孩干吗老爱找我玩儿。

爱画画？不对啊，我画画时，她盘腿坐在一边吧唧吧唧吃零食，也不怎么看。爱喂宠物？把个大老爷们儿当宠物？我哪点长得像兔子或者仓鼠？爱找人聊天？开玩笑，要么一脸傲娇懒得搭理我，要么没说几句就能呛起来。我明明是个大人，却屡屡被她一个小朋友给鄙视了，她这一身铮铮傲骨，是如何造就出来的？

小米辣的存在，给我造成了巨大的精神压力。她每天往旁边一蹲，我就开始提心吊胆，担心忽然蹦出个人来把熊抢走了。明明不是我的钱，还要天天操这份心，心里难免有点儿悲伤。心里一苦，笔下就涩，画出的肖像不是胖了就是胖了，客户们红着脸坐下，黑着脸离开，生意一落千丈。

我每天告别时都哀求小米辣：明天不许来了哈，听见没有？再来我打你信不信？
她不屑地冲我笑笑，书包一甩扭头走开。
远远地转身，指着我叫唤：才不信！
转天又来了，夹着公仔小熊噔噔噔地走过来，建水豆腐串直接捅到我嘴上，喂
兔子一样地说：来，吃吧。

（六）

有时候看着小米辣昂着小瓜子脸独来独往的模样，忍不住替她叹气。我猜这个
小朋友一定很孤单。这个岁数的孩子，上个厕所都要相互喊上，正是成群结伴
的年纪，落单的自然是受排挤的，性格发育自然孤僻，越孤僻越没人理，小小
年纪就寂寞，还是蛮可怜的。

有天画画时，我扭头问她：小米辣，你有过好朋友吗？有几个？
她说：有一个。然后伸手指指我。
我说：哦，太遗憾了，你居然有这么老的朋友。
她严肃地瞟我一眼，说：叔叔，我不嫌你老，你再老也是我的闺密。

闺密？换谁谁不急！我扔了画板跳起来喊：我×，谁定的！
她指着自己的鼻子尖说：我啊。
又说：叔叔，你淡定一点儿，你已经是个大人了，稳重一点儿行不行？

……没事，叔叔不生气，只是心里有点儿悲伤。

自此，我莫名其妙地给小米辣当了闺密。一个是头体重150斤的山东大汉，一个是只比耗子大不了多少的云南小土贼——你见过这样的变态闺密组合吗？啊？

更变态的是，小米辣说，闺密之间必须交换秘密，她逼我交代一下我的初恋，还说会替我保密……
让我走行吗？我只是个过路的流浪画师，求求你放过我好吗？
她拍拍我的肩，说不怕不怕，别害羞哈，说吧说吧。

我还没傻到和一个半大孩子聊初恋的地步……
我深吸一口气，说，我初恋是我小学一年级那时候班里的文艺委员顾一心长得好像小仙女我喜欢她喜欢得不要不要的但她从不搭理我还往我脚下丢香蕉皮后来有一天我心碎了因为我亲眼看见她走进了女生厕所出来后还把裤子提了提我当时觉得整个世界都颠覆了天啊这么好看的小仙女原来也是要上厕所的她怎么可能和我们一样也拉粑粑呢我接受不了我大声哭泣这时我的语文老师出现了老师把我抱到她的办公室给我洗了脸又安慰我说漂亮女生拉的粑粑都是粉红粉红滴这样我才抽抽搭搭停止了哭泣……

好了我说完了，可以交差了吗？
她点点头，慢慢地说：你是不是当我傻？
又问：你是大人了，骗我一个小孩子有意思吗？

我羞愧难当，埋头画画。下巴一凉，脑袋被她用一根手指挑起。
她眨眨翠湖水一样透亮的眼睛，认真地说：当朋友是一辈子的事，你搞成这个样子，谁会愿意搭理你？自己好好反省反省吧。
说完，手指一抽，抱着小熊，嗒嗒嗒走了。

她走了好一会儿，我脸上的烧才退，又好笑又好气，羞愧难当，撅断了手中的
2B 铅笔。

（七）

有一个周日的下午，小米辣扳着指头数了一会儿，表情严肃地通知我，我总共
吃了她 110 多串豆腐。建水豆腐虽然便宜，但也不能天天白占人便宜。我掏钱
给她，她却打死不要。

不图小利，必有大谋，好吧，我该怎么报答你？

她让我背起画箱，领着我七弯八拐来到一个花团锦簇的小区里。
不知何故，小米辣的表情很紧张，她在一座公寓楼前驻足，开始默默运气，从
背后看，衣衫轻轻扑簌，她居然有点儿发抖。

平地一声炸雷，像是一台忽然扩音的喇叭，惊得人汗毛都竖起来了。吓死我
了，是小米辣忽然大声喊起来了，她仰着头，反复地喊着，我耳朵嗡嗡的，听
不清她浓重的昆明口音具体喊的是啥……好像喊的是一个名字。这熊孩子原来
嗓门这么大！

三楼上有扇窗户哗啦掀开，四五个黑黑的小脑袋探出来，七八只眼睛冷冷地看
着她。有男有女，都是十三四岁的半大孩子。不一会儿，楼门吱呀响，一个蛮
清秀的男孩子走了出来，搓着手，一脸的尴尬。

男孩子疑惑地看看我，小大人一样地问：这位是哪个？
小米辣的脸红了一下，她含含糊糊地说：……这是我叔叔。

男孩还没接话，楼上窗户里哄的一声笑了，有个女孩尖声尖气地叫道：她还有叔叔？

小米辣慌乱地昂起头，急急忙忙地解释：不是的……他是我朋友！画画很厉害的！

窗户里笑得更厉害了：你还有朋友？

男孩子看来家教略好，虽然脸上明显不耐烦，但还是礼貌地问：小米辣，你找我有事吗？

小米辣盯着他，嘴唇咬得发白，半天蹦出一句话：生日快乐……

"生日快乐"四个字，用软软糯糯的昆明口音说出来，煞是好听。

男孩子却尴尬地摆摆手，一边转身，一边敷衍地说：哦，谢谢你了。

他明显没有邀请小米辣上楼的意思，小米辣的脚步却不自觉地跟了上去，楼门口她伸出手，拽住了那个男生的衣袖，声音颤抖地问：你不是想当画家吗，我能不能……送你一幅肖像画？

她反手把我的衣袖也抓住，对那个男生说：这个真的是我叔叔，他画画很厉害的！

男生想把她的手甩开，力气却貌似没有她大，楼上的哄笑声更响了。小米辣整个人都开始哆嗦了，她的嗓音越来越大，近乎喊：真的真的，真的很厉害的！

我看不下去了，上前把她和那个男生撕开，一把抄起她的腰，横穿绿化丛，扛起来就往小区外面走。

背后哄笑声一片，肩头的小米辣又踢又打，画箱被她踹落，画笔和颜料哗啦啦洒了一地。

刚一把她放下，她就跑了。

跑就跑吧，我俯身捡东西，头顶窗户里的声音清晰可辨：

……她就是个骗子，以后干脆看见了也不要理睬她。

她不是寄宿生吗，她宿舍里没有一个人和她说话，都知道她是个骗子。

对，她爸妈肯定是被抓起来了，以前还老骗我们说她爸妈在国外，还骗我们说
她也是城市户口，她的钱肯定是她爸妈留下的赃款……

骗子还敢写情书呢，真不要脸……

脸皮厚呢，今天还敢送生日礼物呢，还冒出来一个叔叔呢，又骗人。

……对呀对呀，说不定也是坏人呢，和她家里人一样。

哎呀好危险啊，幸亏没让他们上来……

（八）

到底是出事了，熊丢了。

我找到小米辣时，她蹲在翠湖边，没哭，埋着头不理人，又在叠纸船。

我陪着她傻坐到黄昏，才忽然一拍大腿蹦起来。

熊呢！丢哪儿了！

霓虹满眼，满大街车水马龙，完了完了，满满一熊的钱啊。

我想拖起小米辣去派出所，她胳膊一挥挣脱了我，闷声说：丢了就丢了！

你和我来什么劲？

你和我赌什么气！

我骂她：小米辣你给我听好了，不管那些生活费是你爸妈贩毒挣的还是卖人挣
的，都轮不到你个破孩子说丢就丢，你给我站起……来！

我说错话了，她像挨了一鞭子一样，浑身抽搐了一下。

你也觉得我是骗子？她问，你也看不起我？

她佝偻着腰站了起来，一拳又一拳地捣我：我爸爸妈妈不是坏人！我爸爸妈妈没有不管我！

她反反复复说着这两句话，不停地抡着胳膊，嗓子是哑的。

安静的翠湖边，接连不断的砰砰声，栖息的海鸥惊起一片，街头的路人都停下脚步，呆呆地看着我们。

小米辣打了很久，终于打累了。

夜色渐浓，不放心她一个人走，我背着画箱，远远地跟在她身后护送。

跟了一会儿后，她转身，迎面走过来。她犹豫了一下，抬手摸了摸我的胳膊。

我说好了好了，没事，不疼。

我问：小米辣，你手疼不疼？

路灯太暗，我看不清她的表情，只听见她低声说：叔叔，我不是骗子，我爸妈真的在国外……

我说：嗯，我相信你，乖，快点儿回去吧。

她原地不动，出了一会儿神，忽然开口道：……我不该跟同学说我爸爸妈妈在国外当老板，可他们真的在国外。我妈妈说，弟弟已经生了，只要再"黑"上两年，就能拿到国籍了……

叔叔，她说，我不是骗子，我爸爸妈妈也不是坏人，钱是他们在工厂挣的，我不知道他们在什么工厂……妈妈说爸爸累得吐过血。

她低下头，说：……钱我花得很省的，我零食都不吃，馋了就吃点儿豆腐……我怕钱丢了，天天抱着……我给同学送过几次礼物，那时候他们都还喜欢我……小熊也是妈妈寄回来的。

她带着哭腔说：怎么办！现在全丢了。

她指着自己的心口窝窝，说：叔叔，这里现在好疼啊……现在特别想去死一死。

除了陪她干站着，我挤不出什么安慰的话，那时我也年轻。

（九）

找了整整一夜。

黎明时分，我在那个小区的绿化丛里找到了小熊。

它背朝天趴着，姿势很委屈，一抓一手露水。

万幸钱还在，软软潮潮，厚厚一沓。

顶了一头的露水站到早晨，开始打喷嚏。楼门前，终于拦住那个小男生，我摁住他的肩膀说：别怕，小兄弟，我不是坏人。

我说，咱们做个交易好吗？好的。

…………

好多年后，我和这个小兄弟在浙江杭州南山路中国美院对面的西湖春天餐厅重逢。

他坐在我隔壁的桌子旁，侧头看了我很久。

他跑过来冲我笑，说：别走哈，你等一等。

然后跑了。

半个小时后，他气喘吁吁地拎着一只画箱跑上楼，他把画箱推到我面前，问：
还认识它吗？

怎么会不认识……

榉木清漆黄铜把手，这个画箱曾跟着我餐霜饮露行遍了大半个南中国。

他笑：太板扎了，完璧归赵！

然后非要和我握手：谢谢叔叔，我从那时候开始画画，现在勉强算是个画
家了。

我用力回握：应该谢谢你才对，谢谢你当年和我做那个交易，并且保密。

他微笑：其实，你当时不拿画箱来换，我也会把那只熊好好地交给小米辣的。

我佯装生气拍桌子：那你当时为何还把我吃饭的家伙给收下了？

他大笑：哈哈哈，我的天，你那天两眼血红凶神恶煞般，我还是个小孩子啊，
哪儿敢拒绝你啊……

我岔开话题：小米辣当年给你写过情书是吧？她曾经很喜欢你吧？

他敛起笑意，迟疑了一下，点了点头：我也……挺喜欢她。

他说：可那时太小了，一来不敢早恋，二来大家当时都孤立她，我也……唉，
你懂的。

他轻轻拨弄着画箱的铜扣，说：小熊是偷偷还给她的，怕人看见了说闲话，连
我一起孤立了……她抱着小熊在地上蹲了很久，眼睛是闭着的，没和我说一
句话。

他笑：现在长大了，一直想找小米辣道个歉什么的，叔叔，你有她的联系方
式吗？

我摇摇头：不必了，你长大了，她应该也长大了。

过去的事就让它过去吧，不晓得她长成啥样了也，小米辣早已杳无音信。

我将画箱掀开，熟悉的松节油味道，熟悉的纸笔。

坐好了，不要动。

知道你现在是画家，可我的水平……哼哼哼。

当年，小米辣想让我给你画一张肖像画。

这份迟到的生日礼物，今天我帮她补上吧。

（十）

当年小熊回来后，我带着小米辣去了一趟银行，用我的身份证帮她办了一张卡。

设定密码时，我把脸扭了过去，她却把我的脸扳回来，大声问：叔叔，我设个什么密码好呢？用今天的日期可以吗？

我快气晕过去了，我说你小点儿声，旁边这么多人，你是不是傻？

她说：哎呀糟糕，哎呀那怎么办？她把脸凑过来：要不，用你的生日吧。我输完后才发现不对劲，小米辣，你在旁边坏笑什么？

好了别笑了，把密码给我用脑子记好了！以后用多少取多少，知不知道?!

我们走在阳光灿烂的街上，捂着咕咕叫的肚子去吃米线，小熊轻了许多，被小米辣捏着耳朵甩啊甩。

在米线店排队时，小米辣问：叔叔，你今天怎么没背画箱？我说：放假。

她问：可你昨天也没开工啊？我说：昨天也放假。

她问：那你明天开工吗？我说：明天接着放假。

她问：那后天开不开工呢？

我说：我他妈放年假、放病假、放产假行不行？你啰里啰唆的烦不烦啊！

我吼她也吼：你可是个大人啊，你懒成这样，挣不到钱你吃什么！

她拃着腰，气呼呼地看着我，忽然踮起脚，抬手拍了拍我的头。

她说：算了，我有钱，我养你好了。

我快吓死了，这小朋友该不是对我情窦初开了吧，口味太重了点儿吧！

造孽啊，这是啥桥段？《这个杀手不太冷》吗？虽然大叔和萝莉的故事经久不衰，但这个没发育的熊孩子可是如假包换未成年啊，这要万一怎么怎么的了，我分分钟要被按诱奸罪判刑的好不好……

万幸，我纯属判断失误，人家对我压根儿没有那方面的意思。

小米辣拃着腰叹气：唉……谁让咱俩是闺密呢。

她把钱拍在柜台上，冲着灶间喊：我要一个小小碗的，给我闺密一个大大大碗的。

我慌忙也掏钱，张牙舞爪地和她抢单，情急之下口不择言：收我的收我的，别收我闺密的钱。

（十一）

年轻时代的江湖浪荡，像一艘停停走走的船，时而抛锚靠岸，时而摆舵扬帆，重归水道。

海鸥来了又走，在昆明逗留的时间太久，我必须离港了。虽只是萍水相逢，虽只是个孩子，也还是郑重告别一下为好。临行前一日，我请小米辣去吃顿大餐，算是还一下建水豆腐的情谊。

我完全没预料到她的反应会那么大……

菜还没上完，道别的话刚出口，她就噔噔噔跑了，差点儿把服务员撞一个跟头。

少顷，又黑着脸噔噔噔跑回来，哦，熊忘拿了。

她抱起小熊，冲着我的小腿，吨就是一脚。

干吗呢干吗呢！我龇牙咧嘴地骂：你个熊孩子抽什么风呢?!

她攥着拳头原地站着，恶狠狠地瞪了我一眼，睫毛一眨，蓄足了两汪泪。

我的天，可别哭啊，小米辣小米辣，绷住。

她用力地憋用力地憋，憋得脸通红，胳膊一抡，一熊打在我身上，她喊：我就你这一个朋友……你就这么走了?

脸越憋越红，憋到最后，从胸膛里憋出长长一声呻吟。

胳膊一抬，又是一熊。

我快气笑了，什么鬼，我背叛谁了我?

她指着我，上气不接下气地质问：叔叔，你是个大人了……你们大人都是这样的吗？说走就走了吗？说再见就再见了吗？

……小米辣小米辣，大人们，难道不应该是这样的吗？

我不敢碰她，怕眼泪落下。

我说：小米辣，这个地球并不是围绕我们任何一个人旋转的，我也有我的生活啊，天下没有不散的筵席……须知，缘深缘浅，缘聚缘散，随缘惜缘莫攀缘哦。

好吧，后半句不是我当时说的，是我许多年后写在书里的。虽是简短一句话，却可参尽天下聚合离散。但无论如何，当年的小米辣是不可能明白的。

其实于我这个大人而言，又何尝真正悟透呢……

饭没吃成，不欢而散。

我站在金马碧鸡坊前和她告别：小米辣，跟叔叔说声再见。

她不搭理我，两手攥着拳交叉在胸前，死死地抱着那只公仔小熊，头也不回地
走开。

远远地转身，她指着我恶狠狠地喊：我——偏——不！

走出去几步，又扭头骂：滚！

（十二）

当年的昆明机场，是全中国离市区最近的机场，付完打车的钱，剩下的银子刚
够买一张经济舱单程票飞回北方，没了油画箱，也省了托运。

离登机还有几个小时，信步走出机场大厅，再看一看云南的天，好清冽的天，
湛蓝又透亮，云彩都是清透的……那时候悠悠荡荡的我并不会料到，若干年
后，我会收心摄性于此彩云之南，云下定居。

我蹲靠在垃圾桶旁抽烟，一旁有航班延误的人们在吵吵嚷嚷，有赶不上值机的
人们匆匆忙忙……

一双熟悉的小鞋子掠过我面前，我一眼瞥见了那只玩具熊，一把拽停了小
米辣。

披头散发的小米辣，气喘吁吁的小米辣。

当着那么多人的面，她扑上来搂住我脖子喊：叔叔，你还没走啊！

我没被她气死也快被她勒死了，松开松开松开。

手里拿的是什么？给我送建水豆腐来了?!

溜达出了小小的机场，一高一低坐在台阶上。

日光耀眼，天气微凉，我们吧唧吧唧地吃着豆腐，沉默地嘬着小竹签儿，今天的豆腐太辣，不一会儿舌头就是木的了。小米辣捏着签子，戳戳我的脊梁：叔叔，对不起，我昨天不是故意凶你，我就你这么一个朋友，你别往心里去……

我一把岁数的人了，还能和你个小朋友较劲？我扭头笑笑说，咱俩谁跟谁，快别矫情了，嘴里辣不辣，叔叔给你买瓶饮料去？

她咬着签子，定定地看着我，眼睛忽然一闭，带着哭腔说：借我个肩膀靠靠啊……

她挪下两个台阶，把脸靠在我脊梁上，啊啊啊地小声哭了起来。

认识她这么久，头一回见她真哭。

吓死我了，一动不敢动，不一会儿背上一阵凉意……小米辣小米辣，你的眼泪加鼻涕，冲锋衣都给我哭透了。

她不接话，只是一味啊啊啊地小声哭。

我想扭头看看她，她吸着鼻子捶：你别乱动，等我哭好了再说……

我拿她能有什么办法，只有老老实实当赑屃，驮石碑的那种。

真他妈中国好闺密。

小米辣趴在我背上哭了许久，小熊丢在一旁。

应该是一宿没合眼吧，后来她趴在我背上睡着了。

到底还是个小朋友……

登机时间来临前，小米辣醒了。

她在我背上轻轻敲了一敲，敲门一样。

我听见她轻轻地说：叔叔……你不要回头，让我再靠一靠。

…………

我们起身，慢慢往候机楼走，入口处我拦住她，好了孩子，就送到这里吧。

她慌乱地抬头看我：小熊送给你好不好？

我接过小熊，掐掐她的脸：来，小米辣，跟叔叔说声再见。

我以为她会再说一次：我偏不。

没想到她眼泪汪汪地冲我笑了一下，然后退后两步，认真地鞠了一躬。

她说：谢谢叔叔。

（十三）

小熊早丢了，搬家次数太多，找不到了。

小米辣呢？后来是怎么长大的？不知道，杳无音信许多年，完全没有联系。

缘来则聚，缘尽则散，当年的那只云南小姑娘没入无边人海，早已远去。

我也只是偶尔才想，她还欠我一声：叔叔再见。

现在是 2016 年 2 月，我赴南极过年，此刻北京飞往布宜诺斯艾利斯的航班上鼾声一片，近 30 个小时的航程刚刚过半，真不愧是地球上最漫长的航线，坐得人苍老。

唰地掀开窗板，嘎巴巴伸个懒腰，三万英尺的高空彩云漫天，无垠，瀚海无浪。

电脑屏幕反光耀眼，它也困了，电池报警，笔记本就快没电。

再坚持一会儿嚛，让我把这段往事写完。

既是天注定的久别重逢，自当在天上画下一个句号。

为何画这个句号，有这样的必要？因为吃饱了撑的呗。

因为这简直是这么多年以来，我在飞机上吃过的最饱的一顿饭！

刚上飞机那会儿，我可睡得比谁都沉。唤醒我的是勾魂的饭香和空乘温柔的声音。小餐车推到面前时，我刚努力睁开惺忪的睡眼。再困也不能漏掉吃饭，吃饭不积极，脑子有问题……一般坐国际航班，机餐我习惯吃鸡肉。最讨厌吃鸡了，但苦在英语没过二级，光他妈记住 chicken（鸡肉）这个单词。

我说：Chicken。

咋没反应？

我说：Sorry（抱歉）……chicken。

哎？怎么不给我 chicken 也不说话？光一个劲盯着我看？

我说：Sorry……how are you（你好吗）？……thank you（谢谢你）……chicken。啊！鸡！咯咯哒！

眼前的这个长腿空姐应该是亚裔吧，哪国的？听不懂 Chinglish（戏称中式英语）吗？

我咳嗽了一声，说：那个，no chicken（没有鸡肉）的话，give me（给我）牛肉也行啊……

牛，哞，哞哞……

怎么还是没听懂？唉，尴尬死我了……

算了算了，有 what（什么）吃 what 吧！

可那个空姐还是不说话，只是眨巴着大眼睛看着我。

过了一会儿，她笑了笑，伸手摸啊摸，从餐车深处摸出另一种餐盒。

餐盒掀开，轻轻递了过来。

她弯下腰，悄悄地，用正宗的昆明话问：

……叔叔，你不是喜欢吃豆腐吗？

（十四）

Mathilda：Is life always this hard，or is it just when you're a kid？

玛蒂尔达：人生总是如此艰难吗，还是只有小时候是这样？

Léon：Always like this.

莱昂：总是如此。

…………

Léon：And stop saying "okay" all the time. Okay？

莱昂：不要总说"好的"。好吗？

Mathilda：Okay.

玛蒂尔达：好的。

…………

Okay？ Okay.

好吗？好的。

人生微凉时，有一段共同的回忆可以取暖，已是足够。

再见啦小朋友。

谢谢你帮我成就这段回忆。

那条来时路，谢谢你曾与我同行。

2016 年 2 月

天上

▶ ▷ 大冰的小屋·陈硕子《当我要走的时候》

▶ ▷ 嵇翔《直到遇见你》

旁人笑我太疯癫

（一）

这个世界很有趣，有些人忙着做事，有些人忙着做梦，有些人忙着做戏。

还有一些人不慌不忙，既做事又做梦，又在人生这场戏里做自己，做来做去做成传奇。

哪种传奇？

1. 平行世界，多元生活

2. 既可以朝九晚五，又能够浪迹天涯

3. 有梦为马，随处可栖

上述三句，有着不容颠倒的缜密逻辑次序，貌似达到不太容易，却偏偏有些人可以举重若轻，游刃有余。

所以我常说：请相信，这个世界上真的有人在过着你想要的生活。

后半句是：请明白，那些人，大都历经过你未曾历经的挫折。

于这种人而言，多元而平衡的人生方为王道，偏执而单一的社会定位、身份标签，不过是个哧溜屁。这种人从不会给自己设立标准答案，他把人生看作一道多项选择题，在他的生活中，ABCD 每个答案都成立。

米也吃面也吃、肉也吃菜也吃，他不偏食，追求的是生活这顿大餐能膳食营养搭配合理。他不屑于只当什么社会的螺丝钉，很多时候他既是螺丝钉还是螺丝帽，同时是把螺丝刀。他不会把世俗成功当作唯一的追求，也懒得一门心思地清高出世，于他而言，出世与入世间的平衡才有意义。

在我身旁这样的人不少，他们虽然个体显性呈现模式五花八门，但皆有着殊途同归的价值取向。我一直希望能写一个"平行世界，多元生活"系列，对称一下信息，填充一下国内空白，算是某种意义上的民间修史吧。

今朝祭出此系列中的第一更，与诸君下酒。

今天要说的这个人很疯癫，无人能一句话说清楚他到底是个干吗的，也无人张嘴就能说出他的踪影，就像无人能预判出他接下来的人生轨迹。
但每个朋友都爱他，折服于他高能而独特的生活。

他不会英语，却独行了整个地球。
他不算有钱人，却分分钟能募集到千万资金。
他不当明星，却有数以百计的明星以结交他为荣。
他不收小弟，却有遍及四海的江湖兄弟乐意为他前仆后继。
他不是官二代也不是富二代，却没有官二代富二代敢在他面前吹牛。
他不著书立说也没有传世佳作，却被许多诗人画家艺术家另眼高看倒屣相迎。
他有时破衣烂衫有时礼服红毯，有时去大使馆赴晚宴，有时在街头苍蝇馆子里吃拉面，有时在西欧古堡里马杀鸡（massage，按摩），有时在街头敲鼓卖艺。
没人夸他雅，也没人说他俗，人人都觉得他又疯又好玩儿，人人都觉得他神秘又独特。

他一度是我的偶像，我自负能折腾，但他的折腾让我望尘莫及。不懂他的人觉得他折腾，懂他的人知道他是在修行。30多岁时，他已把自己做成了传说，把生活活成了传奇。你猜，拥有怎样的资源和机遇才能成为这样的人？或者说，成为这样的人，该拥有怎样的出身背景？

不卖关子，说的这个人是我结义兄弟，名叫铁成。

友情提示：

这篇文章要么别看，要看就看完，否则一定读歪。若没看完后半部分就指责我误导众生，爷不认账，概不负责。若只看一半就咆哮撕书的，你下个月胖十斤。

（二）

我是山东人，却素与西北人投契，几个结义兄弟一水的西北狼，产地全是陕甘宁。

铁成是个中最好玩儿的。

铁成瘦高，山羊胡子刀条脸，丸子发型，精光四溢的细眼睛。多年前，我和他初相识时，曾有一个瞬间很震惊，一模一样啊，兵马俑里的跪射俑！

那时篝火正红，柴木噼啪轻响，我坐在铁成火塘的角落里，震惊地打量着这只活俑。震惊的不仅是长相，还有他当时的举动。他当时大马金刀踞坐门旁，捧着洗脚盆大小的白瓷碗，稀里呼噜地吃面……能把一海碗臊子面吃得如此地动山摇，我此生只见过他一人。

他吃得太香甜了，诱得我不停咽口水，偷眼打量其他人，哎？咋都见怪不怪地喝酒聊天？看来众人早已习惯了这副豪迈场景。那天篝火旁围坐着许多人，有生意人有文艺人，有公务员也有流浪歌手，还有天后和亚鹏，每个人都很放松，都不像是来火塘酒吧消费的客人，都像是来串门的亲戚一样，和颜悦色笑意盈盈。

屋里祥和一片，屋外硝烟腾腾，有人在烤鸡翅给大家吃，那时不少人自愿在铁成火塘里当义工，烤鸡翅的也是义工。新烤的鸡翅端上桌，其实也不算桌，围着火塘的一圈石头而已。端鸡翅的义工是个光头，若千年后我看过他主演的《泰囧》。烤鸡翅的义工是个导演，叫张扬，据说鸡翅配方他研究了好几个月，麻辣鲜香风味独特如一场虐恋般滚烫滚烫地烫着嘴唇烫着舌头。
真是一帮怪人，你夸他鸡翅烤得好，比夸他电影拍得好还让他高兴。

吃鸡翅的也都是怪人，没有谦让也没有客套，鸡翅挨个发，发完了就完了，不管你是多大的领导多大的明星，发到你时没了就是没了，没人让，也没人因为觉得不受特殊礼遇而不高兴。

那间小小的屋子有种独特的气场。不论众人在各自的世界扮演什么样的角色，坐进铁成的火塘后，各自的社会属性都脑后一丢，人与人之间骤然变得平等。那时的火塘，真是个神奇的所在。铁成火塘不在京城，在大研古城，某种意义上讲算是古城最早的音乐火塘，也是最早弘扬火塘文化的地方。火塘不算酒吧，更像是个有人情味的家，陌生的人们围坐篝火旁，听听歌喝喝酒说说话，青烟袅袅，一晚上的时间嗖地就没了。

铁成脾气极好，从不高声和人说话，但原则性超强，对许多事情很坚持，比如要求进屋的每个人都必须自我介绍，他的理论蛮接地气——只有心门打开了才能玩儿到一起，自我介绍是平等交流的第一步。当时在他火塘里，再大的腕儿也要自我介绍，且不准用普通话，只能用家乡方言，铁成说方言是本色，既然要认识，就把本色亮出来嘛。有一回几个英国人叽里咕噜了半天，然后告诉我们这是威尔士方言，相当于广东话，那是苏格兰话，相当于东北话，这是伦敦郊区方言，相当于北京通州口音……

在铁成的火塘里，自我介绍怎么说都行，但从政的不准透露职务，从商的不准影射身价，介绍完毕后，每人必须唱一首歌来总结人生或表达心情。国人大都腼腆，加油打气别害羞这种话铁成不说，他只似笑非笑地看着人家眼睛，慢悠悠地开口：每个人都有一首惊世骇俗的歌在等着他……

那句话挺好使，我在他火塘里听过各种量级的跑调走音，听过各种音量的金歌劲曲，还听过歌剧，还听过小伙子唱《喀秋莎》，听过老太太唱周杰伦，还听过几十次中年男人唱的《两只蝴蝶》，以及《老鼠爱大米》……那时没有《小苹果》，也还没开始流行凤凰传奇。在座的不乏成名歌手资深音乐人，却没人对旁人的音乐审美嘲笑鄙夷，那时的火塘里众生平等，轮流唱歌是每个人天赋的权利。

歌唱完了，每个人轮流分享自己的故事，只要乐意分享，说什么都行，忠告也行，忏悔也行，糗事也行，做过的最好玩儿的事也行。我目睹过一个神奇的故事发生：那个中年姐姐煞白着脸站起来，语无伦次地讲了自己难忘的初恋，然后直勾勾地看着火塘对面的一个男人说，17年过去了，我老了也丑了，你都认不出我来了……
失散了17年的情侣抱头痛哭，一屋子的人陪着他们流泪。那个姐姐说，想你的时候找不到你，不想了你又出现了，真想掐死你啊……

（三）

火塘里神奇的故事还有很多。

有个乐呵呵的老头整天来，袖口磨得稀巴烂，穿得乞丐一样，每次来了都主动要求唱歌。他脑子是坏掉的，疯的，疯之前是个大学教授，此人外语极好，八国联军张嘴就来，不论哪个国家来的老外都能被他给唱高兴了。那个乞丐样的老头现在还在古城好好地活着，他在街头卖草编，只编蚂蚱，他来火塘玩儿的机缘很特别——非典那年街头没游客，他差点儿饿死，铁成把他捡了，脸盆大的面碗两人一起吃，老头边吃边咳嗽，铁成并不嫌弃他。

什么树上落什么鸟，铁成种了棵奇怪的树，奇奇怪怪的鸟成群结队地往上落。许巍在其中不算最奇怪的，朱哲琴在其中也不算太奇怪的，连杨丽萍也不算。
奇怪的是阿缘，会吹笛子的那个。

阿缘是纳西族还是彝族？忘了，只记得他举手投足间的文雅，笛声悠扬里的曲折。他笛子吹得像说话一样，娓娓把人心揉搓，隐隐约约能听懂一点点他在说什么，可一分神，却又不懂了……阿缘是打散工的，收入很微薄，但每次来火塘都收拾得利利索索，衣领袖口雪白的，火塘是他唯一的舞台，或许只有在这里他才能放松自如地吹笛子吧。
有小情侣在场时他的笛子是不吹的，他说曲子太寂寥，不要把你们的心境给影响了。
阿缘后来出家了，寺庙离古城不远，铁成常去看他，听说他后来的听众是松树，漫山遍野的松树。

有个常客总穿着长袍睡衣来，叫郭哥，人手不够时他偶尔帮忙当服务员，街头卖唱玩儿时他帮忙收钱，问他打哪儿来的，他说海上，问他在什么船上当船员，他说那船不捕鱼也不愿运货，是方的，再问，就不说了。不想好好聊天就不聊呗，我看看他露出来的小腿，毛咋这么黑这么长，干吗老穿着睡袍哦……好几年后才知道他爱穿睡袍，是因为他已经把西服衬衫穿了太多年。他提到的那条船确实是方的，由数条驳船拼成，就停在深圳海边，新闻里一度把那条硕大的船叫"海上皇宫"。

挺好，郭哥没坏了火塘的规矩，一直没提过他是巨贾。

西南少数民族习惯围着火塘起居，喝茶吃饭待客团圆都在火塘边，火塘是温暖的中心，也是一个家的精神中心，柴一填火一起，人自动聚过来。铁成的火塘酒吧亦是如此，常来的成了家人，刚来的也不拘束。火塘那时的氛围和睦得出奇，没有地位高低没有贫富距离，进来的都是放下包袱，没有人用脾气性格影响其他人，也没人强行灌输意志给别人，众人喝酒唱歌讲故事，有分歧也不争论。

一次夜色阑珊，屋子里篝火熊熊，院子里繁星点点，我和铁成并排撒尿，我赞他把这家店开得真出色，他不置可否：……别把这儿只当家店看哦，单纯把这儿当家店的话，人难免会患得患失，然后莫名其妙地被拴住。他问：你不觉得这是挺好的一所学校吗，每天人来人往，每个人都是义务老师，读人就是最好的学习，学人优点看人缺点，再排查自己的缺点，快快活活又是一天……

接下来的一句话让我手一抖，湿了鞋。

他说：这几年玩儿开心了，学得也足够开心了，所以……火塘可以换个掌柜了，我当个股东就可以了，哈，我可以撤了。

如日中天的火塘说换掌柜就换掌柜？我擦你可真舍得啊。

他噌地拉上拉链：对嘛，火塘的这个世界既然已经及格了，还守在这儿干吗？

养老吗？不如继续出发，去建造下一个世界。

我说，拜托拜托请说人话——你打算去哪儿去干吗？

他逗我，说去北京创业，什么挣钱干什么，比如摆摊卖肉夹馍。

我回逗他，铁成，我一直以为你是闲云野鹤呢，原来这么爱财……你市侩了。

他乐：别别别，别绑架我，谁说挣钱就市侩了？盲目鄙视金钱的假清高才是真市侩，干吗扣一顶闲云野鹤的帽子，非逼我这条小生命喝西北风呢……

这条小生命重重地拍我的肩：好了放心，挣钱并不是唯一的目标，我会把真正的自己保护好……挣钱也要快乐地挣，玩儿就是最好的创业。

他拍得很真诚很用力，所以我另一只鞋也湿了。

（四）

铁成刚去京城那会儿，我对他意见甚大，太讨厌了，老逮不到他，总约不上饭。

他经历丰富，跨界小能手，故而朋友多，接风宴排了两个月，档期密得比宣传期的艺人还满，天天各路不同的豪杰杀出来劫道，把他绑走叙旧吃饭。最多一天六七个饭局，从五棵松吃到通州。

有一次我真怒了，约顿饭而已啊又不是约炮！见你一面咋这么难！

他说好吧兄弟你来吧，别嫌挤就行……

我去了，傻了×了，20人的包厢里塞了50多个人，这是饭局还是歌友会？咋这么多人？而且貌似是好几拨人凑在一起，有西装领带也有大汗衫，平均三块尾巴骨挤一个凳子……

听说这只是一部分，隔壁餐厅还有十几个演员和导演在等着。说曹操曹操到，铁成电话吱吱响，李小璐在电话里喊：哥哥，你什么时候死过来，我们这边凉菜已经吃两遍了。

那天我陪着铁成转战了四个接风宴，战到海淀时嗓子眼儿都塞满了。海淀那边等着十来个北大的老师，我差点儿被他们弄死，当老师的人文质彬彬惯了，一旦热情起来不是人，他们玩儿命往我碟子里夹菜：铁成的朋友就是我朋友，别客气，多吃点儿。

应该都是监考好手，明明都在和铁成谈笑风生，却一个比一个余光犀利，一个比一个眼尖，我稍微搁搁筷子，他们就唰地扭头问是不是不合口味吃不惯，好吃好吃特别好吃，吃啊吃啊吃，直吃得我怨念满腔悲愤难言。

世上比劝酒更可恶的是劝饭，铁成从不喝酒，故而接风宴上没酒只有菜。
我每吃一会儿就偷偷松一松腰带，一直松到最后一个扣。

午夜时分，我坐在铁成的大摩托车后座上，孕妇一样捧着肚子，撑得死去活来。
我挠他脊梁：哥你慢点儿蹿，虾仁快颠出来了……
铁成说，挺住，还有一顿接风夜宵。

大摩托轰隆隆，停在一家灰头土脸的小吃店前。
早有一个穿着厨师围裙的人立在门前，那人淡淡打个招呼：来了。
又说：你们坐，我去把菜热一热。

小吃店里空荡荡的,只有我们三个,菜不多,茶当酒,话也不多,都在茶里了。

临走时那人也淡淡,他问铁成:下次什么时候来看我。

铁成说:随时来,一个电话就到,想我了就给我打电话。

那人笑,眼圈是红的,他笑着骂:滚,我想你干吗?好好忙你的吧……有事你说话。

从来到走他只笑了这一次。

那人曾被关了七年,又被关了三年,放出来后一直开小吃店,是草莽也是孝子,听铁成说还是个义人,可以托付身家性命的那种。

(五)

铁成那时也被人托付了身家性命,不是房产金条国库券,比那些都金贵,是个孩子,漂漂亮亮的一只小姑娘。小姑娘叫小彩旗,大理白族,只身来北京学舞蹈,受她家人的托付,铁成当了她在京期间的监护人,全权督管她的身心发育。十一二岁的孩子练功苦,特别能吃,铁成隔三岔五接她出来改善饮食,一寸厚的牛排几口就干没了,速度之快,让服务员恍惚了自己到底上没上过菜。

铁成那时大波浪长发,爱穿草鞋和彝族长袍,挎的也是民族刺绣包,背影看起来严重混淆男女性别。第一遭在北京舞蹈学院的宿舍楼前签字领人时,宿管老师审贼一样地盘查了半天,把一旁的小彩旗烦坏了。

更烦的是一堆学舞蹈的小丫头聚在一旁叽叽喳喳:我的天,快看,小彩旗的妈妈来了!好酷啊,比杨丽萍都酷!

铁成一扭头，小丫头们集体吓了一跟头，我的天，小彩旗的妈妈咋还长胡子？呃，是她爸爸，她爸爸咋这么像兵马俑！太酷了！

铁成淡定地觑着脸，小彩旗高傲地扬着脸，二人并肩慢慢地穿越人群……铁成把小彩旗拎起来，一攮子塞进三轮挎斗里，突突突地离开，两个人长发风中飞，身后的小丫头们羡慕疯了，啧啧声一片。
可能是因为这个典故，小彩旗一直叫铁成干妈。

那时很多朋友都爱带着孩子找铁成玩儿。
不知道为什么，小孩子都特愿意和他玩儿，越小的孩子越爱他，可能孩子具有天然的敏感，能在人群中辨析出哪些大人是假有趣，哪些是真好玩儿。有个朋友家的五岁小妹妹爱他爱得不要不要的，以他女朋友自居，每次见面抱住脖子就不肯撒手，魔术贴一样。小妹妹平时早上赖床，她爸爸吓唬她：再不起，铁成就结婚去了。
小妹妹嗷嗷地哭着爬起来穿衣服：我还没长大，他不许结婚！

（六）

铁成最初的北京生活，一度让我很费解。
是啊，玩儿得挺开心的，但不是说来给自己建造一个全新的世界吗？不是说要开开心心地把钱挣了吗？不是说要保护好真正的自己吗？
怎么丫挺的整天光玩儿不见创业？

他那时玩儿得疯，大摩托轰鸣798，见天扎在751工厂的音乐实验基地里和老外玩儿世界音乐，本土音乐人也找他玩儿，萨顶顶全球巡演邀他去敲过鼓，一路敲进人民大会堂。

我收到朋友传来的龙套图片，眉头皱了好半天——再这么坐吃山空地玩儿下去，谈什么平行世界？

我给他发信息，没文字，只一串省略号。朋友之间若心意相通，沟通时无须多言，他自然能 get（抓住）到我的担心。果不其然，须臾，他回复了一万张照片，外加四个字母：Kuzi。

手机叮叮响了五六分钟，半个月的流量被他消耗光了。好了，心是放下了，看来他已经考察好了项目并不声不响地启动了。这家伙，看来没有光在玩儿……

不过他发来的全是家装效果图，稀奇古怪不重样什么风格都有，哪种风格都不适合住活人，脑洞之巨大，甚是骇人。他这是打算做什么买卖？开装修公司？我看了半天也没琢磨出个所以然。Kuzi？裤子？他要卖裤衩子？

后来才知，他伙同朋友要开 KTV，叫酷姿。

那段时间他一天几十稿地出图，效率惊人，神奇的是玩儿也没耽误，很多奇思妙想边玩儿边自动冒泡，浮出水面。他有他独特的一套方法来管理精力和时间。很多朋友乐意帮他出谋划策，台北爸爸阿宏也是他其中一个高参，阿宏复述过铁成的话：我想造一个童话城堡，所有人都乐意跑来过生日。

台北阿宏说：你知道一个长得像兵马俑一样的人操着肉夹馍普通话和你聊梦幻是什么感觉吗？还童话？还城堡？干，太吓人了。

城堡后来不仅建成了，且开枝散叶，第一家位于大望京，第二家位于北京三里屯三点三，每个房间都是不同的主题，有热血有卡通，从萝莉控到机车风，有游艇主题也有幼儿园主题……一个房间一个次元，领一时风气之先。玩家们蜂拥而至，啧啧赞叹，但并不知道设计者并非来自台北，而是来自陕北。

我那时最爱那个带高低床上下铺的K房，别处还真找不到脱鞋上炕躺着唱歌的感觉。我在上铺唱《忘情水》，铁成在下铺吃打卤面，稀里呼噜的，和麦克风的声音一样大。来北京后他收敛了一点儿，没再拿脸盆当碗。

面一吃完，人就跑了，兴致勃勃地跑了。来捧场过生日的朋友多，他挨个屋去转转，生日蜡烛一吹就是十几个房间。再回我这儿来时，我乐得差点儿从上铺栽下来，cosplay（角色扮演）吗？盲人雪怪吗？木乃伊一样整个人都是白的，奶油蛋糕味的。
他乐呵呵地抠脸，半天抠出两条缝露出两只黑眼仁。

铁成的朋友观是一视同仁，很难得，他对每个朋友都很好，只要是朋友都打折，不论是穷学生还是大明星。他对朋友二字不苟责，能玩儿到一起的都是朋友。不夸张，后来一度来的朋友太多招呼不过来，于是他把自己的大照片挂在厕所门前，只要能喊出他名字的通通打折。

他的创业像玩儿游戏一般，玩儿着玩儿着，事干成了，酷姿的生意蒸蒸日上，几乎上市。他漂亮地抵达了目标：快乐地挣到了钱，建筑了一个全新的世界。所以，当铁成宣布离开酷姿时，我并没有太奇怪。那段话我已经会背了：别把这儿只当家店啊……每天人来人往，每个人都是义务老师，读人就是最好的学习，学人优点看人缺点，再排查自己的缺点，快快活活又是一天。

酷姿最鼎盛的时期，铁成抽身离开，不再参与运营管理。他说他要带着挣来的钱出发，去建造他的新世界。

那是个未来水世界，位于岛国帕劳，远在万里之外的太平洋。

（七）

为何跑得那么远？

铁成的回答是：我这辈子又不希望惊天地泣鬼神的，只想尽量多地看看世上不同的美景美食美女，多给自己点儿选择，过过有情调的生活。

他一情调就情调到了太平洋，且不会英语，我想象不出来他在帕劳如何生存。

他去帕劳的头半年，那边的朋友电话里问我：铁成是来帕劳干什么买卖的？怎么天天光见他玩儿不见他考察市场啊？

我问：他玩儿什么了？那边说：玩儿水喽，考潜水执照喽，带着不同的人去潜水，天天街上捡一堆的陌生人吃吃喝喝喽，还领着一帮人在街头卖唱帮人挣机票路费……挺大个人了天天疯疯癫癫地瞎玩儿，一点儿出息都没有……

我笑，行了不用说了，你们觉得他快玩儿废掉了的那一天，也就是他生意干成的那一天。

没承想，铁成玩儿着玩儿着，间接促进了帕劳的旅游业发展。

那时很多人缅怀他，飞跃千山万水去找他玩儿，其中有个叫黄渤的青岛贵妇最感人，专程跑去帕劳找他过年，和他一起自由潜。

青岛银水性好，潜水可以潜十几米，两人一组潜水时，命交在对方手里，互相救命。铁成淘气，仗着有同命人，水下跳舞翻跟头瞎折腾，气没了就划脖子示意黄渤，黄渤气也不多，但怕铁成惨死水底，于是果断给气，还深情水下鼓励相拥……那是个爱为别人着想的好人，一条操心命。

铁成第二天再度把气折腾光了，结果换来好人俩中指。

黄渤后来还是把气分给他了。

再怎么说，也是条小生命。

故事发生在那天上岸前。

离岸五六米的地方，他俩发现了一个烟盒，黄渤的反应特别紧张，迅猛无比地捞了起来，做贼一样地藏了起来。他不停地冲铁成叹气：你说说这帮银，太丢银了，太丢银了。

黄渤后来给那个烟盒拍照，发了微博："那日帕劳潜水，正为上帝的奇作美景唏嘘不已，突看见水面漂浮一烟盒，心中暗骂哪儿来的无德之人，这么干净的水怎丢得下手！突然看见烟盒上两个大字'中华'，臊得我上去一把捏在手里，像做贼一样生怕被别人看见，一直带回岸边。朋友啊，去别人家做客咱客气点儿，这俩字的脸丢不起啊！"

尊重别人的家乡，是每一个过路人应有的素养。一条微博叮咛了世人，也火了帕劳，之前一年不超过 500 个中国游客，之后 100000+。挺好，都挺自觉，水里没再出现过乱丢的中华烟盒。铁成在帕劳组织了义务捡垃圾公社，边玩儿边捡，寻宝一样，参与者皆兴致勃勃。

帕劳的朋友再度打来电话，我以为又是怒其不争说他贪玩儿，结果不是。

铁成的潜水主题酒店于帕劳开业，人气满满。

他再度给自己营造了一个新世界。

（八）

江湖不大，世界很小，同道中人常相遇，偶尔新结缘的朋友们初坐在一起，难免会枯竭了话题，这个时候最好的救场方式就是问一句：你，认识铁成不？
对方一拍大腿：你也认识他？我勒个去！
一个名字，分分钟拉近两拨陌生人之间的距离，不论西南西北还是北上广，这种情况屡试不爽。

天南海北的朋友对他有几个统一的评价：
1. 他是个好玩儿的人，也是个好玩儿的人。
2. 不论上流或底层，他对哪个朋友都不过分热情，同时对谁也都不冷落。
3. 他是个善做加法的人，每获得一个世界时，对上一个世界并非狗熊掰棒子。每个世界他都想要，每个世界他都知道该要多少。
4. 他很牛×。

这个人看起来极度不靠谱，但做的事却每件都靠谱，所以当获悉他要再次铁马环球的消息时，大家并不为他操心或担心。每个人都知道，他的征程，从来都和别人不同，从不是常规意义上的旅行。

这个时代把旅行捧得太高，许多人受了误导，总以为走得越远越好，于是把穷游当人生，认为所有的美好都在远方，于是盲目地辞职退学去流浪，没有能力只有臆想，在臆想中给自己营造个人英雄主义情怀。
盲目大多换来肥皂泡，许多人最终除了虚空什么也得不到。窃以为，一门心思地追求世俗成功和一门心思追求遁世或流浪都是偏执的人生打开方式，平衡而负责的人生才是王道，既可以朝九晚五又能够浪迹天涯才是真牛×。这种平衡状态说易行难，却并非无人能做到，我身旁就有不少，比如铁成。在多个平行世界里的玩耍和打拼，并未影响他的旅行生活，2009 年之前他就已经走完了中国，开始环球游荡。

（九）

摩托车旅行时的铁成是个大蜗牛。

摩托车把大弯就是蜗牛的触角，杂七杂八的家当垒成壳。铁折叠大沙发绑在摩托车上，为的是舒舒坦坦睡午觉，同样的睡午觉装备还有折叠帆布凳子和吊床。除了四季衣裳，摩托车上还绑着双人帐篷和气垫床……他随身带了间豪华大床房。在老挝加油时，全村人奔出来围观，每个人都把嘴张得能塞进拳头……老挝加油站小，他的摩托车比加油站还大。

这么庞大的一坨车，倒了也是 45 度，必须五六个人才能扶起来，每天装车起码一个小时，但他善交朋友，每天装车时都有新朋友搭手相助。

所以工夫茶具他也带着，针灸拔罐也带了——电视购物来的，那是他在路上的交友工具之一：当街撂下老外就可以当赤脚医生。他的装备中还有医药急救包，遇见骑车摔倒的人可以帮忙包扎，据说使用率极高。最变态的是他还背了个火锅，酒精炉子一点，荒郊野外也能请人吃火锅，火锅食材当地找，有时是鸡鸭，有时是贝壳，有时是杧果菠萝，有时是蛇。

朋友们常说，铁成的摩托车环球穷游和旁人不同，他是出来感受世界，更是出来享受生活。

但他自己从不用旅行这样的词，只说是去游学，或者说：玩儿去了。

他到哪儿都能聚拢一堆人跟他一起玩儿，且沟通基本没障碍，对一个英语稀烂成那样的老 boy（男孩）来说，实属难得。他那时在清迈捡了个"联合国"，组织起了小摩托车队，一起去清迈山后面拍摄罂粟花。那是个传说中的花园小山村，大部分游客不知道，本地人是苗族，据说是从云南过来的。蜗牛壳卸下来，他的哈雷大摩托车打头，后面一溜小踏板，小火车一样，南美北欧各种肤色，老弱病残各种年龄，人人都兴高采烈，不少人的踏板摩托车车技是现学的。

抵达目的地时，一个土帅土帅的小伙子跑过来，眼馋地盯着哈雷看。小伙搭讪：我能坐坐吗？是当地人，却是一口地道的云南口语。铁成拍拍后座：上来就是了。摩托车绕村一圈，小伙子依依不舍地下车，铁成喊住他，钥匙也递了过去：车给你骑一个小时好了。小伙子吓了一跳：如果我把你的车开跑了怎么办？
铁成笑：那我就哭。小伙子没接钥匙，什么话也没说，一步三回头地走了。

在花园村落里玩儿了一下午，临走时遇到麻烦了。几个身上刺龙刺凤的光膀子年轻人踱步而来，强行收停车费，车都停在路边荒地里哪儿来什么停车费，看来是要讹人了。所有的摩托车钥匙都被抢走，那帮年轻人大肆说着泰语，哐哐地踹车。眼瞅他们就要动手打人时，那个土帅土帅的小伙子骑着小踏板路过，他猛地一个刹车，头盔嗖地砸过来，砸在其中一个年轻人的光脊梁上。土帅小伙子用泰语骂人，骂得那帮年轻人直哆嗦，车钥匙一把一把地还回来，而后灰溜溜地走了。

小伙子对铁成说，没错，我在这里是大哥……你看得起我，你是好人，你不要多问了，赶紧走吧，我护送你们出去。小伙子骑着踏板车，一路把"联合国"送出峡谷。临别前他告诉铁成：我们村的老年人其实都是中国人，打仗时遗留在这里的，以前没有办法只能种鸦片，后来泰国政府给了户口，现在年轻一代会说中国话的没几个了……他留电话给铁成：以后如果你有朋友来玩儿，我负责护送，让他们打我电话，报你的名字。

这段故事是那个土帅土帅的小伙子亲口讲给我的，我在那儿没名字，他请我喝酒，只喊我"铁成的朋友"。

铁成总说，人没有好坏只有真假，单看你待他是真是假。他和我描述他的游学，如数家珍地说起他遇到的那些好人。他说起途经一个缅甸小村时，天色已晚，错过了宿头，他在村口搭帐篷，离他最近的那户人家跑出来，不让他搭，死活不行。他们拖铁成回屋子，比画说屋里有炉子，夜里外面冷。那户人家真的穷，三代八口人用一床大毯子睡，他们抱歉地比画：今天的晚饭已经吃完了，很遗憾没有剩的，你是客人，真对不住你哦……
铁成二话没说卸车取出食材，给那个没有隔夜粮的家庭做了一顿火锅。热气腾腾，每个人都吃得满头大汗，他们感动坏了，把一个热乎乎的小孩子硬塞进铁成怀里：晚上你抱着孩子睡吧，孩子暖和。

早上醒来，小孩子挂在他脖子上，搂得紧紧的，口水鼻涕淌成一幅小地图。
铁成出门，在有露水气息的清晨里伸懒腰，有张冻得发青的脸冲他憨笑，是那家的男主人，他蹲在屋外守了一宿，挂着棍子，守着铁成的摩托车和全部家当。

摩托车开出去很远，一回头，他们依旧远远地站着，不停地挥手。

摸摸胸口，小孩子留下的那幅小地图，还是湿的。

（十）

铁成那时随身还带着一个奇门乐器，叫手碟，那时国内总共有 11 个 Hang，他有一个我有一个，我的 Hang 珍藏在家里谁动谁剁手，他的 Hang 绑在背上，卖艺挣盘缠。他出行时的路费是边走边挣的，他也是流浪歌手出身，卖艺行天涯是本分也是本色。

那时他去爱丁堡参加国际艺术节，从伦敦出发，路上边骑边玩儿边卖艺半个月，艺术节上再玩儿一个月。爱丁堡艺术节高手云集，中国人却不多，他是罕见的中国面孔，且是当时街头艺术家里最挣钱的一个。

敲 Hang 卖艺，卖陶瓷首饰，卖草鞋……是的，卖草鞋，这条疯疯癫癫的小生命从国内背了一麻袋陕西农民手工草鞋，进价三元，卖价三十欧元，把奸商二字发挥到了极致。欧洲人重匠心，认手工，他生意好得令人发指，差不多每星期进一次货。

他朋友多，朋友的朋友托朋友顺风飞的，千里迢迢帮他当走私贩子，走私草鞋。帮他捎草鞋的人，后来大都被他拖下过水，一起坐在街头敲 Hang 卖草鞋，个中有留学生，有奥运冠军，有蜜月情侣，还有公务员。

爱丁堡是世界上卖唱最高殿堂，街角随便一个艺人都可能是顶级大师或某个领域的明星。铁成那时候给自己捡过一个搭档，游客，澳大利亚人，吉他弹得不错，据说被中国琵琶影响过，习惯竖着弹吉他。

这对街头卖唱组合一度在爱丁堡街头独占鳌头，游人相机咔咔闪，拍个不停。铁成教那人摆姿势，安慰那人说，别紧张，习惯了就好了。

后来才知道，之所以游客狂拍照，是因为那人是澳大利亚达人秀年度冠军。据说相当于《中国好声音》冠军。

他的另一个搭档叫李丽娟，四川人，是当年的火塘常客，受铁成的鼓励出国深造。影响她的是铁成常说的那句话：每个人都有一首惊世骇俗的歌在等着他。

铁成卖唱欧洲时，李丽娟倾家荡产买了把吉他跟着练胆量。那是 2011 年的事了，他们那时在雅典，正遇到希腊全国大罢工，一起的还有两个韩国学生、两个新西兰学生。受街上行人哭丧脸的影响，李丽娟一开始低着头弹琴唱歌，后来受铁成厚脸皮的熏陶，主动要求去广场唱，去轮船甲板上唱。她厉害得很，英文法语全会，还有中文原创。

李丽娟后来自己开过演唱会，很给中国留学生长脸。再后来，她参加过《华人好声音》，当了欧洲赛冠军，同时也当了法国波尔多城市形象大使。李丽娟于 2016 年 4 月 2 日回四川结婚，婚礼请帖上印的是婚纱摩托车，她嫁的是波尔多最大的红酒制造商，老公和老公公受娘家大舅哥铁成的影响也买了摩托车。据说为了纪念曾经的战斗友谊，铁成在她婚礼现场卖唱，宾客们强忍心碎慷慨解囊。
铁成用挣来的钱给新娘封了一个大红包。

（十一）

....

那时，草鞋贩铁成从英国卖艺到法国、意大利、奥地利、德国，一直卖到捷克布拉格。

他在维也纳时车翻到沟里去了，是被拖拉机拉出来的，他送拖拉机手一双草鞋，人家当场就穿上了。翻到沟里的，是他从巴黎买的一辆罗马假日小摩托，他骑着它，一路游学，一路留下故事。

全法国最乱的是马赛，黑人打架满脸血，偏偏在马赛留下的故事是最温暖的。他停下小摩托车在码头拍游艇时，一旁的中年男人问：先生，你怎么骑着巴黎牌照的车？这么小的车？

铁成和他主动握手，和他聊天说，对啊，我想慢慢地看看法国，所以从巴黎开始骑小车。

那中年男人赞许地点头：疯狂的男人，原来中国人也是这么有意思的。

他看看表：先生，欢迎来马赛。看样子你还没有订房，如果愿意，可以住我家。

他说：我现在需要去接我女儿，一个小时后，10 点 40 分，咱们在这里集合。

铁成说，像电影里一样，奥黛丽·赫本主演的那部电影，主角也是父女，奇像无比，房子一样，楼梯一样，也是没有妈妈，爸爸也是摄像师，也是有很多作品，我擦，恍惚中仿佛进入电影场景。

为示感谢，铁成给他们泡工夫茶，接上小音箱放起了古琴音乐，还敲 Hang 给他们听。

中年男人一脸惊喜，他抑制着兴奋冲着女儿说：小姐，请把我的徕卡 M6 拿来，还有 35/1.4……

又喊：请把我的手机也拿来，谢谢。

他对铁成说：我要把你介绍给我朋友和女朋友认识，他们是马赛最有名的无伴奏合唱乐队，嘴就是乐队，有鼓有吉他，有贝斯……

那个中年男人也很有名，是马赛最著名的人文纪录片摄像师。中年男人说：先生，我邀请你多住两天，这是钥匙……我明天早上送女儿去戛纳，晚上回来，希望你一个人在这栋房子里住得愉快。早上铁成醒来，屋里空无一人，阳光洒在餐桌上，童话一样丰盛的法式早餐。

我后来陪铁成在北京接待过那对父女，好有绅士风度的中年男人，握手时很用力，还亲了我和铁成的脸，亲得叭叭响……据说法国人流行朋友间亲脸。
…………

铁成还有个在美国庞蒂亚克市的中年朋友，叫鲍勃，是个市长。铁成那次领着一帮朋友走66号公路，中途迷路，打听路时一打听就打听到市长办公室了，那个办公室有10平方米大小，里面坐着的市长说：我也是喜欢骑摩托车的人啊！

市长邀请他们参加自己的烧烤派对，获悉其中有中国来的歌手，又诚恳邀请他们参加隔天举办的送给全市老年人的义演。

歌手郝云那天给几百个美国老头老太太唱了《突然想到理想这个词》，掌声啪啪的。演员李晨表演了汽车漂移，用租来的雪佛兰。

铁成……

铁成什么都不用表演，他往台上一站姿势一摆，底下见多识广的美国老人家们起立拼命鼓掌：China（中国）！兵—马—俑！Good（好）！

演出超级成功，虽然台下没人知道台上的人里不少是在中国大红大紫的明星。

市长鲍勃专门下载了微信，为的是保持联系，好邀请铁成他们再来。那个市长后来学会了郝云不少的歌，经常没事就在微信上给铁成他们炫，隔着一整个地球，他哼：我那可怜的吉普车，很久没爬山也没过河……

（十二）

在路上，铁成被人当成过毒贩子。

也是在美国，他和一个叫巴哈古丽的朋友一起去参加世界最大的摩托车集会。

那是个一百多万人的盛大集会，在斯特吉斯，汇集了几十万辆摩托，方圆100公里找不到房间，他们住在130公里以外的小镇上。

巴哈古丽当时在美国留学，热心给他当翻译，忙前忙后地热心过了头，生理周期提前，肚子疼，疼成了个大虾米，直呻吟。万幸赤脚医生铁成随身带着艾条，给她拔罐艾灸。

艾条点燃没十分钟，有人哐哐砸门，三条威猛的美国西部牛仔大汉须发皆张，冲着屋里喊：你们两个坏女人，为什么在我的酒店抽大麻！滚出去！

他们把中医艾条当成了叶子，把长发长袍的铁成当成了女人，把俩好青年当成了"飞行员"……

怎么说都不好使，大半夜的，铁成和巴哈古丽被架起来扔了出去。

太尴尬了，古丽很委屈，铁成安慰她塞翁失马焉知非福，最倒霉的时候说不定意味着接下来立马交好运……

可好运在哪儿呢？摩托车轰鸣在茫茫的黑戈壁上，两个艾条味的身影凄凄惨惨戚戚。

万幸，午夜时他们终于在另一个小镇找到房间，接待他们的美丽女店员居然是中国人，是个交换生，来此地实习并体验生活的。女孩激动坏了：我在这片沙漠打了四个月的工，做梦都没想到这儿会出现兵马俑……

几个小时的时间，年轻的人们已经彼此熟稔，女孩拽着铁成追问：你既然有好几个稳定的工作，为什么还要天天跑出来瞎折腾？家人怎么办？家里人会不会不放心？你追求的是什么？

铁成告诉她，父母都安置西安，住在大明宫公园边上，散步不用跑远。父母经常出来和他一起旅行，夏天去草原，冬天去云南，哪里气候好就带他们去哪里……

铁成说：世界上几十亿人，起码有几万种生活方式，难道只有一种生活方式才是正确的吗？

不管折腾不折腾，适合你自己的，就是最正确的。

追求最适合自己的东西，就是追求的意义。

女孩眼睛亮亮的，一句话把铁成吓哭了，她说：我忽然发现我应该追求什么了……

她说：虽然你脸长得又老发型又不好看，但你的脑子咋那么迷人呢。

她说：喂，兵马俑，咱们试试看，说不定我就是最适合你的呢？

巴哈古丽在一旁笑岔了气，捂着肚子哎哟哎哟，铁成哥，你也有今天！算你说准了，还真是个不期而至的好运！

铁成还会给自己建造多少个世界？

他不是个习惯把目标和希望挂在嘴上的人，我只记得他说过：20年后，如果能跟着太阳的作息去起居生活，能和志同道合的朋友去领略世界，能像候鸟一样去迁徙，并有方向……人生也就圆满了。

我开笔写这篇文章的时候，他的故事依旧正在进行着，他正开启着自己的另外一个新世界：组一个房车车队，一路接纳志同道合的朋友们，吃住在车上，一路贯穿中国去看望彼此的父母。何时下车参与者自便，但上车期间每个人都必须分配工作，会中医的负责给父母们看病，善厨艺的负责给父母们做饭……啥都不会的，负责哄父母们高兴。车已搞定，线路也已拟定，报名的朋友们数以百计，商业赞助、随队拍摄、网站合作等等等等通通搞定，计划中被看望的父母全都蒙在鼓里。很难说清楚这是在玩儿还是在工作，或许他是想发起一种现象：朋友们抱团取暖的同时，把彼此的父母也包括进去，喊上父母一起玩儿。

掀开窗帘看看，或许这会儿车队正途经你的城市，浩浩荡荡地路过你家门前的马路。
铁成正开着打头的那辆车。

（十三）

铁成的故事太多，就算是举例说明，也不是一篇文章能盛得了的，我不多写了，你知道这世上有个疯疯癫癫的兵马俑就足够了，他就在你身边活着。旁人笑他太疯癫，他却不笑别人看不穿，他只活给自己，并不是活给别人看。

其实，铁成的故事不应该被盲目效仿。
我用大量的笔墨描述他，只是希望你知晓：这个世界上没有标准答案，人不是只有一种活法，这个世界上有很多个和你活得不一样的人，以及不一样的幸福感。
那些奇妙的生活，就算你终生都无缘去触碰，至少你应该有知情权。

哈，现在文章过半，我猜有人开始咆哮开始喷了：深井冰（神经病）！你他妈写的这个铁成，和我有蛋关系，他认识那么多明星，干成了那么多事业，掌握那么多人脉那么多资源，他的起点和我们能一样吗！……讲这种人的故事给我们这些一穷二白的普通人听，来误导我们的判断、诱惑我们的心灵，你是何居心！

憋鸡冻，知道你年轻、穷、宅、缺资源少机会还性压抑……但是孩子，这一切不应构成你动不动就喷粪爆粗扣帽子的理由。

拜托，还记得我文章开头咋说的吗？
——这篇文章要看就看完，若只看一半就咆哮撕书的，你下个月胖十斤。若没看完就指责我误导众生，爷不认账，概不负责。

是的，铁成很特殊，比你我都特殊，他的起点确实和大多数人不同……

不如把铁成丢到一边，我重新讲一个故事。
讲一个出身普通、背景普通的普通人的故事给你听，如何？

巧得很，这个人也来自陕北。
我们从他的少年时代说起。

（十四）

和纵横四海的铁成不同，接下来要描述的这个普通人，是个缺乏机会的人。
按世俗论调界定，没什么出息和希望的人。

他生在黄土高坡，祖祖辈辈都是陕北老农民，童年的记忆只有四样：放羊、摘野果子、无师自通的陕北民歌、无师自通的用土坷垃画画。

那时家里对他最远大的期望，是像他父亲一样，当个电工。

除此之外没有更大的想象力。

父亲在黄帝陵煤矿当电工，那个县有 500 多个小煤矿，天都是黑黄的。他一直到上初中才走出村镇，去到黄帝陵煤矿生活，第一次去时，他看着一排排灰头土脸的宿舍房，震惊地问父亲：这就是传说中的大城市吧！

父亲木讷，只说：嗯。

矿区的孩子打架斗殴，偷铁卖铜，他很快都学会了，那时他有过一个短暂的叛逆期。偷电缆电线也学会了，最狠的一次，一万多人的企业被偷停电了，偷错了，偷了总电缆。

架也是打的，领着一帮穷孩子和煤矿老板的孩子、包工头的儿子打，打完了再打，两拨人莫名地对立，泾渭分明的阶级分化。

他是村里干农活长大的孩子，生得粗壮，那时候有人让他帮忙收税，赶集时抓违章摆摊，人家可以每天给他几元钱零花钱。这他倒是拒绝了，再不懂事也是村里长大的孩子，知道那些摆摊卖瓜菜的人来自哪儿。

本性或许纯良，但生长的环境着实不好，初中同学里就有吸毒的，见他会画画，求他帮忙文身，旧针头蓝墨水血嗤糊拉，第一次文了大象，第二次文了情侣坐在月亮上……那同学后来进过看守所，因为文身太可爱，被人揍惨了。

他那时有过恍惚，想到未来时有过隐隐的不安和不甘，但在那样的氛围里长大，脑子里只有混沌和空白，完全找不到着力点。18 岁之前他连技校都没考上，当不了电工，后来交钱上了陕西省艺术学校，三年中专，学美工。

家里人说，家底掏空了，我们仁至义尽就这么大本事了，你自己奔个前程吧。他背着铺盖，懵懵懂懂地去了省城西安，车水马龙里吃惊得瞪大眼，紧张又贪婪地看。每个人的年轻时代都有海绵期，他那时学东西特别快，很快学会了去隐藏那些没见过世面的惊叹，以及分辨完红绿灯再过马路，他还学会了弹吉他，艺校里学的。

艺校里吉他特别多，一熄灯，男生盘踞一、二楼，女生趴满三、四楼，十几把吉他弹唱崔健的歌。一仰头无数手和头，每唱完一首女生集体欢快叫唤。省城孩子走读，住校的大都是和他一样从小城小镇来的，穷孩子也有荷尔蒙，他们抱成团自娱自乐。每天的睡前合唱顶多 30 分钟，而后迅速撤散，不然笨拙的校警和敏捷的校长会翻阳台抓人，屁股印上皮鞋印，一口一个地骂瓜尻。

从矿区来到艺校，他变得开朗了许多，品性慢慢地被新环境重新塑形，虽未最终定型，却搞出许多之前未曾做过的事来——比如，上第二个学期时，他养了一群小孩。都是学杂技的孩子，最小六岁最大八岁，都和他一样穷，一样每月不到 60 块钱的生活费，都吃不饱饭，要命的是都巨能吃。那时学杂技苦，每天都要哭着把课上完，挨罚是寻常事，寻常人家怎么舍得让孩子遭那份罪，他们都是从最偏远的村镇里来的。
孩子和小动物一样，天然地懂得寻找保护者，半夜饿了，他们可怜巴巴地摸到他床前，轻轻摇醒他。

他心软，冒险偷东西给孩子们吃。楼下是小吃部，有个小天窗，三条床单拧成绳拴在他腰上，他悬空打转转，转进天窗。不敢偷值钱的东西，只敢拿辣子和花干夹馍，偷多少，孩子吃多少。小吃部的老板一度很奇怪，这个干瘦的小伙子怎么总是来免费帮忙？水也不喝，给钱他也不要？

他那时学会了剪头，三块钱一次帮同学剪锅盖头，他卖打火机，帮人画作业，挣来的钱给那几个小孩加餐。孩子们喊他老大，把这个十八九岁的青年当爸爸，经常横七竖八地睡在他床上，舍不得离开他。他的床那时是全学校最舒服的，他从毕业生那里讨来褥子，厚厚的六层，算是他和那帮孩子的餐厅、炕和沙发。

他和孩子们极能聊得来，大部分时候聊吃的，也有时候聊鬼故事，还有时候聊到他们学校的校花，是个话剧班的师姐，叫苗囲。孩子们共同的希望是能和校花说说话，他们还小，见过的美好的事物不多，艺校就是他们全部的世界。

他自己那时最头疼的也是吃饭问题，为了省路费，半年才能回一次家。每次带回的生活费都是散钱，父母牙缝里省下的。为了省饭钱，他和同班同学李秋香、葛勇组成了饭搭子。三个人家里条件都不好，都不够吃，那就把钱都拿出来，不去食堂了，三个人自己做饭吃比较省钱。女生宿舍有间空房，葛勇和他借来炉灶，负责做饭洗碗，李秋香负责买菜。那时候下课铃声一响，李秋香百米冲刺菜市场，买菜杀价风驰电掣，再百米冲刺回来。

两年下来，李秋香得了短跑冠军。

有人饱暖思淫欲，有人饱暖后思前途，三个人的饭搭子解决了吃饭问题，他开始琢磨明天。

那时他再次回家取生活费，告诉妈妈：我找到省钱的方法了，可以少给我一点儿。妈妈哭，苦了我娃娃了，爸妈没本事，都供不了你上个大学，只能上个中专，都不知道你将来靠什么挣钱吃上好饭。他安慰妈妈，中专就中专，起码有学上啊，放心我能找到办法让自己将来吃上饭。

可他并没有什么办法，没有背景没有资源，他甚至不知该怎样去畅想未来。他能做的只有把自己的专业尽力搞好，他只有这一个支点。

他开始蹭课，去西安美院蹭课。
美院在西安长安区山上，艺校的课松，他完成作业后作死地蹬车轮，从艺校骑车两个小时可以到。1996、1997 年两年，西安美院的很多人都以为他是本校生，只是没人知道他住哪个宿舍，也没人见他在食堂吃饭。他蹭课时自己带饭，李秋香和葛勇帮他做了个饭盒装面条，缝隙太大容易洒，外面绑着塑料绳，拴在车把上。他蹭过杨晓阳的课、刘文西院长的课，有一遭刘文西在走廊里拦住他：孩子，怎么哪儿讲课都能看到你？蹭课的吧。
又说：好好努力……别让人发现了。

他一直努力到毕业，自负有手艺，心里有底气，并没有经历艺校其他同学的毕业茫然期，那时同学们大部分一毕业就失业，最好的择业方向不过是当美术老师，且需要家里找关系，求爷爷告奶奶。

毕业时，他养的小孩们哭得像出殡一样，抱着腿不松开，他身上挂着三四个小孩挪到校门口，他说：灶给你们留下了，以后学着自己做饭，乖。他应聘到了工艺品厂，做玻璃画，刻了三个月的玻璃，每月包吃住 300 元。厂子小，老板也亲自干，他有个同学找不到工作，求到他这儿，他找到老板：我的工资可以分他一半。同学留下了，他辞职了，厂子实在太小，养不了那么多人。同学过意不去，他说这有什么，我有手艺在身上，我可以去卖画，当画家。

他没能成画家，一辈子也没当成。
那时他把得意的画作扛到书院门，一家家推开画店门问：老板，买画吗？
每个老板都问：谁的画？
他说：我的……
人家问：你是锤子？

毕业后五个月，他饿瘦了十斤，于是改行。
西门外有西北五省最大的迪斯科舞场，叫"帝都"，他去应聘美工，后来当了保安，再后来他给DJ当助手，后来当了DJ。艺校的夜间吉他会教会了他一点儿音乐手艺，他靠这点儿手艺月薪过了600元。为了避免歧视和笑话，他学会了西安话，为的是多点儿工作机会。他那时兼职了四个地方，最远的地方是在一个溜冰场领迪，30元一晚，依旧是骑自行车赴会，天天往返几十里，骑出来一屁股疮。

那时家里第一次买房子，之前住自己盖的平房，瓦工泥水工全是父亲一个人担当，电工也是，父亲本就是个电工。煤矿房补了三万元，他赞助了4000元，妈哭了，父亲低头躲出去抽烟，老家穷，问人借钱借2000元就是天大的事，而儿子一次性就给了4000元。

他那时的人生谈不上生活，只是生存。不仅为了自己，还包括渐老的，渐渐丧失谋生能力的父母。为了生存，他开始走天涯，首先去了孔孟之乡的山东。山东济宁体育馆开了溜冰场项目，全国挖人。他可以当美工，可以当策划，可以领舞，所以领到了一个月800元的工资，包吃住。他一脑袋扎了过去，学着他的祖先的模样，走西口一样地闯山东。

从山东回陕北太远了，过年回家需提前半个月买票，只搞来一张坐票三张站票，站票虐心，人上去了东西没上去，使劲抢，隔着人头抢上去。唯一一张坐票，让给了老乡中工资最低的一个阿姨。长路漫漫，人挤人，腿不久就站肿了，他找列车员套近乎，得到一个厕所，一个人交40元钱。列车员把厕所门锁上，隔着门叮嘱：你们三个，谁敲都别开门，开门咱都完蛋！

几十个小时的火车咣当完，倒汽车再倒黑车，大年三十赶回家。
他对父亲说：大，这是我给你买的山东大鸡烟，这是兰陵酒。
父亲不说话，低头躲到门外。
妈妈说：你挣钱不容易，你爸不想你太累，烟酒你爸都戒了，家里省点儿你就少累点儿……

父亲没有任何不良嗜好，也没有任何娱乐，唯一爱好就是抽两口烟喝一盅酒。
他出门，找到父亲说：我陪你戒，你不抽烟我就不抽烟，你不喝酒，我这辈子也不会再喝酒了。

这话他做到了，此后不论是起是伏，不论漂到何方，他均烟酒不沾。

他的年轻一穷二白，没什么瞻前顾后。
1999年年底他去了深圳，去最前沿的城市找机会，一到就被关起来了，十五天。
他是去投奔一个叫刘德华的同学，其实叫刘华，缺德。刘华犯了事，被四十多个古惑仔抢着大刀片子追砍，为了救刘华，他抢了一辆摩托车冲倒了一片，可他不会用脚刹，一路直线撞到墙上，警察赶来时他还晕在地上，满头是血。
那是他第一次骑摩托车。

人生地不熟没人作保，他和刘华被关进看守所铁栅栏，睡木板，四面透风。那一年珠三角奇冷，香港街头流浪的人冻死了八个，他在深圳的看守所里也差点儿冻死，来时只听说是南方，暖和，没带棉衣。
大年三十放出来时，他已经烧傻了，只会走直线，哐地又撞了墙。

他大年初八开工，打零工，先做平面设计，后来是会场布置、舞美装置。
那时住白石洲的农民房，此地三教九流卧虎藏龙，世纪大盗张子强就是在那里被抓的。白石洲楼和楼近，刷牙时伸手可以从隔壁楼拿牙膏。那时一楼住房东，四楼是藏族兄弟益西江村和觉巴益西，三楼刘华和他，二楼曾氏兄弟是跑场跳舞的。后来二楼的曾氏兄弟里有一个人搞了个组合，叫凤凰传奇。

那时村里的外来年轻人相依为命，混得不好了互相接济，混得好一点儿的就搬家到稍大的房子里，还是在白石洲里。他和藏族兄弟江村最热心，经常帮朋友义务搬家，帮来帮去帮得经验丰富无比，无论多少家具都打包塞进一辆车里，这样省钱。那时深圳东门开了中国第一家麦当劳，他领了工资，领江村去开洋荤吃大餐，不会点，一人点了四个套餐，又不舍得浪费粮食，差点儿撑死。
…………

他那时勤奋得很，超市、酒吧、服装商场，哪里需要美工设计他就扑到哪里去。资源是匮乏的，但天道酬勤，机会青睐伸手接住的人。他后来靠勤奋啃完了一个巨难的单子，替中国最大的室内主题公园未来时代做舞台美术设计，活儿干得很漂亮，他又接到了锦绣中华民族村的道具制作。

边干边学，边学边做，不知不觉中人就会升值。一步一个台阶往上走，他进了4A公司，参与了央视春晚的三维动画制作，再后来进了南方电视台当摄像师，又从南方卫视跳槽香港有线电视台，天南海北地拍片，拍过乌镇广告，也拍过孔府广告……

他片子拍得极好，后来他挑梁一个摄制组，既是策划人也是执行人，人人都夸他敢想能干，没人知道他的学历，也没人在乎。他并不懂经营人脉，但几乎每一个合作过的人都成了他的朋友，原因很简单：他是极普通的人，养气功夫却足，待人接物时总能做到不仰视也不俯视，不给人压力也不对人阿谀。人都不傻，都知道自己的朋友圈里需要有这样一个人。

他后来创业做公司时，很多人主动站出来帮他，全深圳的宣传片几乎被他们公司包揽，包括深圳城市宣传片。他还和江村合开了一家藏式酒吧，白石洲的老朋友来了有热茶有烧酒。忽然不用再一分一厘地省钱了，他获得了最初的经济自由，于是第一时间把父母安置到西安，大明宫公园旁买了房子，并第一次带着父母出门旅行。

那时他还不满27岁，旁人自怨自艾青黄不接的年纪，他已经靠自己的能力谋得了一份温饱体面，闯出了最初的成功，赢得了最初的尊重。输在了起跑线，却赢在了弯道，他是个懂得自己给自己制造弯道的人。

他从未停止过制造弯道。

有一天，他忽然对公司合伙人说：生意已经上了轨道，我觉得我该"出轨"了，我还年轻，不应该现在就开始守成。他对江村说，酒吧全给你吧，我走了，上学去了，去把过去没机会学的东西都好好补课。他对朋友们说：除了挣钱，接下来我要挣点儿别的东西去，再见面时，莫笑我疯。

他对父母说：以前的拼命是为了生存，以后就是为了生活了，只有真正打理好自己的生活，成为一个天天高兴的人，我才能真正当一个孝顺的人。

他并没受什么刺激，也并非忽然醍醐灌顶，所有的决定像是一场漫长实验后的化学反应，自然而然的结晶。

然后他走了……

不管他后来去向何方，找到的是什么，他 27 岁之前的故事很普通，普通人的普通人生。

虽然他的出身背景，远不如大部分普通人。

（十五）

他 30 岁那年，我 26 岁。

我们相遇在午后的街头，我是过路的鼓手，他是卖唱的歌手，他笑着打量我，问：这么好的太阳，走得那么急干什么？

我停下来，和他一起弹琴、敲鼓、晒太阳，一起组织路人丢手绢、捉迷藏……一起围坐在篝火旁。

我问他：你是哪儿人？他故意用方言回答我说：饿四赏北瓦窑堡县廖公桥仍（我是陕北瓦窑堡县廖公桥人）。

口音太土了，我咧嘴笑。

他也笑：饿们那，鼻英都重（我们那儿，鼻音都重）。

我请他来首陕北民歌，他张嘴就是一句道情：哎……亲口口，拉手手，咱们两个旮旯旯里走……

好有趣的男人，好正宗陕北洋芋擦擦腔，姿势也正宗，一手掐腰一手护在耳后，下颌微抬，微微闭着眼，仿佛面前不是彩云之南而是黄土高坡的山梁梁，面前聚拢而来的不是人而是他正在放的羊……

这么有意思的人当然要结交，请教他的尊姓大名。

他告诉我，他的名字可大有来头。

他说他一岁前没有名字，妈不识字，爸爸在外当电工。那时他病重昏迷，24小时水米不进，去县城看病来回要走几十里路，那时零下一二十摄氏度，路难走，能找到驴车就活，找不到的话只能抱着走，然后死在半路上。

很多娃娃就是这么夭折的。

驴车没找到，天太冷，村里唯一的驴赖床，怎么也拖不起。

妈妈哭肿了眼，骂了半天驴，又紧紧地把怀中的他抱紧，毛个蛋蛋，就这么眼睁睁看着你没了？不行！

妈妈死马当作活马医，请来麻节（陕北民间萨满）降神，麻节作法半晌请下神神，说是关公附了体！

巧得很，他5月13日生人，恰是关公磨刀日。

关老爷赐下仙方——草根树皮鸡毛猪鬃庄稼叶子五谷粒粒，外加井水和窗台灰。筷子撬开牙，狠狠灌下去，关老爷说了：明天能醒就好了，不能醒就准备草席。

关老爷附体的麻节还说：知道为甚这娃娃被索命？名字都不给人家娃娃起一

个，能好养活吗?! 赶紧给起个名，有了名字，铁定能成。

关老爷说：
这娃娃如果不能醒，就准备草席……
能醒，以后名字就叫铁成。

若干年后，这个叫铁成的娃娃，过上了令许多人羡慕不已的生活。
羡慕他的你，可愿知晓，他曾历经过你不曾去历经的挫折和坎坷。

（十六）

这个世界很有趣，有些人忙着做事，有些人忙着做梦，有些人忙着做戏。
还有一些人不慌不忙，既做事又做梦，又在人生这场戏里做自己。
旁人笑他太疯癫，他却做来做去做成传奇。

铁成的传奇不应被盲目复制，路径不应被盲目学习，他不是范本只是个例，不是模具只是参照系。
与其效鞶他的经历，不如去捕捉一下那些经历背后的意义，继而填充你自己。

铁成的故事还在继续，你的故事呢? 开始了没?
是否歧路徘徊，抑或力不从心? 想过缺的是什么吗，是目标还是前提?

如果缺目标，这篇文章算是画给你的饼，请纳入你的备选方案里，不要指望它能一劳永逸地解决你的饥馑，当下把它仅仅当个菜单上的图片就行。
知道它有，它存在，它可供你选择就行。

明白是否有权选择它，和你是什么出身背景蛋关系没有就行。

若你选了，请一定明白：每一种理想中的生活都有其前提。和找到目标同等重要的，是认知前提。目标一词是多选题，前提二字是必选题。

既可以朝九晚五又能够浪迹天涯的生活有前提，叫：平行世界、多元生活。
平行世界多元生活也有前提，叫：想不想要，想要多少。
越是追求多项选择式的平衡生活，越要完备并善后你的前提。若漠视前提，并妄图侥幸越过……就别去扯什么有梦为马随处可栖！

自由、自我、自在的状态并非一蹴而就，世上哪儿来那么多捷径。
人只能靠自己去成全自己，真正对自己负责任的人懂得如何让自己变得完整。

若想此生不枉此行，请先清楚该往哪儿走，怎么走，哪种完整，怎样完整。
想不清楚别慌走，山洪雪崩泥石流。

若想清楚了，那还等什么等？
前途风光正好，追风赶月莫停留！
不送。

▶ ▷ 张尕怂《春耕》

▶ ▷ 张尕怂《牛拉了车》

寻人启事

这篇文章是一个寻人启事。

寻的是一个故事的结尾，找的是两个离家太久的孩子。

卉姑娘，故事该怎样画上句号，自己决定吧。

若你愿意继续当你的灰姑娘，有一间小屋永远乐意当你的南瓜马车。

如果你希望这个故事悄悄地结束，仿佛从未发生过。

那么好吧，保重，祝你生日快乐。

看得懂的，都不是命运。说得清的，都不叫爱情。

忘得了的，都不是遗憾。听得见的，都不是伤心。

躲得开的，都不是缘分。猜得透的，都不叫人生。

海鸥在飞。

现在是 2016 年 2 月 10 日，正月初三。

德雷克海峡风速 30 节，浪高 9 米。

船颠簸得像过山车，偶尔有冰山在不远处漂过，穿越这片沉船无数的海域，前方是南极。

整整四天，没有网络信号也没有手机信号，整船的人与文明世界暂停了联络。

四天的时间，我攥紧手机坐在后甲板上打字，风浪里写下这篇正在进行时的故事。

晕船的人们在我身旁哼唧，他们艰难地问：Hi，Ice（嗨，大冰），你在写什么？

我说：寻人启事。

寻的是一个故事的结尾，找的是两个吹泡泡的孩子。

（一）

左手是筷子，右手是碗和蒜。

腊月里的一天，我蹲在门口吃面。

吃面就该大口吃，尤其是西红柿鸡蛋打卤面，微酸微咸却又鲜甜，滚烫滚烫的好似初夜……

咔嚓，再啃一口蒜。

那个高个子男生走过来，并排蹲到我身边，冰叔，还记得我不？

长长的一口面挂在嘴上，我甩着面汤点点头……你好你好，你哪位？

他失望地撇了一下嘴：我在小屋过了三次春节了都，包饺子放鞭炮咱们都是一起……

他摇摇头，沉重地叹了口气：你不记得我了……

添堵来了？没看见我正吃饭呢吗？面碗扣你脸上信不信！

每年被我捡回小屋一起过除夕的孩子有十几个，这么多年下来哪儿能记住那么多？有人在我这儿过了六次春节都还叫不上名呢，你委屈个溜溜球啊你。

他慌忙解释：没委屈没委屈……只是，如果留的印象这么不深，那有些话怎么好和你提……

想提什么？又是来借钱滴？愁死我了，向来反对盲目地辞职退学去流浪以及什么狗屁说走就走的旅行，一切不负责任的穷游都是在对自己有限的青春耍流氓懂不懂……你们这帮熊孩子啊，又是穷游缺盘缠了是吧？有困难自己摆摊卖装备、打工刷盘子挣钱去，我又不是开银行的，怎么可能天天江湖救急给你们当提款机？

男生慌忙摆手，我咋会是来要钱的……我只是想请你拿个主意！

头立马大了，赶紧端起碗跑，不跑不行，看来又是来找我探讨青春的迷茫、理想的遥远、生活的困惑的伤感文青……但我一不是垃圾桶，二不是心理辅导员，三不是午夜情感电台的知心大姐，我自己个儿还没活明白呢，有什么资格给你指点迷津？

哎，你拽我裤腿子干吗？撒手！面汤浇你一脑袋信不信！

大个子男生吭哧半天，仰着的额头上憋出来一层汗。

半晌，他艰难地开口：叔啊，我今天来的目的，和那个姑娘有关……

姑娘海了去了，哪个姑娘？

叔，就是那个神奇的卉姑娘。

（二）

好几年了，卉姑娘每年都会出现，每次都是除夕前的三天。

除夕之前，许多人都会专程赶来小屋。都风尘仆仆，大都单身一人，大都是孤儿。这是小屋多年的传统：除夕不打烊也不做生意，大门敞开，收留无家可归的孩子。和情怀无关，也并非悲悯，结个小善缘而已。

小就是不深不浅，善就是天性使然，缘就是聚合离散。有戈壁就应有绿洲，有沧海就该有礁屿，前路远且长，总有些单飞的鸟乏了累了，那就来嘛，停下来歇歇脚，攒攒心力。收留族人本就是小屋存在的意义之一。来嘛，一起放鞭炮一起包饺子，一起抱团取暖，再各奔东西。

大年下的，有家没家，总要吃顿饺子。每年除夕一起吃饺子的人很多，可惜我神经大条、记忆力低下、脸盲症严重，大多嗯嗯啊啊记不住姓名，可唯独对卉姑娘例外。

神奇的小卉姑娘是个谜。

张卉王惠刘辉李绘赵慧？不知道。

哪里人？什么星座？搁哪儿上大学？学的啥专业？现在做啥工作？不知道。

问她也不说，她话极少，只是笑眯眯地揉揉鼻子，含含糊糊地嘟囔一声：哦……头发垂下来，轻轻遮住眼，睫毛扑闪扑闪，让人不知不觉就心软了。没人会舍得继续逼问她。

没办法，谁让人家真会打扮真好看。

卉姑娘真好看。

哪种好看？

第一眼哦还行，第二眼哎哟不错哦，第三眼啊呀我去咋这么好看的那种好看。眉毛也弯弯，睫毛也弯弯，一头 Biu Biu 的小自来卷晃呀晃，橱窗里的洋娃娃一样，刚出炉的小蛋糕一样，看起来很好吃的那种好看。长相如果 70 分，打扮就又加了 30 分，小靴子小裙子小绒帽小披肩，洋气得嘞。同样是粉底口红假睫毛黑眼线，搁在有些人脸上像极了葫芦娃的女主角，可搁在小卉这儿，却分寸把握得舒服得当又自然，怎么看怎么养眼。同样是化妆，和她一比，别人成了刷墙。

越是美好的事物越是有着耐人寻味的地方，卉姑娘也不例外。她有许多很神秘的地方，比如永远戴着小手套。屋外也戴屋里也戴，也不怕焐得慌。有时是皮的，有时是布的，有时候是毛线绒绒球的，包饺子时也戴着手套，医院里用的薄薄的胶皮的那种。她 24 小时细心呵护，裹得严严实实的，没人有机会看到她的手到底娇嫩成什么样。

戴手套的原因怎么问她也不说，只是笑眯眯地揉揉鼻子，含含糊糊地嘟囔一声：哦……

我和她开玩笑：卉，你是个江洋大盗吗？手保护得这么好是为了保持敏锐度吗？好用来拧金库的密码锁是吧，电影里演的那样？

她腼腆，喜欢捂着嘴笑：叔的脑洞好大。

啊哈小卉，那你是个手模是吧，手是不是上过保险啊，是不是还需要天天在牛奶里泡？

她抿着嘴笑：牛奶泡手啊，人浪费了才舍不得呢……

我说：浪费啥，用两块钱一袋的那种不就得了。

她摇头，那也浪费……

语气不是在矫情，表情也不是假的，那小眉头皱的，看来是真的在心疼牛奶。但"浪费"两个字从她嘴里说出来总让人感觉怪怪的，从衣着打扮来看，小卉的经济状况应该不是一般地好，她这样漂亮精致的小白领还会吝啬两块钱一袋的牛奶？这么惜财，我猜她是金牛座。

事实证明，卉姑娘其实是大熊座。

她力气太大了！这是她第二个奇特的地方。大年三十的年夜饭需要买够十几个人吃的菜，忠义市场离小屋远，石板路窄，车开不过来，只能靠人背。第一次背菜时就把我骇住了，小卉两臂一拎，力从腰起，嗖的一个漂亮的背篓上肩动作……熊的力量啊！一个背篓装满，几十斤重的米面瓜果菜，我背都吃力，她一个娇娇小小的丫头子是怎么做到的？

练过摔跤吗？天生神力吗？来不及问她，她走得太快了，同样沉的背篓，我们四五个大老爷们儿喘得吭哧吭哧，人家姑娘边走还边哼着歌，脚下穿的还是高跟靴。怀里还比我们多抱了一头大冬瓜！脑补一下，一个你在大都市街头经常会遇到的那种白领打扮的漂亮小姑娘，穿着精致的小套装，背着冒尖的大背篓，咯噔咯噔地蹦跶在青石板路上，抱着冬瓜哼着歌，散步一样，跳宅舞一样。饶了我吧，这幅画面真的太二次元了。

我冲着她的背影叫唤：卉，你慢点儿你注意点儿形象好吗？你是码头扛大包的吗，你是建筑工地扛水泥的吗……你他喵的是个女的吗你！

她嘎地刹住脚步，扭头笑笑，神情略微紧张略微尴尬。

哎呀，她说，是哈，我今天的力气怎么忽然这么大……

她抬手擦擦汗：唉，好沉啊……

脑门上一滴汗都没有，装什么装？装又装不像，愁死我了你。

没人要求她背菜，她其实只是跟着来当当财务管管钱而已。其实她一进菜市场就已经把我给吓着了。菜摊前一站她就变身，菜贩子没有一个比她精，没一个能说得过她，她居然掌握我妈那一辈老太太的买菜必杀技——边翻边拣，边拣边贬，再新鲜的菜也先贬成没人要的烂菜叶子，充分打击完菜贩子的自信心后，慢悠悠地说，便宜点儿呗……

不仅会杀价，她居然还会看老式木杆秤，还不停地唠叨说：高高的……

菜贩子怒吼：够高了！她回吼：把你小拇指收回去，别压着！

除了我三姨和我大姑，我活这么大就没见过这么会买菜的人，要不是那身洋气的小套装，真以为是俩职业菜贩子在搞业务切磋。难得难得，大超市惯坏了现代人，更何况真刀真枪砍价的说。时下的年轻小姑娘个顶个自称吃货，每个人的手机里都能翻出一堆美食照，可真要扔进菜市场，分分钟挂科，保不齐油菜当菠菜、山药当萝卜，更何况看秤的说。好吧，若买菜有职称，小卉应该是教授级别。

我拽拽卉教授，得了得了，人家也不容易，大年下的，别为了那块儿八毛的争急眼了……你省那几毛钱干吗？留着买别墅啊？

她眼神中明显在心疼那笔巨款，不过倒也听话，不砍价也不唠叨了，只是临走时非要多饶一个土豆，还对菜贩子说：买了你这么多菜，你多给我们一个塑料袋子。

好神经的姑娘，几毛钱都不舍得，一个塑料袋子也不放过！

（三）

会买菜，会背菜，那会不会做菜？当然会，不然怎么叫神奇的小卉。

那一年的团圆饭小卉主厨，她客客气气地把所有人撵出厨房，让我们到餐厅里包饺子去，然后把厨房门紧紧一关，谁都不让进，谁都不让看。难得难得，家境这么好的孩子居然还精通厨艺，小卉真不错，只是她把门关那么严干吗？做饭而已，又不是洗澡冲凉，有什么可保密的？

…………

水龙头哗哗淌，抽油烟机轰轰响，没过多久，菜香依次飘荡出来，好闻好闻，有鸡有肉有海鲜，一闻就馋了。我忍不住扔下擀面杖跑去推门，浑蛋，怎么还用拖把把门顶住了？搞什么飞机？

我不吃我就光尝一尝行不行……开门！

门没叫开，一堆人堵在门外咽口水，有些没出息的还趴在门缝上闻菜香。真的香啊，不是家常菜那种温馨体贴的香，也不是酒店酒楼里那种浓墨重彩的香，有点儿像学校食堂里那种接地气的香，可以狼吞虎咽，可以大撕大嚼，可以勺子刮着饭缸噌噌响，可以馒头蘸着餐盘擦菜汤。侧头看看两旁的人，像极了刚踢完球赛的大学新生，个顶个饥肠辘辘饿死鬼的脸，小卉好手艺，做菜懂得因地制宜，小屋除夕的团年饭可不就是食堂开饭吗……

不行了，越闻越饿，我带头砸门，咣咣咣，大师傅，啥时候开饭啊哈……

咣当一声，锅盖掉落的声响，卉姑娘隔着门结结巴巴地回应：快快快快了。

两个小时不到，小卉变了一场魔术，厨房里干干净净，餐厅里琳琅满目一大桌，全由她一个人搞掂。她一边调整着手上的胶皮手套，一边冲众人笑，好神奇，身上也是干干净净的，连个油点子都找不到，她是怎么做到的？

眼前的餐桌热气腾腾，远处的鞭炮声隐隐约约，烟花开满落地窗，电视里热热闹闹地唱着歌……有眼眶浅的姑娘当时就忍不住了，眼泪稀里哗啦掉落：原来这就是家的感觉哦……

我伸手拦住她的筷子：少侠，忍住！

不忙吃，饺子还没包完呢，赶紧把鼻涕擤一擤，继续给我擀饺子皮儿去！

小卉却说：大家先吃吧，我一个人来包就好了。

逞什么能？十几张嘴几百颗牙呢，起码要包 300 个饺子，你累了半天了，赶紧躺沙发上歇会儿去。

她不肯歇着，我卡着她的脖子把她推出去，她自己又颠颠儿地跑回来。我说，我打哭你信不信！她说信，于是怯怯地倚在餐厅门口揪手套，又远远地指指那些已经包好的饺子：这种包法，一下锅就开口笑了。

过年讲究吉利，她说的笑，是散的意思。细看看包好的饺子，真想掀桌子，天南海北什么籍贯的人都有，饺子自然也是千奇百怪的，有大有小有花边，有馄饨形状的，也有鱼丸模样的，奶奶的，还有心形的，陶艺课吗！

…………

好吧小卉，你行你上吧。

…………

小卉包饺子的技术好神奇，右手筷子左手皮儿，馅儿挑进皮儿里的同时，手嗖地一握，我的天，一个饺子包好了……我的天，机器人吗？一个一个接一个，长得一模一样的……

那顿饭吃得香甜，男男女女打饱嗝。

我端起杯子给小卉敬酒，辛苦了，好吃！……明年你来不来？明年你必须还来！我们等你哈，说好了哈。

水晶杯叮的一声轻响，杯中绯红色的醇酒荡漾，莫名其妙，小卉的眼圈怎么也红了？她咬了一下嘴唇，小声问：……我真的可以再来吗？

什么话！醉了吧，我送她一个大白眼：废话，咱们不都是一家人吗？

想了想，又补充说：……最起码每年的这几天，咱们都是一家人。

她使劲点头，小鸡啄米一样。她说：嗯嗯嗯，足够了足够了……

门外开始点炮仗了，一堆人稀里呼隆地拥出去看热闹，小卉也跟着，姹紫嫣红里我回头，她独自站在屋檐阴影处的角落里。

手套摘下来了。

手摁在脸上，脸是湿的，左手擦完了是右手，右手擦完了换左手……

大过年的哭什么哭嘛，怪让人心疼的……

手绢掏出来，脚步却停下来了。

哭就哭吧，这帮没有家的孩子。

…………

小卉留下的小故事还很多。

我脑洞大，根据种种迹象脑补出一个揣测：

神奇的卉姑娘从事的工作，应该是餐饮行业，从采购到厨房，经验如此丰富，想必是父辈有意培养的，自然是从小耳濡目染得来的，我猜，她或许隶属于某一个家族连锁餐饮企业。豪门恩怨的故事不仅仅会在 TVB 电视剧里发生，她在她的家族里，或许也是个众矢之的的角色。寻常人家的孩子不会这么懂打扮，从衣着妆容可以看出，衣食一定是无忧的，但心情也一定是阴霾的。

辞世的父母留下了产业，她刚成年，尚无力全权承接，有人觊觎没人罩着，谋她的人比帮她的人多……这种故事若按常规的走向，除非她自己加速成长，否则住别墅和住大杂院，不过是一线之间。

按这个揣测来解构，倒是容易理解她出类拔萃的自理能力，以及她的懂事和怯怯。

每个人有每个人的心结和沉默，身世她不愿开口诉说，那就不说吧。

每个人是每个人的过客，鸟与礁，绿洲与骆驼。小屋和年夜饭，礁石而已，一年一度浮出海面生起篝火，只能提供短暂的温暖和停歇。

（四）

高个子男生说：那年除夕，小卉偷偷躲在屋檐角落里哭，我看见了……忽然就关心上她了。

男生说他一关心就关心了整整两年。

喜欢就说喜欢，什么关心不关心，真是个薄脸皮的男生。

白搭，死了这条心吧！

孩子你没戏的，不光是你，你们所有男生都没戏。

小卉之所以叫神奇的小卉，还有一个重要的原因：没人知道她的过去，没人知道她任何身份信息，没人知道她每次来古城住在哪个客栈，甚至没人知道她每年会在大年初几忽然离去。

她享受小屋这种族人式的团聚，却排斥任何一种形式的联系。没有任何一个男生能成功留下她的手机号码，和她最要好的那几个女生都没她的 QQ 号码、微博、微信。再怎么套话，她也只是冲人家笑，嘴抿得紧紧的，一个字都不漏，和和气气地婉拒。

我拍拍那男生的肩，算了吧，拉倒吧，省省吧。看过画展没？参观者和艺术品之间永远要保持一点儿安全距离，好看就好好看，莫伸手摸，同理，关心就默默关心，卉姑娘每年出现时都是同样地光鲜亮丽，知道她过得挺好就行，何苦操那么多心。

男生方（慌）了一会儿，反驳道：这个心我必须操……

他说：只有我知道她的生日是每年的除夕！

这么笃定的语气不像是瞎掰，轮到我方了。小卉姑娘的生日是除夕？过去几年她从未提及，×，那她岂不是好几年没吹蜡烛没吃蛋糕没许生日愿望了？是怕给我们添麻烦吗？是不好意思被人瞩目吗？这叫怎么个话说的……

男生说，你没发现吗？每年的除夕，她都会独自躲到角落里哭一会儿，再自己给自己唱一会儿歌……

他说，她唱的，是郑智化版的《生日快乐歌》。

她有在唱歌吗？别人都没发觉，连我都没发觉，怎么偏偏让你发觉了她唱的是什么歌？

男生说：因为除夕这天我我我……因为这首歌我我我……

我什么我？有什么难言之隐吗？

男生没有说，男生扭转话锋：冰叔，咱们不能再让小卉过不上生日了，你能不能拿个主意？

我说走！买大蛋糕去！

唉，浑蛋！你怎么又把我裤腿子拽住了？什么，不能买蛋糕？为什么不能买？

男生嘴笨，组织了半天语言，方大体表明心意：小卉不肯公布生日，一定有她的原因，生日是一定要给她过的，但一定要过得巧妙才行，无论如何，既要让她过好今年的生日，又要让她不会感觉到丁点儿的不自在。

他说他想了许久也没想出个靠谱的主意，所以今年预支了年假提前一周来寻我，希望我能给小卉一个完美的生日除夕。他手塞进领口，从内衣口袋里掏出一张农业银行的储蓄卡，说：这一万元钱是我准备的小卉生日经费，这钱您怎么安排都行，我相信您，但无论如何，小卉面前请替我保密。

保什么密？为什么要保密？男生的耳朵瞬间红了，脸却没红，一米八几的大个子，害羞害得好稀奇。我捧着面碗，把那个男生看了半天：小伙子，看来你对卉姑娘动的是真心。既如此，钱他妈给我收回去，不就是出个主意吗？叔脑袋里除了糨子剩下的全都是主意。除了帮小卉生日出个主意，另外私人无偿奉送你小子一个主意。

你听说过五大人生建议没？条条都是真谛：

1. 喜欢就买

2. 不行就分

3. 重启试试

4. 多喝热水……

还有 5. 果断表白！

大个子男生的耳朵由红变白，他低着头苦笑了一下，说：叔，你知道我是干吗的吗……

他伸手比画了一个切菜的动作。他说：我是个厨子，刚出实习期……

他苦笑：我一个月的薪水，估计都换不来小卉两双手套。

他嘟囔：我这样的人，怎么能配得上她？

（五）

我隐约有印象了。

想起来了，过去几年，每年的除夕团圆饭前，都有一个高高的身影蹲在门口忙活着净菜，有时候剥葱有时候捣蒜，有时候刮鱼鳞。小卉话少，他的话也不多，他的袖子好像总是挽起来的，很多准备工作他默默地就做了。

…………

总有一些人默默地躲在人群中，不声不响却又踏踏实实，他们站在焦点的外围，总是甘当配角。好似一只托盘，又好比一小片不起眼的胶垫，有他们存在的地方，酒是不会洒的，桌子也是稳的。

不冰冷也不炙热，他们永远 26 摄氏度，总是恒温的。

小厨子，要想帮小卉过好这个生日，光我一个人的能力是不够的，你也帮帮忙吧。

一张图纸搁面前，会蒸胶东饽饽大馒头吗？按这个图的样子去蒸吧，能蒸多大蒸多大！

我又扔给他一张歌谱一把吉他，小厨子，还有一个星期的时间，好好练吧。

他吓了一跳：我不会啊，从来没摸过吉他啊……

没问题的，会唱这首歌就行。和弦都是最简单的，一个星期足够了，对别人我没信心，对你我信心大大的。你不是个鲁菜厨子吗？鲁菜刀工冠天下，切得了蓑衣黄瓜的手难道还拨不了吉他？

七天的时光眨眼即逝，和往年一样，单飞的鸟们接踵而至，小卉也来了。米白色的羊毛小大衣，手套是粉红色的，人比去年消瘦了不少，却越发显得眉清目秀了。

我说：卉啊，没事别瞎减肥哈，排骨永远不如五花肉实惠，网红锥子脸什么的最没劲了。

她捂着嘴咯咯笑，又轻车熟路地翻出背篓：叔，我买菜去了。

我说去吧去吧，多带几个人去扫荡菜市场，把门口那个大个子也带上……记住哈，大年下的，别往死里杀价！

年夜饭依旧是小卉主厨，吃饭的人却并非同一拨。

铁打的小屋流水的过客，有些人来了又来，有些人来过后再没来过。不是不长情，贺年短信还是发的，不过是告别了单身组建了家庭，各自找到了栖息地，不再需要礁石了而已。卉，和你同一年同一茬的那几个女生都已经把自己嫁出去了，没嫁出去的今年也是带着男朋友一起来的，你现在是啥情况啊？还是单身一个人吗？

小卉姑娘不搭话，隔着厨房的门板，她假装没听见。我挠挠门：姑娘，我和你说哈，做人如果没追求，和咸鱼有啥两样？明年如果还是找不到男朋友，以后你就别来了……

门吱呀一声开了，小卉一只手把着门边，半个脑袋探出来，满脸抑制不住的慌张，她撇着嘴问：真的？

卷卷的头发微微颤，这副委屈紧张的小模样，像极了一只即将被遗弃的波斯猫。干吗？这是要哭吗？我一掌推在她脑门上，把她给推了回去。假的！赶紧做你的饭去吧。

想了想，又隔着门叫：你那爪子是金子打的吗？做饭还戴手套，你不怕焐出脚气来吗？

菜板响，她躲在里面又在假装听不见。我溜达回包饺子的人群中，冲小厨子使个眼色，可以行动了，开始包饺子吧。

小卉的生日计划是只双响炮二踢脚，引信被包进了饺子里。

年夜饭开动前，我端起酒杯站起身发言：

看到大家身心健康地又活了一年，我很欣慰……

众人笑，集体说：呸！

我正色道：今天在座的，有新人有老人，大都是没有家的人，此时此刻却又仿如一家人，we are family（我们是一家人）……为了欢迎新的族人家人，从今年起，我们定一个新规矩，每年选一个人当吉祥物，跨年钟声敲响之前，所有人都要作死地爱他，作死地宠他，送给他一吨惊喜。

生命本没意义，有了爱才有意义，如果爱意有分量，咱们给他 1000 公斤。

戳起一个饺子，我说：谁吃到，谁就是吉祥物！饺子里藏了一个硬币，每个人都只许吃自己面前那份饺子……

话音未落，桌上的饺子少了三分之一。一半夹在筷子上，一夹就是两个三个，一半塞进或大或小的嘴里，见过猴子的颊囊没？一模一样……身为庄家，自然讲究风度，我耐心地给予他们鼓励：慢慢吃别噎死……不许上手抓！

有人一边狼吞虎咽一边问小卉，卉姑娘，你怎么吃着吃着不吃了？你不吃我可吃了哈。面前的盘子被拖走，瞬间一扫而空，小卉向来好脾气，任由掳掠完全不生气。她胳膊擎在半空，筷子头含在嘴里，眼神发直，怔怔地蠕动着嘴唇……半晌，唇一启，一枚硬币滴溜溜落地。

（六）

小卉那天脖子上挂满了护身符，全是大家送的，十字架叠着玉观音，还有包银狼牙。大家宠死她了，抢着爱她，筷子分分钟被夺走，每一口菜都有人喂，还有人负责在一旁帮忙擦嘴，吃一口擦一下。
我说行了，擦红了都，快擦秃噜皮了都。
还有人掐住她的肩膀帮她做马杀鸡，唉，还让不让人家孩子吃东西了？
还有人端来一锅热水非要帮她做足疗……

我把那人打得满屋子跑，你家吃饭时洗脚啊？你家洗脚用锅啊？打死你！
有人嘴笨，品性也憨纯，不懂如何献殷勤，只会左一句右一句夸人：小卉你特别好……小卉你不是一般地好，真的，非常好……
翻来覆去就这么几句，语气诚恳得让人浑身起疙瘩，头皮麻酥酥。

小卉早傻了，任人摆布，话也不会说了，只会啊啊啊。最后一声"啊"凝固在嗓子眼儿里——巨大的一座笼屉在她面前掀开，猪头那么肥硕的一尊馒头出现在眼前。

馒头当然不是猪头造型的，是蛋糕形的，三层。

我亮出菜刀……递过去。

卉，来，你是吉祥物你来剪彩，过年讨个好彩头，切开切开。

且慢，把灯先关了，所有人把身上的一次性打火机掏出来，一起点燃再一起吹灭，一起给小卉许个愿。

小卉小卉，你愣着干吗？赶紧也给自己许个生……盛大的新年心愿。

小卉双手合十贴在额头，一闭眼，扑簌两颗泪滴下来。众人的愿望许了好久，一次性火机都快烫化了才重新睁开眼，火苗吹灭，欢呼声响起，此时当有音乐。我抬手双击掌，小厨子抱着吉他蹦出来，他紧张得脸都紫了，手一哆嗦，第一个和弦就摁错了。错了就按错的弹，小厨子像抱机关枪一样抱着吉他，扣扳机一样抠着琴弦，他抖着嗓子唱：

…………

这个新年让我想起，一个很久以前的朋友

那是一个寒冷的冬天，他流浪在街头

我以为他要祈求什么，他却总是摇摇头

他说今天好像过年了，却没人祝他新年快乐

新年快乐，祝你新年快乐，有生的日子天天快乐，别在意新年怎么过

…………

原曲是郑智化版本的《生日快乐歌》，我改了词，把生日快乐改成了新年快乐。

小厨子说得对，小卉隐瞒自己的生日一定别有隐情，就不要让她不自在了。

不自在的是小厨子，他太紧张了，最后的副歌到底还是颠颠倒倒唱成了原版，他唱：……生日快乐，祝你生日快乐，有生的日子天天快乐，别在意新年怎么过。声音越唱越大，他看的是小卉姑娘的方向，唱得无比难听，却无比动情。有那么一刹那，我几乎确定他是故意这么唱的。

好了，知道你是情不自禁，但众人若是疑惑起来，又该如何帮小卉圆场呢？

没人疑惑。

一曲唱完，整个屋子静了，门外鞭炮声此起彼伏，屋子里的人纷纷抹起了眼泪，终于有绷不住的姑娘哭出声来，哭的人越来越多，有人边哭边哼着歌，低声的吟唱渐渐变成了大合唱，他们唱：……有生的日子天天快乐，别在意新年怎么过。合唱终于变成了齐声喊：有生的日子天天快乐，别在意新年怎么过！

无家可归的孩子们齐声喊：要过就好好过！神奇的小卉！把大馒头切开分了吧！

小卉是愣着的，众人一起哭一起唱一起喊的时候，她都是愣着的，溪水一般的两道泪痕干在脸上，她隔着半个屋子，愣愣地看着小厨子。从小厨子一开始张嘴唱那首歌，她就已经愣了。

小卉呆呆地捉起菜刀，剁开馒头前，她向着小厨子的方向最后看了一眼。

双唇轻启，她好像说了一声：谢谢……

（七）

我和小厨子蹲在小屋门口，我递给他一支烟。

他说他不会抽烟，我说：你这辈子不缺人教你学好，总要有人教你学点儿坏。

他第一口就呛着了，不停地咳嗽，像反复上线的 QQ 一样。我拍他的背，我说：……你俩那天对视了起码有五分钟。他慌忙解释：当时之所以失态，是因为除夕那天我我我……

他又被那个难言之隐卡住了，唉，结结巴巴的，愁死人了。

我说：我什么我！小兄弟你知道吗，如果一个女的肯和你对视 15 秒以上，就意味着她对你也有好感。

他差点儿没呛死过去，一边疯狂咳嗽，一边不停地摇头。好半天，咳嗽终于止住了，头垂在膝盖中间，他闷声闷气地说：叔你别操心了，不可能的……我不过是个穷小子，别人会笑话的。

把头给我抬起来！

是的没错，这个世界上看你笑话的人永远比在乎你的人多，世人皆是活在旁人嘴皮子底下的。

但你听说过三大神回复没？句句都是真谛：

1. 关你屁事！

2. 关我屁事！

3. 你懂个屁！

他嗫嚅地说：可是，我只是个厨子哦，以后也不会有多大出息的。

屁！如果法律规定只让有出息的人谈恋爱，中国早他妈不用计划生育了！

小厨子，其实我明白你的意思。这是个阶级固化的时代，底层年轻人难以找到上行通道，大部分耗尽整个青春，追求的不过是生存，小部分解决了基本的温饱体面，却也不得不被"安全感"三个字套上缰绳，劳碌奔波。机会是有的，却是少的，忽悠是有的，却大多不过望梅止渴……

但是孩子你听我说：资源和资源配置权的匮乏并不意味着一个人的情感追求也必须匮乏，换言之，你有没有出息和你配不配拥有爱情，蛋关系没有。再者说，起点并不决定终点，出身并不决定金身，一辈子这么长，再平庸的人也会遭遇不平凡的人生际遇，你怎么知道你就一定没出息？再者说，小卉这么没毛病的女孩子，你觉得她选择对象会那么世故俗气吗？或许你所顾虑的人家完全不在乎呢？再者说，既然有"霸道总裁爱上我"，为什么不能有"神秘白富美接受我"？梦都不敢做，命还活什么活？

小厨子琢磨了半天，头抬起一点儿来，瞟了我一眼。他说：叔，你说小卉姑娘对我也有好感……可她为啥后来没再搭理过我，看也不看我，一句话也没和我说。

就冲着这一句话，我就知你还是个处男，零经验，傻得像块木头一样。有哪个女神会主动？女神有那么好追吗？尤其是像你这种情况的屌丝逆袭。不看你就对了，如果坦坦荡荡地看你，反而证明你没戏懂不懂？她眼里不看心里在看懂不懂？这种情况下你不主动，还指望人家小姑娘主动吗？

听好了！

任何情况下都别指望女生对你主动，高级灵长类动物的生物本能决定了雌性生物的矜持本性，漫长的史前岁月里，雌性动物选择配偶时，矜持是淘汰弱者屄货的不二法宝，只有那些强悍自信、敢打能杀会觅食，同时擅长啪啪啪的雄性，才能获得最优先的生殖交配权。从生物学角度来讲，生命的意义不过是传递基因信息……

小厨子打断我的话头，脸都白了：我没想交配……

我鼻子都气歪了：我他妈说的也不是交配……

处男真可恨！蠢死你吧纯死你吧……我又不是没当过处男，你再说一遍你没想过交配试试，蒙谁啊你？你敢说你一丁点儿都没想过吗？你说啊你说啊你……

他哀求：叔你闭上嘴行吗？能不能别老说什么……配？

我说好，不说配，说追。

先把你和小卉两个人配不配这个问题丢一边，咱们探讨一下你该怎么去追，以及你该如何积极有效地去经营你的爱情。

…………

算了，别探讨了，自己悟去吧。

可以经营的爱情，也就已经不能叫作爱情了。

可以说得清的，都不叫爱。

烟掐了，别抽了。

（八）

那个春节过得飞快，眨眼间人群散去，鸟们纷纷振翅，继续他们各自的远航。

临别前没有拥抱也没有送行。走了就走了咱都别矫情，有缘就明年再聚，缘尽就相忘于江湖。只要小屋不死，你就永远有地方过年。如果找到了另一半，记得除夕那天一起带回来，如果修成了正果，终于拥有了栖息地，那这块礁石也就不必重返。各位保重，各自珍重。

小卉走得很晚，很罕见，她这次几乎拖到了公共假期的最后一天。端倪很明显，那么多天，小厨子在她左近晃来晃去，她看也不看一眼。小厨子离她越近耳朵越红，她却面色如常没什么反应，细心的我却发现，每当小厨子靠近，她的呼吸就会变得很轻，越近越轻，有时几乎暂停。眼睛却绝对瞟都不瞟一下的。身为一个过来人，我深知拔苗助长有多害人，这么微妙的因缘种子，外人就别掺和了，是枯是荣，让它自己生自己长吧。

话虽这么说，终究还是没忍住。神奇的小卉辞行前，我忍不住点了她一句：除夕那天的大馒头，你知道是谁做的吗？她的呼吸一下子变得很轻很轻，良久，点点头。我笑：怎么样，对他有好感吗？小卉的呼吸轻得几乎暂停，不点头也不摇头，良久良久。

出租车的喇叭嘀嘀地催，天色不早了，该上路了。我拍拍小卉的脑袋，说：不如你把联系方式留下，我替你转交给他，你们可以先互相了解一下，切磋一下厨艺什么的，从朋友做起嘛……
她一秒钟都没犹豫，拨浪鼓一样地摇头。哎呀我去，怎么眼眶又红了？女人啊真是搞不懂。

小卉走之前只问了一句：明年除夕我可以再来吗？
我反问她：联系方式可以留给他吗？
两只手套紧紧地攥在一起，她把嘴唇快咬出血来了，年纪轻轻，哪儿来那么多纠结顾虑？到底在为难什么？好了好了好了，不许哭，你可是神奇的小卉姑娘呀，别为难了，快走吧。
我把她的肩膀扳向车门的方向，背后轻轻推了一下：
保重，再见。
…………

小厨子背着硕大的行囊，呆呆地走过来。他蹲下，坐到我身旁：叔，接下来我该怎么办？

日光正好，春天里的五一街弥漫着三角梅的芳香，我摇摇头说：我也不知道。

…………

他把手伸过来：给我一支烟。

我摸兜，掏烟，把烟递给他，替他点上，再反手一巴掌把烟打掉！

神奇又怎样，神秘又怎样，白富美又怎样？

世间哪儿来那么多重逢？擦肩而过往往就是永远错过。

还等什么？追啊，追不上也要追，真要有心的话，天涯海角也能找到她。

指着车开走的方向，我冲小厨子喊：跑！

（九）

我并未料到这个故事的走向，会忽然急转弯。就像我完全没有意料到，从小厨子那天狂奔到他再度忽然出现，只隔了短短几个月。夏初的时候，他一屁股坐到我身边。没等我惊讶地叫出来，他摸出一盒烟，帮我点上一根，自己点上一根。居然没被呛着？短短几个月的时间，抽烟的姿势怎么忽然变得这么老练？没等我抬手打落那一明一暗的一点红，他先开口了。小厨子说：我找到小卉了。

他说：答应我，听完了小卉的故事之后不要讨厌她。

他说：我终于找到小卉的那天，她正从一辆三轮车上往下卸货，整整一车的面粉，她一个人卸下来的……

…………

小卉是化名。

没有什么白富美，也不存在什么家族企业。

小卉从事的确实是餐饮行业——她在学校食堂里卖饭，也做饭。

小卉生活在北方的一座老城。

食堂的工资微薄，好在她不需要租房，住的是宿舍。

她攒工资，足足攒上一年，攒够一笔盘缠、几身衣裳，供她去一趟远方。

不是旅行，只是去过几天有家的日子。

她是孤儿，没有过生日，没有过家，独自一人长大。

这个年纪的女孩总是对生活充满了期待和想象，越是漂亮的女孩，越有无限的可能性在面前绽开。小卉例外，她每年最大的期待，不过是一个除夕。一整年的准备和等待，只为换来除夕的那一场团聚。

温暖的，奇幻的，童话一样的。

每年攒下的钱就那么点儿，必须精打细算着花。衣服是一件一件攒的，鞋子也是，都是反季打折时网购的。

要攒，也要藏，有些东西必须藏好，不然她攒够了衣裳，也攒不够踏上这段旅程的心力。手套是必须戴的，为了掩盖切菜留下的刀痕、热油烫出的疤，以及掌心厚层怎么也搓揉不掉的茧子。一双一双地攒手套，一样一样地攒口红眉笔，她躲在幽暗的宿舍里，比着杂志学化妆，上百次的摸索，描摹出梦想中的自己。

哪个女孩没做过公主梦？但从小到大，从没人给她买过洋娃娃。她每年出发之前去一次美容工作室，狠狠心花掉几百元钱，烫一次洋气的小波浪卷头发，洋娃娃一样，换了一个人一样。

…………

自信像一串珠链，零零星星拼凑，一粒一粒地串起。她绞尽脑汁把卑微的自己掩藏，再怯怯地，把梦想中的自己展示给那个临时家庭。大家都爱她，夸她神奇，一切美好得像场梦，她也深爱着梦中的自己。

心里面其实是明白的：她每年只有这一次机会被所有人喜欢，每次只有一个多星期。是美梦总会担心醒，就像童话里写的那样，当午夜12点的钟声响起时，马车变回南瓜，白色晚礼服变成灰衣麻布裙，所有的魔法都会消失。只有悉心隐藏，才有机会企盼下一年的梦境，短暂的欢愉后，她必须悄无声息地离去，不能留下任何联系方式。

小卉是化名。
卉姑娘，本就是灰姑娘的谐音。

（十）

无语了很久，直到烟灰剌啦烫了手。一直以为她是个白富美，原来全都是骗人的。卉姑娘算是在撒谎吗？细想想，关于身世和经济状况，她只字未提，给人留下的只是一个误会的印象而已。真是个孩子，何必这么做呢？

我说：这个傻姑娘……为什么不用真面目示人呢？难道在小屋里还会有人笑话她不成？

小厨子说：叔，你开始有点儿讨厌她了吗？你会觉得她虚荣吗？

我噎住了，不知怎么回答他。

…………

小厨子在小卉所在的城市停下，他找了一份临时工作，小饭馆里当面案厨师，一待就是几个月。

饭馆离学校不算远，小厨子每天都会去那个食堂，偷偷地看她一会儿。看她扛米背面，看她站在窗口卖饭，窗口外都是她的同龄人，薄薄几条不锈钢栏杆，里外两重天。小厨子看着她被同事讥讽，他们阴阳怪气地说：看这头发烫的，咱们食堂还出了个平面模特呢……模特，今天没去取快递吗？最近没买名牌大衣吗？

又挤眉弄眼地说：其实那些衣服都是别人送的吧？唉，那么有钱，怎么还舍得让你在这里吃油烟？

小卉姑娘不言不语，看来早已经习惯了这样的奚落。她唯一的应对方式是不停干活儿，仿佛忙碌起来以后，所有的杂音就全都听不见。

…………

小厨子说，干活儿时的小卉素面朝天，并没有除夕时好看，说实话，丢到人群中绝对不起眼的那种普通……唯一扎眼的是她那一双手，通红的，皱皱巴巴的，隔着很远都看得见。

他看着她一个人卸货，又一个人蹬着车子去进货，一个人做贼一样地取快递，一个人收工回宿舍，肥大的工作服在身上晃荡，快递包裹抱在怀里，她走路时是低着头的。他说他看着越看越心疼，每天都要拼命抑制住想要上前喊她的冲动。喊了又能怎样？他并不知道该对她说些什么。

冥冥之中似乎有一种促狭的力量，总在暗暗把人的命运操控：想要的得不到，喜欢的都失去，得到的都不过如此，而越是小心翼翼捧着的，越要帮你打翻在地……

小厨子没去打扰卉姑娘的生活，但事情终究还是打翻了一地。

小厨子打工的小饭馆卖北方面食，那天他把笼屉端到门口的柜台，盖子刚一掀开，就有路人被吸引了过来，那人问：老板，馒头怎么卖？

隔着升腾的白雾，他看到小卉扶着三轮车站在面前。

小卉的脸色一开始是平静的，随着雾气的散尽，骤然变得煞白。

短短的几秒钟后，小卉转过身去，扶着车子走开。他冲出店门去追她，笼屉猛地被撞翻，雪白的馒头滚落一地，瞬间沾满泥沙尘垢。他想喊她，脑子里却一片空白，什么都喊不出来。

小卉没回头，脚步也没停，一声声喇叭响起，她却什么也听不见。

她推着车子，径直走在晚春的街头。

车流里逆行，渐行渐远。

…………

故事悄悄地结束了，仿佛从未发生过。

（十一）

神奇的卉姑娘，我知道你一定会读到这篇文章。

其实没人有资格谴责你什么，也没人有权利阻止你去制造那些美好的假象。

你的谎言，其实往往就是你的梦想。

其实我们每个人都一样。

我只是很想问问你：如果故事可以重写，你会给它安上怎样的一个结局？

假设把小饭馆前的四目相对，换到下一个除夕，你是否还会转身就走？

假设那天身份没有被识破，下一个除夕时，你是否会和小厨子在一起？

假设一切都能晚一点儿再发生，事情是否会有所改变？

假设那天逆行的车流中，他能大胆一点儿追上你，你是否会允许这个笨拙的孩子，笨拙地爱你？

OK（好的），所有的假设都是狗屁，都无法更改业已成形的现实。所以我们说人生如梦，醒了就回不去。

卉姑娘。

我一度认为你和小厨子之间是一个奇幻的开始，管他是富是穷，总会打破固有的人物设定。但我忘了所有童话的结局都不曾在现实世界里完美复制，非虚构的爱情终究逃不开命运规律。

奇迹没有发生，小厨子并没有变身成小王子。灰姑娘推着三轮车，并没有坐在南瓜马车里。曾经在除夕夜里四目相对的孩子，终究擦肩而过，相顾无语。

…………

好了，该回顾的已回顾完毕，无须赘述，再矫情是放狗屁。

我写下这个故事的目的，只是在履行对一个人的承诺。同时，我希望你能知晓他真实的心意，以及他最初关注你的真实原因。

卉姑娘。

那天讲完了你的身世和你的背影后，小厨子说出了他来找我的目的，他说：小卉每年只有一个星期的时间，成为她梦想中的自己，不要着急揭穿她，无论如何，帮她把梦继续做下去吧。

我问：这个"她"是哪一个，是戴上手套的那个还是摘下手套的那个？小厨子，你心里装着的灰姑娘是哪一个？

他回答说，在他心里小卉只有一个。

他说：……除夕夜里，躲在屋檐角落里，边哭边给自己小声唱生日歌的那个。

明白了，我该怎么做？

他说：叔，你可不可以假装什么都不知道，可不可以每年除夕都帮小卉过一次生日？

（十二）

2014年除夕。

遵循小厨子的嘱托，我准备好了三种不同的生日方案。

可是小卉，你并没有出现。

2015年除夕。

小卉，你还是没有出现。

又是一年除夕尽，现在是2016年2月10日，正月初三。

德雷克海峡风速30节，浪高9米，穿越这片沉船无数的海域，前方就是南极了。

整整四天远离人间，我无法获悉小屋今年的除夕夜，都有哪些单飞的鸟停歇。

姑娘你今年来了吗？

一个人来的吗，还是两个人来的？戴着手套来的，还是摘了手套来的？饺子里的硬币每年都包，今年的硬币你吃到了吗？合唱每年都有，有没有和大家一起合唱那首《新年快乐歌》？

其实是《生日快乐歌》，你懂的。

好吧，或许今年的除夕你依旧没有出现。

那你明年会来吗？

船在颠簸，起起伏伏的冰山在不远处漂过。此刻我坐在船尾甲板处，在风浪里写下上述文字，快结尾了，这个不知该如何画上句号的故事。

除夕夜里的团圆饭，你缺席了两年。小厨子也缺席了两年。

灰姑娘或许还会再度出现，而小厨子或许永远不会再来。

三年前，小厨子说：都怪我太笨，我搞砸了……不要揭穿她，帮她把梦继续做下去吧。

他说：叔，你可不可以假装什么都不知道，可不可以每年除夕都帮小卉过一次生日？

他说他下一个除夕可以不来，如果需要，他可以永远都不再出现。

他说他不想因为自己的出现，让你再度难堪地逃开。他也是个无家可归的孩子，他一直是个笨拙的孩子，笨拙地护持着你的梦，希望你把梦做完。

我问他：不遗憾吗？自始至终你们只有过两次对视，连一句完整的对白都没说过。

他说：你忘了吗？我还给她唱过一首《生日快乐歌》。

我拦住他问：小厨子你想过没有，你对小卉的感情，到底是心疼还是爱？

他反问我：有区别吗？叔你不是说过吗，能说得清楚的，都不叫爱。

他说，这种说不清楚的感觉，从发现小卉生日那一刻就开始了……

小厨子走了。

我再没见过他。

也不知道孤身一人的他，后来去哪里过的除夕，有没有吃上饺子。

（十三）

看得懂的，都不是命运。说得清的，都不叫爱情。

忘得了的，都不是遗憾。听得见的，都不是伤心。

躲得开的，都不是缘分。猜得透的，都不叫人生。

这篇文章是一个寻人启事。

寻的是一个故事的结尾，找的是两个离家太久的孩子。

卉姑娘，故事该怎样画上句号，自己决定吧。

若你愿意继续当你的灰姑娘，有一间小屋永远乐意当你的南瓜马车。

如果你希望这个故事悄悄地结束，仿佛从未发生过。

那么好吧，保重，祝你生日快乐。

另外，有个片段想和你分享。

就当作赠你的生日礼物吧。

那年除夕夜里，烟花开满天际。

你躲进人群背后的屋檐角落，边哭边给自己小声唱歌。

不远处，有个男生默默看着你，只有他清楚你在唱什么。

只有他一个人发觉了你悄声唱着的，是《生日快乐歌》。

………………

那天也是他的生日。

他低声哼着的，是同一首歌。

2016 年 2 月

南冰洋

►▷ 嵇翔《后来听说你回到了南方》

►▷ 大冰的小屋·陈昕宇小不点儿《谷雨》

►▷ 靳松《孤鸟》

►▷ 好妹妹乐队《最美的忧愁》

台北爸爸

你真以为你爸爸是爸爸啊，或许他也是个孩子。

他和你一样，也需要长大。

或许你这条小生命的存在，意义非常重大：你给了他一个机会，帮他长大。

一般来说，孩子就是孩子，爸爸就是爸爸。

爸爸陪着孩子长大。

稍等，你真以为你爸爸是爸爸啊，或许他也是个孩子。

他和你一样，也需要长大。

或许你这条小生命的存仕，意义非常重大：你给了他一个机会，帮他长大。

这篇文章讲了一对父子间的琐事，挺好玩儿的。

七〇后的父亲，九〇后的儿子，他们陪伴着对方一起长大。

我没指望靠这篇文章让你醍醐灌顶，或激发你的孺慕之心。

只当是睡前故事看着玩儿吧，看看个中是否也有你爸爸的影子，或者你自己将来的影子。

（一）

圣谚九〇后，国民校草，长得酷似言承旭，但比言承旭结实，有八块腹肌，帅得一B。这孩子成绩很好，性格极好，温文尔雅暖男一枚，喜欢笑，笑起来天都放晴了。

总之，传说中的好孩子。

我去台北小住，他爸爸阿宏请我吃牛肉面，他带着小女朋友来蹭饭，一见面就张开双臂拥抱我，笑嘻嘻地说：大冰数熟（叔叔）……

熟什么熟？我是块焖牛肉还是根关东煮？我说：哎哎哎别乱喊，我虽和你老爸兄弟相称，但貌似也没那么老吧，"叔叔"二字打死不敢当，你敢再喊我叔叔，我立马喊你声哥。

他看看他老爸，又看看我，哗地一下笑了，说：大冰数熟好搞笑哦。

还喊！

我不理他，转头和他小女朋友打招呼：嫂……子！

小女朋友吓得直摆手，一边往圣谚背后躲，一边说：啊啊啊，你不要吓我啦，大叔。

我说：每个大叔都有一颗想当欧巴的心。

圣谚笑得更开心了：大冰数熟好好玩儿啊……

还喊！

阿宏说圣谚晚熟，17岁时才交女朋友，我大不以为然。他奶奶的，叔叔我22岁前连啵儿都没打过呢，一句话出口，他们三个人像看红毛猩猩一样，盯着我傻笑。我想把面碗泼过去。阿宏冲我竖大拇哥，夸我给爹妈省心，又拍拍我的肩表示安慰，然后指着圣谚说：这小子初恋时差点儿和我翻脸。

圣谚从小就好运动，篮球、棒球、保龄球，只要能扔的都喜欢。因此从幼儿园开始，不管什么项目比赛，老师首选就是他。因为太热爱体育，所以错过了同龄人应有的叛逆期，他注意力全在运动场上，除了踢球就是打球，各种球他都玩儿命地喜欢，就是不去注意女生们胸前的那对球。

他白白浪费了知慕少艾的年纪，中学生翘课、抽烟、交女朋友他都没试过，这在时下的台湾实在是罕见个例，同学觉得他只会打球太老土，他自己混混沌沌的，几乎不自知。阿宏旁敲侧击过两次，很开心地发现宝贝儿子没遗传到自己的早恋基因。阿宏14岁破处，21岁结婚，22岁有了圣谚，深受早恋之苦，饱经围城沧桑。

圣谚的混沌状态一直持续到高中二年级他参加学校热舞社后——阿宏鼓励他去参加的。圣谚能单手倒立，还能只靠手腕的力量横在立杆上当人体鲤鱼旗，他的开度、力度、柔韧度都异于常人，跳起街舞来帅得 D，故而迅速吸引了无数女生的目光。他一倒立，台下的小女生尖声尖气地喊：哇……腹肌耶！
他一个后空翻，台下的小女生立马发疯地喊：受不了了啦……陈圣谚我爱你！
挤在台下看街舞的女生，比蹲在篮球场旁看打球的女生热情多了，也主动多了，动不动就尖叫，叫得人毛孔舒张，浑身舒泰。他只是晚熟，又不是真的傻，恍然大悟后猛然开窍，从此移情别恋爱上了跳舞，再难的舞蹈动作也顺手拈来，腾挪转移，街舞跳得和耍杂技一样。话说，大部分文艺青年的艺术人生貌似都有类似的原动力。只不过当年是吉他，当下是Locking（锁舞）而已。时代不同了……文青会街舞，谁也拦不住。

饮食男女是天定的法则，早到晚到都是自然规律。阿宏以为圣谚对舞蹈的热情和体育无二，并未洞悉二者初衷之大不同。阿宏还没做好心理准备，圣谚已风驰电掣般地长大了。圣谚17岁的某一天，很严肃地站到阿宏面前，问他能否抽点儿时间，因为有人想见见他。阿宏从一堆文件里抬起头，问来者是谁，怎么那么大牌都不预约的？
圣谚回答：我女朋友。
阿宏当时的反应是完蛋了……

僵了三分钟后，阿宏说：好吧，明天一起喝茶。

圣谚说不用，人就在楼下。当时一股凉气就从阿宏的后尾巴骨蹿到后脑勺，他结结巴巴地说：那那那那赶快叫她上来啊！圣谚慢悠悠地下楼，阿宏冲进洗手间，洗脸、深呼吸、对着镜子调整僵硬的表情。圣谚和他所谓的女朋友进屋了，阿宏一脸的面无表情，装得貌似黑社会的兄弟，圣谚主动先介绍：爸爸，这是我女朋友。

阿宏从心窝窝里拱出一句话，舌头没拦住，牙齿和嘴唇都没拦住，他硬邦邦地问：你们……上床了没？

当时圣谚低头绝望地说：靠……老爸，能不能别闹？

阿宏还没回话，女孩倒是搭腔了：叔叔放心，我们都未满18岁，我们知道未成年发生性行为是不对的啦，请相信我们的交往还没发展到那个程度。

阿宏不语，直接起身离开。不一会儿回座，同时拿了饮料给女孩。

圣谚说：怎么没我的？阿宏回答：你见过爸爸给儿子拿饮料的吗？

圣谚不服气，指着他所谓的女朋友问：拿给她的时候顺便帮我拿一瓶又怎么了嘛。

阿宏大义凛然地回了一句：不一样！

当晚，圣谚质问阿宏为什么第一次见面就问上没上床的事。

阿宏很不客气地反问他，为何不去追学姐非要追个小学妹？

圣谚纳闷儿，问为什么。阿宏教育他说：学姐至少满18岁，真上床了，对方若有问题，你才17岁，我可以告她诱拐性侵未成年少年，至少我不用负责任，你也有了性经验……

圣谚叹了口气，很包容地看着阿宏，看得阿宏心里发毛。

阿宏辩解说：……哪个爸爸不自私？

圣谚拍拍阿宏的肩膀，说：没关系，我懂的……

阿宏悲欣交集地琢磨，到底谁是儿子谁是爸爸？

圣谚说懂，是真的懂了。一直到圣谚20岁之前，阿宏都很肯定他绝对是处男，证据来自房间的垃圾桶。

有一个时期，他没事就去扒拉扒拉圣谚房间的垃圾桶，量化计算纸巾团的个数，然后推理判断。偶尔有几次被圣谚逮到，阿宏靦着老脸给自己找台阶下。圣谚不说什么，只是充满理解地叹口气，仿佛逮到一个偷玉米的熊孩子。

（二）

圣谚就读于台湾大同大学，主修机械专业。

大学生的生活是自由的，自己选修的课与课余时间都是学习自我管理的精辟过程。为了热舞社，圣谚赴汤蹈火，整学期的课都集中在上午，吃完午饭就练舞，全校都放学了还得练到10点，节假日也练。他已经有女朋友了，跳舞不再仅仅是为了场下的尖叫，是真心喜爱，别人谈恋爱是花前月下，他是领着小女朋友一起练舞。圣谚小时候是个球类体育狂，现在变成了个舞疯子。

阿宏不但不管，还特别支持，不但精神支持而且物质支持。圣谚的热舞社团常到各校去交流表演，所获得的酬劳全纳入社团经费，用来偶尔聚餐。酬劳毕竟是象征性的，未必能换几份烤肉，每每这种时候，不等圣谚开口，阿宏自动荷包大开赞助经费，偶尔还列席一下聚餐。阿宏在眷村生活过，本就会九省乡谈，成年后，往来海峡两岸经商，攒了一肚皮的段子。他幽默得很，和诸位小朋友嘻嘻哈哈打成一片，偶尔也一本正经地点评一下诸位的场上表现，虽然不懂舞蹈，但颇能给人树立自信心。

久之，热舞社的同学、学长、学弟、学妹没有一位不喜欢阿宏。这个岁数的孩子需要认同感，阿宏这位沧桑大叔的存在，极大地满足了大家的心理需要，热舞社的不少同学还把他当成知心大姐，遇到什么难以和家人沟通的问题，就跑来征求他的意见。他什么都乐意分析，从调解争吵分手，进阶到讲授如何避孕及拥有健康的性知识。有一回，他严厉阻止一个男生带他的同居小女朋友去做子宫颈避孕环，他私下里给小男生上课，讲宫颈发炎的后遗症，骂得小男生眼泪涟涟，后悔不已。骂完小男生，阿宏又打电话奉劝双方的家长介入管教，人家无地自容地自我检讨了半天后，才发现打电话的是个两世旁人。大学生往往都已年满20岁，自认为是成年人了，但在阿宏的眼里是扯淡，他用他的方式切入这些大孩子的生活，时常多管闲事，大家却都心服口服。

大家爱屋及乌，都和圣谚交好，每个人都乐意找圣谚陪练，一度占用了圣谚大把的课余时间。这可正中阿宏下怀。他算盘打得精：大学生什么都没有，唯独时间最多，宁可让儿子每天忙到时间不够，也不愿儿子因为太无聊而在外结识一些价值观偏差的损友。

阿宏很坚持自己的教育理念，他曾对我说，相比圣谚的课业成绩，他更重视的是价值观。我不置可否。相交多年，我不是不了解阿宏奇葩的过去。塞万提斯有句名言：父亲的德行是儿子最好的遗产。结合阿宏的人生履历，我实在搞不懂他能教给圣谚哪种德行，哪种三观……

阿宏说，圣谚开窍晚，学业蛮吃力，小学上了四年才第一次拿到奖状。他高兴坏了，举着奖状从学校一路跑回家，一直举到阿宏鼻子底下。那是张当时的台北县县长颁发的奖状。阿宏用两根指头夹过来，轻轻地瞟了一眼，他说，奇怪咧，上面写的又不是我的名字，你举给我看干吗？

圣谚咧着嘴笑，说：是奖状耶，是我第一次得到奖状耶，很厉害耶！

阿宏也笑，拍拍圣谚的脑袋，说：那要恭喜你喽，但我觉得吧，你自己知道自己很厉害就可以了，完全没必要向别人证明你自己有多厉害。

阿宏手腕一翻，奖状轻飘飘地飞到了地上，飞出去一米远。圣谚生气、跺脚：这是县长奖给我的哦……不等他说完，阿宏笑嘻嘻地打断（一般父亲都有这特权），他对圣谚说：他奖你，是肯定你的课业表现，你又不是做了什么好人好事或是干了什么大事。县长就给你一个人奖状啊？全世界就你一个小学生啊？

阿宏对圣谚的教育很特别，从小到大，他从没说过"你看别人家的孩子……"之类的话。他的理论很简单：你又不是看着别人活，你又不是活给别人看的。

圣谚无话，此后再没提过奖状之事，阿宏也不知圣谚之后还有没有得过奖状，他心里琢磨：估计这小子肯定想着若再拿奖状给他，也只是被扔到地上，干脆就收起来算了。每个父亲其实都会背地里去儿子的房间翻抽屉，阿宏也不例外。果真没错……还是陆续有奖状入抽屉，阿宏一张张地翻看端详，连细纹都不放过，甚至偷偷拿出两张来显摆给自己的朋友看，一帮大老爷们儿端着啤酒围着奖状，对印刷质量品头论足一番。朋友说：阿宏，你儿子真厉害，我儿子上学到现在一张奖状也没给我拿回来。阿宏脸都要笑烂了，完全忘了自己教育圣谚的那些至理名言。

他还曾经偷偷给校方打过两次电话，严肃地指导了人家的工作，要求老师下次发奖状时，把他儿子的名字写得漂亮点儿。这事校方没公开过，但是有段时间，阿宏总觉得儿子下课回家都比过去晚。问了才知道，老师莫名其妙地要圣谚协助打扫公共空间，其他同学都是轮流打扫，老师说圣谚扫得干净，安排他天天打扫。从此以后，不论奖状上的字写得多难看，阿宏再也不给校方打电话指导工作了。

说到奖状，不得不提一下圣谚的报复。他打算将阿宏一军。既然奖状只不过是肯定成绩，而且不是只有自己独有，考卷的分数总可以证明自己的实力吧！圣谚还是想向老爸证明自己，他深思熟虑，决定用考卷做文章，于是在课业上奋发图强。阿宏长年在台湾岛和大陆之间两地奔波，从未在他的考卷上签过名。他忙，虽然一年回家十几趟，而且几乎每个月都回，但都碰不上发考卷的日子，故而一般签名都是由圣谚的妈妈代劳。

有一回，碰巧阿宏从大陆回家，一听到声音，圣谚立马跳下床（他睡的是上铺，妹妹睡下铺，没人调配，是他自己怕妹妹摔下床，才主动要求睡上铺的），他睡眼惺忪地拿着一张语文的考卷，带着高傲的笑容站到阿宏身旁，上面红笔大大咧咧地写着"100分"。

他学精了，递到手里会被丢掉，于是放到了客厅的茶几上。

阿宏斜眼看了一下问：干吗？

圣谚很高调地回答：签名！

阿宏理都不理地继续看电视，圣谚说：快啦，快签啦！我要去睡觉了。

阿宏告诉他别吵，过去谁签现在还是谁签，圣谚坚持让他签。阿宏把招牌式的面无表情换成一副略带生气的表情望着他说：一直以来我也没签过，现在突然签了，老师会搞不清楚签名的人是谁，以为是你自己签的呢，到时候还要找家长了解情况……何必搞这些不必要的麻烦？我小时候就是自己签……

阿宏察觉自己说漏了嘴，赶紧拿苹果塞住嘴。

圣谚不依，坚持让他签。

阿宏啃着苹果说：……不签，你考出这样的成绩，我凭什么要帮你签名？咱们家除了我没教书，其他人谁不是老师，看你的考卷就知道你不会念书了！

圣谚的头发全都竖起来了，小豪猪一样，他又纳闷儿又生气，指着考卷大声说：100分哎！你看看是考了100分！

阿宏强按笑意，逗他说：只要用心，谁都能考100分，你能考101分吗？笨蛋，把自己的成绩给写死了，以后还会有进步空间吗？会念书的都是考七八十分，然后随着每次考试都能进步几分，不仅没有压力还能得个进步奖，100分能有什么奖？

圣谚委屈死了，喊：你不是说奖状不重要吗？！现在考卷也不重要，那什么最重要？

阿宏说：不论奖状或考卷，都是对自己最重要，对别人一点儿也不重要，懂吗？总而言之，进步最重要，自己让自己进步尤其重要，懂吗？

学期末，这次圣谚没拿考卷回来，直接把全科成绩单递给了阿宏。

阿宏差点儿背过气去，就差没一个侧踢蹦过去。

两科不及格，其他科目都不超过70分，恨死人了，这小子明显是故意的。

圣谚一脸很乖的表情，说：这回留的进步空间够大吧？我接下来终于有空间自己让自己进步了。

他又说：咦？好奇怪，考卷不是对你一点儿都不重要吗，你怎么气成这样子啊？

（三）

在育子方面，阿宏鬼马得很，圣谚是在他的戏耍和忽悠下长大的。

每个出远门的父亲都会给孩子带点儿小礼物，阿宏也不例外，他孩子气重，当爸爸当得很奇葩，从不明着送圣谚礼物。

圣谚小的时候，阿宏常从香港转机回台湾。有一次，他在香港机场免税店买了一部非常精致的遥控四驱车，20厘米大小，他把遥控车藏在箱子深处，隐蔽得极好。回到家，先抱了抱圣谚的妹妹，然后开始大张旗鼓地收拾行李，圣谚眼巴巴地在一旁窥视，阿宏的旅行箱是个神奇的物件，他不知道阿宏的箱子里又会出现什么怪东西。结果特别失望，除了给妹妹带的布娃娃，就一堆待洗的又酸又臭的衣服，他捧着心歪倒在沙发上，中弹一样闭着眼睛什么也不说。

圣谚是摩羯座。

阿宏坐在客厅的地板上，趁圣谚不注意，飞速地把小车车拿出来，咔咔呼呼地充电，又用极其夸张的姿势摆弄着遥控器。圣谚睁开眼睛，跪坐在沙发上张大了嘴，那小车车的速度让他叹为观止。当时他还在念小学一年级，见过三年级的学生在玩儿类似的遥控小车，而且再小都不及这辆车小。天啊，如此袖珍的高科技战车，简直是每一个小男生的梦想。

一丝口水挂下来，半断不断地悬在半空。馋死了，馋死他了。

玩儿了几分钟，小车车没电了，阿宏不看圣谚，自顾自地充电，过程中自言自语，把每个程序都用夸张的高音阐述一遍，还不停夸赞其高科技和结构逻辑。阿宏玩儿得不亦乐乎，反复玩儿了几回之后，很慎重地拿起布擦拭小车车和遥控器，然后很小心地将车放回包装盒，再收到柜子里。接着，如同平常一样，抽烟、喝茶、看电视，完全无视圣谚在旁的反应。

圣谚从小在这方面积累了不少经验，并不开口恳求。

人活一辈子，心仪的东西一定会遭遇很多，阿宏的理论很简单：很多充满诱惑的东西貌似一开口恳求，就可以轻易获得，可那些充满诱惑的东西往往是最危险的。另外，一个男人处世，有必要在梳理行为模式时，把"求人"二字放在首位吗？他极其不喜欢"施舍"二字，也不希望自己的儿子长大成人后投机取巧，依赖旁人的施舍过活。

阿宏从不送礼物，只借。

他如此这般地玩儿车、擦车、装盒，好几天后，终于针对这辆车找圣谚聊天，他一本正经地讲述操控灵敏度与外观设计，说得圣谚心痒难耐，各种酸爽。

阿宏望着圣谚说：借你玩儿一个月，但别弄坏哦，你会玩儿吗？

圣谚在心中嘀咕：已经着那么多天了，怎么可能不会玩儿……他含蓄地接过梦想，手都是抖的。

小学一年级的摩羯座男生说：谢谢爸爸，我玩儿完会还给你的。

圣谚充电、勘察地形，关键时刻到了，一按前进按钮，车子飞快地钻进柜子底下的缝隙里……圣谚傻眼了。

阿宏装没看见，扭头进了洗手间，圣谚发现那缝儿实在太小，手怎么也伸不进去，只好脸贴着地板、屁股撅上天地趴在地上看着小亮点（车头小灯会亮）。

阿宏隔着门缝儿偷偷看，圣谚一边捞车一边不停地看墙壁上的钟表，计算阿宏上厕所的时间。终于，凭着感觉前进后退了好几次，好不容易把车开了出来。

坏了，车顶被剐花了，圣谚明显犹豫起来，看得出来，他拿不定主意是马上去坦白道歉还是默默隐瞒。

阿宏回到客厅，也不管圣谚玩儿得如何，打开电视若无其事地看，用眼角余光瞟瞟圣谚，看到他几次张口想找自己说话，又几次咽了回去。阿宏不去拆穿，任他坐在地板上用手推着车子前进后退就这么玩儿，手太小，刚刚好捂住剐痕。

阿宏不去当场拆穿，他不觉得斥责有什么作用，按他的话说：骂了他，只是我爽了而已，不解决什么根本问题。

养孩子是长线，不能贪快、贪省时间，阿宏等着圣谚自己认错，他不怕慢。

有些家长担心孩子一个毛病没改好立马滋生另一个毛病，故而恨不得打地鼠一样消灭每一个端倪，对此阿宏的认知不同，他有他自己的方法组团治理小毛病。

那辆小车车标价 1800 元港币，在当年算是较为昂贵的玩具，且只在香港免税店有卖，台湾并未上市。阿宏跟圣谚约法三章：车子坚决不能带到学校去玩儿，因为同学一定不可能有，如果同学羡慕，回家跟父母吵着要，那会害同学挨骂甚至挨打的。

圣谚郑重地答应了条件，转天就把小车带到了学校——他毕竟还是个孩子。

果不其然，阿宏的判断没有错。

圣谚把车带到学校后，有同学放学后跟妈妈闹，吵着非得要买一样的车子，那位妈妈跑来一看，哎哟，这车见都没见过，经不起孩子的打滚哭闹，那位妈妈当街抽了那孩子的屁股。

和大陆一样，这种事立马被老师通告了家长。

阿宏从没接过孩子下课，隔天下午却出现在校门口，圣谚和同学一出来，阿宏便把他叫了过来，要圣谚把车子拿出来送给那挨揍的小孩。

碰巧对方家长刚刚到来，也不清楚什么状况，只看着一位牛高马大的年轻汉子搂着俩孩子的肩膀在说话，于是紧张地呵斥：你你你要干什么！

阿宏说明用意，同学家长客气地说不能要这玩具，阿宏转而要求同学打圣谚两下屁股，否则车子必须送，他一脸诚恳地求人家揍圣谚的屁股，把围观的人都看傻了。

就这么折腾了十几分钟，同学被家长带走了，围观的人也离去了，就剩阿宏和儿子俩人伫立在校门口。阿宏叹了口气，对圣谚说：你连累人家挨了打，现在人家不肯还回来，那只有我来代劳了。

他很关切地问：你的屁股经不经打？

回到家里，阿宏打开电视机，又点了根香烟，圣谚不知道该怎么办，一边担心屁股开花，一边很不自在地到处走动，接着很乖地写作业，接着很乖地吃晚饭，接着很乖地洗完澡……奇怪？圣谚纳闷儿：怎么还不打我屁股？难道要等到睡着了再打吗？

钝刀子割肉的感觉太难受，他试探性地凑到阿宏身边。

阿宏不看他，只看电视。

圣谚沉不住气了，自己脱下裤子把屁股撅向阿宏。

他怯怯地说：你能不能打得轻一点儿……

阿宏把他拽起来，提上他的裤子，摸了摸他的头，然后说：

你很单纯地觉得车子好玩儿，把它带去学校给人看，但别人不见得会很单纯地去欣赏，同年龄的孩子一定会有比较心——你有，凭什么他没有？小孩如此，大人也是如此，然后心理就不平衡了，这种不平衡往往会直接导致贪婪。

贪婪就是一味去羡慕别人有的，一味只想去拥有，然后不讲规矩和道理地只想占有，懂吗？你虽然没有直接做错什么，但间接促使别人有了贪婪心，乃至给大家都制造了不必要的麻烦和困扰……咱们商量一下，以后就别再犯同样的错了，好吗？

阿宏站起来，自己褪下裤子亮出半个屁股。

他说：你连累别人挨打，理应接受惩罚，但我不舍得你。另外，车是我借给你的，我也有责任，那就由我来接受惩罚吧。阿宏啪啪地拍，真打，硕大的黑屁股上瞬间一大片红巴掌印。

圣谚哭了起来，鼻涕过了河，他哭了一会儿后，从书包里拿出小车子，一边抽泣，一边很坦诚地跟阿宏说：第一次玩儿这车子时就剐花了车顶，因为不好意思，所以一直没说。

他说：爸爸你原谅我吧，我把你的东西弄坏了，我没能履行承诺。

他说：爸爸你屁股痛不痛？我给你拿冰袋来敷一敷好不好？

阿宏起身，从抽屉里取出一片创可贴，他问：车子哪里被剐伤了？

圣谚一指，阿宏迅速地将创可贴摁在车顶上，然后跟圣谚说：没事了，过两天伤就好了。

圣谚拖着鼻涕泡，又哭又笑满脸放泡。

他说：爸爸，你当我是个小孩子吗……

阿宏一边揉屁股，一边正色说：当男人，就应该说话算数、敢作敢当、知耻而后勇，你这么勇敢地承认错误，值得敬佩，我必须奖励你！这辆车奖给你了！

圣谚把那辆小车车玩儿了13年，每过一段时间，就在车顶上换上一条新的创可贴。

（四）

圣谚和阿宏只差22岁，他上小学时，阿宏还不满30岁，一大一小两个孩子颇能玩儿到一块儿去。既然玩儿，难免红脸吵架，圣谚比较让着阿宏，没办法，他老，且是爸爸。唯独一次，圣谚和阿宏翻脸了，为的是一只爬行动物。阿宏有一天在茶几中间安了个抽屉式玻璃缸，并带回了小石子和沙子，洗了无数遍，然后在阳台晒了好几天，之后把它们铺在了玻璃缸抽屉里。圣谚兴奋极了，以为要养霹雳无敌真豪情的变色蜥蜴，结果阿宏带回一只小乌龟。阿宏花了4000元新台币买的，他月薪四五万，家里人都骂他败家，唯独圣谚悄悄给他使眼色打手势以资鼓励。旁人都懒得搭理小龟，唯独父子两个人玩儿得兴致勃勃的。阿宏跟圣谚说：哎哟，厉害了，这是星龟呢，你看到它背壳上的黄色辐射状纹理没有？星星一样，漂亮极了，平时咱们要记得给它洗澡澡哦……

圣谚问怎么洗，阿宏说：当然是拿牙刷来洗喽……

圣谚谨慎地问：用谁的牙刷？

阿宏和他"石头剪子布"，阿宏惨输。

小龟不知招谁惹谁了，自此一身黑人牙膏味。

阿宏压根儿不懂照顾乌龟的正确方法，他兴致高的时候智商低，各种不靠谱的奇思妙想，圣谚信服他，跟在他屁股后面萧规曹随，各种助纣为虐。当时夏天，天气闷热，圣谚和阿宏每天结伴洗澡时都不忘带着小龟。父子俩把浴缸放满凉水当游泳池，瀠瀠地水漫金山。水凉，圣谚打喷嚏，继而感冒发烧，打针吃药，传染给了妹妹，又传染给了全家人，最终阿宏挨了爷爷奶奶的痛骂。阿宏坐在圣谚床头尴尬地笑，圣谚蛮大度，他大义凛然地说：不要管我，你去照顾小龟龟吧。

阿宏端来脸盆，满满的凉水，小龟放到里面泡着，父子俩看着小龟在水里划来划去可爱极了。阿宏问圣谚：看着龟龟划得这么起劲，是不是感觉自己也精神百倍了？

圣谚频频点头，点着点着，一个喷嚏打出半米远。

父子俩看着水中的小乌龟，心中豪情万丈。

他俩不知道小龟是陆龟，正在水中奋力挣扎。

过了一会儿，小龟翻肚皮了，还冒泡泡。父子俩大眼对小眼，阿宏捞出小龟，水淋淋地塞进圣谚手里，自己夺门而出。没多久，阿宏高举着一只小瓶子回来了，他拿了根细小的管子，从小瓶子里吸了点儿液体喂龟龟服用，原来那瓶是宠物龟的药水。小龟不张嘴，把阿宏给急死了，用牙签撬开小龟的嘴，让圣谚把药灌进去。圣谚手一抖，半瓶子药都灌了进去，阿宏喊：完了完了完了，肯定被药死了。当日，小龟含恨辞世，说不清它是被淹死的还是被药死的。圣谚狠狠大哭了一场，阿宏陪着他抹眼泪，两个人都是真哭，圣谚哭出一身汗来，感冒好了。

有一个多月的时间，父子俩没互动，阿宏避开与圣谚的眼神交流，因为只要眼神一对上，圣谚的眼眶就泛起泪水，盯着他，眼睛越瞪越大。阿宏犹豫了很久，找不到机会承认错误。入秋后的一天，圣谚下课回家，要进洗手间，发现阿宏已经躺在了里面。

阿宏躺在浴缸里泡着凉水，一边咂嘴一边打哆嗦。

圣谚说：老爸，秋天了哎，你很壮喔，泡冷水澡，感冒很好玩儿吗？

阿宏回答了一句：我在为龟龟的死自责。

圣谚不语，尿完了就转身出去。阿宏在凉水里泡到半死，冻得打哆嗦。等了半天，圣谚没再进来，他自觉没趣，哆哆嗦嗦地爬出来裹上浴巾。阿宏讪讪地拉开洗手间的门，赫然发现圣谚立在门前，怀中鼓鼓囊囊地抱着一床棉被。圣谚用力举起被子裹住阿宏。他个子太小，只裹住了阿宏的腰。

（五）

圣谚上大学后有三样特质最出名，一是外表帅气得惊人，二是街舞跳得唬人，三是抠门得吓人。圣谚的抠，在全校出名，不论和男同学还是和女同学在一起，永远 AA 制，谁也没见他乱花过一分钱。他几乎是不逛街的，从不跟风买潮牌，别人谈恋爱总要来几次浪漫的烛光晚餐，他则时常领着女朋友去蹭老爸的饭。

阿宏对圣谚抠门的总结是：抠不是小气，抠是原则；抠不是计较，抠是有道理。

圣谚自中学开始，除了内裤，其他全是二手的，一水儿的阿宏穿过、用过的，衣服如此，裤子如此，鞋子更是如此。我曾问圣谚会不会觉得别扭，他笑着说不会哦，二手的也不错啊，我老爸那么潮，衣服的款式都蛮好的哦，而且他比我胖，衣服肥肥大大，正好适合我加入热舞社之后的着装风格。

摩羯座的孩子大都有个特点：不会开口要东西，总是自己一分一分地累积。求人不如靠己，阿宏说，这是圣谚的一个优点。圣谚平时把零钱装在一个大塑料桶里，阿宏经常会以零存整取的借口跟圣谚与韵如（圣谚的妹妹）换零钱，永远是整钞换零钱，因此也培养了圣谚不轻易将整钞拿出来花的习惯。但也由此导致圣谚买东西永远都差几块钱。举个例子：买碗面条要 70 元新台币，圣谚身上有一张 100 元、一张 50 元，圣谚的逻辑是，他还缺 20 元，20 加 50 是 70，反正他不想把那 100 元破开，既然没有那 20 元钱，那干脆不吃了。

随着圣谚年龄的增长，渐渐地，阿宏发现这毛病越来越严重，他简直太善于攒私房钱了！台北是高消费的国际化大都市，他却每个月都能从生活费里省下比例不小的数额。

圣谚生财有道。

圣谚：老爸，我在路上，要回家了，要帮你带什么吃的？

阿宏养儿千日一朝得用，默默感动中：儿子帮我买个鸡腿便当，我现在要出门，晚点儿回到家，夜里饿了可以吃。

圣谚：知道了，没问题，老爸，记得出门前把 100 元放在桌上哦。

阿宏：……

圣谚与阿宏有个共同的心愿：买辆哈雷摩托车。

阿宏从年轻时起玩儿重型机车，一辈子酷爱这种大玩具。

圣谚大学读机械专业，打小受阿宏影响，也深爱此道，他对阿宏说，计划存钱圆阿宏的梦，不管时间多久，一定存钱买辆哈雷。

阿宏感动疯了，他说：儿子，真没白养你，将来咱们一起骑着哈雷去兜风。

圣谚说：老爸你不要哭，这是我应该做的……哈雷的钱咱们一人存一半如何？

阿宏：……

圣谚满 18 岁生日时，买了一辆野狼机车，125cc（毫升）排量，自己打工挣来的，没花阿宏的钱。

他有位同学的父亲在摄影界颇有名气，他去人家的工作室打工，以助理的身份跟着人家团团转，转着转着转出一部 D7 单反相机，师父喜欢他，以便宜的价钱卖给他的。相机自从到了圣谚手中后，就一直没闲置过。婚宴跟拍、庆典跟拍，只要有出工费、有空余的时间，他一定去做，从不嫌钱少。短短一年下来，挣出一辆机车来。

阿宏蛮奇怪，圣谚舞团的排练已经很忙了，他怎么能挤出那么多的时间去打工？

妹妹说，哥哥可厉害了，每天的时间安排都提前一天规划好，不仅有时间排舞、打工，还能每天接送我上下学。

阿宏抚膺长叹，叹息中拐着弯的全是满足。得子如斯，夫复何求……

阿宏欣慰了没两天，又哭笑不得了。

圣谚的野狼机车从没吃过一顿饱饭，他说油箱若满载，行驶过程中会因重量增加扭力的虚耗而造成费油，所以从不肯加满。

阿宏偶尔跟儿子借车玩儿，钥匙递过来的同时，总还递过来一句话：车子快没油了……

阿宏恨恨地说：小子，我会给你加满的，你到底是跟谁学的这么会省钱啊?!

圣谚笑得很灿烂：老爸，你教我的……

（六）

妹妹叫韵如。

韵如出生时，圣谚刚满三岁，妈妈的大肚子不见了，家里多了一位只会睡觉、只会咿咿呀呀的小朋友，他好奇极了，除了好奇还是好奇。

不管圣谚吃什么，总是往那小嘴上沾一下，韵如还小，不会吃，只会望着他笑。

圣谚爱极了妹妹，只要见到她紧闭双眼，他一定见人就用手指放在嘴唇上用力地"嘘"，生怕吵醒熟睡中的小女孩。妹妹是圣谚的听众，圣谚总是会跟她说一些阿宏听不懂的言语，阿宏好奇怪，他俩还能对话？他躲在一旁偷听，听了半天也不明所以，只听见两个孩子咿咿呀呀地一问一答。

阿宏总是对圣谚说：别不小心碰坏了韵如，因为不好修。

圣谚把这句话听到心里，天天排除走道的障碍，生怕磕到她，和妹妹玩耍时总习惯把棉被拖出来摊在地上，圣谚那时也还小，只会拖被子，不会铺被子。

从小到大，他都会把好东西留给韵如吃，好吃的、好喝的，有一次还留感冒药给她吃，因为糖衣是甜的。

圣谚上幼儿园时，妹妹每天中午 12 点都会爬到门口等他，因为圣谚到家，总会第一时间从书包里拿出小饼干得意地赠予妹妹——那是幼儿园发的。饼干在口袋里已压成屑屑，他搂着妹妹的脖子，往妹妹嘴里倒一口，往自己嘴里倒一口，两个人吃得开心极了，满脸渣渣。

圣谚长大后亦是如此善待妹妹。

有一回，大概夜里一点，圣谚睡眼惺忪地从房间出来，拿着摩托车头盔，阿宏好奇地问圣谚去哪儿，他回答妹妹饿了睡不着，阿宏笑着说：你做梦啊？韵如不是从来不吃夜宵的吗？她应该早睡觉了。

圣谚拿起手机给阿宏看信息，上面写着"哥哥我饿得睡不着，现在好饿哦"，时间显示五分钟之前。

圣谚出门帮妹妹买夜宵去了。很多时候，他对妹妹不是单纯的兄妹情谊，而是表现得像半个父亲一样。

没错，半个父亲，这是有缘故的。

源自一次恐怖的事件。

韵如在初中时发生了一件极其恐怖的事。

她被父亲阿宏打得三天起不了床。

当时她进入叛逆期，结识了一个大她五岁的不良少年，事态刚发端，即被阿宏察觉。

阿宏找到那个不良少年谈判，一同找来的还有那个不良少年的父亲。他大动干戈，带了二十多个人去庙里，个个花绣文身，全都带家伙。见面后第一句话是冲着那个父亲说的：你教出个不良少年，算不上是个尽职的父亲。

又对那个吓得直哆嗦的不良少年说：你20岁，我女儿才15岁，你和她交朋友的目的是什么?！我告诉你，你要是再敢骚扰我女儿的话，我动的不仅是你，还有你爸爸。

阿宏没动手，对方父子却吓坏了，频频鞠躬赌咒加道歉，发誓不再骚扰妹妹。

当天回到家，阿宏动手了。他抡起皮带猛抽韵如的屁股与大腿，阿宏用的是皮带头，抽得韵如几乎三天下不了床。阿宏边抽边喊：妹妹你长记性了吗？长记性了吗？

他边抽，边嘶吼着流泪哭号。

长记性了吗？长记性了吗？

圣谚从震惊中蹦出来，冲过来护住妹妹，纯铜皮带头落在圣谚的背上，钻心地痛。

圣谚把妹妹的脑袋搂在怀里，死死地护住，两个孩子都吓傻了，忘了求饶。

阿宏满脸泪痕，他收手道：好，好，好，知道保护妹妹……好好保护她！我和你妈妈陪不了你一辈子，你给我记住，这辈子你只有你妹妹这一个亲人，要保护就保护到底！

从小到大，阿宏鬼马，却是慈父，只打过孩子一次。这次从未有过的经历改变了圣谚对责任的认知，铭心刻骨。接下来的时光里，他像半个父亲一样操心着妹妹的成长。事情过去了就过去了，一家人再没提及过这次恐怖的事件。

阿宏没解释什么，也没去安抚两个孩子，他自责了很久。

打妹妹的深层次缘由他无法开口。

很多事情他无法对当时还年幼的儿子女儿说明。

（七）

该怎么解释？

难道要告诉孩子们，他们的父亲其实一度是个浑蛋吗？

阿宏曾经历过一个糟糕的青春期，浑蛋得要命。

他所秉承的教育理念，其实是以己为鉴。

阿宏把自己青春时的影子投射到圣谚身上，一切都反过来。他把自己曾做过的错事反过来影响圣谚，期待映照出一个不走弯路的圣谚。

阿宏小时候家境不好，除却和一户邻居大伯家交好，常被其他邻居调侃数落，各种瞧不起。

爷爷奶奶年轻时就吃全斋，一辈子特别善良，阿宏是家中第一位男丁，所以不论做错什么，爷爷奶奶总是以原谅来替代责骂，对人对己都秉持忍耐。这样的家庭易受欺负，阿宏从小没少受欺负，邻居大伯教他要有志气，寒门出才俊，他不以为然，从小的志向就是要混社会做坏人。

他厌学，架打得凶，从小到大混兄弟，坏得无可救药。阿宏书包里的课本永远是新的，铅笔盒里没笔，全是香烟。同学们最担心的事就是中午吃盒饭时阿宏的巡视，他总是拿鸡蛋跟同学换鸡腿，硬换，不换就抢，土匪一个。初中二年级时，阿宏做了一件当时轰动全校的事，阿宏被学校的训导主任、班级导师、警察扭送回家。路途中阿宏身上只裹着一床被单，其他啥也没有，进家后爷爷奶奶都傻了！原来阿宏有一个多月没去上课，理由是生病。导师也不知道病得有多严重，于是来家访，爷爷奶奶这才知道这小子旷课一个多月了，老师在班上从一位同学那儿得知阿宏的行踪，貌似躲在一个学姐家。因为涉及进入民宅，于是委请警察陪同，警察破门而入时，阿宏与一女孩在屋内正忙着，一丝不挂……阿宏被裹上被单，游街回家。家人已威慑不了他，邻居大伯出马训诫。他裹着被单冷笑，就一句话：有什么大不了的？

他14岁，胆大包天，坏透了。

他还偷钱。

大姐年长阿宏四岁，在学校是班长也是总务股长，代管班费。姐姐书包里总有一个小钱包，放得特别明显，她刻意放的，为了方便阿宏偷，阿宏偷走的班费，她自己想办法弥补。姐姐用心良苦，希望阿宏只偷自己的，别偷到外面去。阿宏不成器，越偷瘾越大，直到有一天奶奶发现钱少了，是阿宏偷的。姐姐斥责阿宏，泪珠整串滚落，十几岁的女孩子，伤透了心。

阿宏转过学，原因特别扯，考试成绩太差，老师拿藤条打，他从老师的手上抢走藤条，满学校追着老师抽，抽得老师边跑边哭。事闹大了，没有学校愿意让他就读，邻居大伯动用人脉出手相助，勉强接收他的学校让他签合约，第一条内容就是不准打老师。

他不想在学校混了，觉得没意思，扭身混到了街面上，抽烟、泡姐、混兄弟，随身带扁钻，磨得锃光瓦亮，什么架都敢打，什么人都敢捅。他手黑得很，扁钻专插人屁股。1985年到1990年的台北很乱，他混西门町、混万华、混角头林立的林森北路，街头打到街尾，彻头彻尾的流氓。街上遇到邻居大伯，他叼着烟打招呼，大伯扭过脸去，不想和他说话。

勉强上到高中，他跑去承包舞厅，为了挣钱和泡姐。舞厅一天收入四五千新台币，这是个不小的数目，却不够挥霍。他那时手下已经有了一帮小弟，开销大，人人都吸食大麻。地下舞厅的环境鱼龙混杂，阿宏接触的人五湖四海哪里的都有，磨出了一副天不怕地不怕的胆子。他不甘心只挣小钱，开始贩枪。一把左轮手枪进价十万元新台币，倒手就能再挣上十万元。上家老大需要交人充数，他被警察钓鱼，银铛入狱。出了这样一个逆子，家人绝望了。家人不明白，吃斋念佛怎么换来这么个结果？阿宏阿宏，我们到底是做错了什么，到底欠了你什么？你是来讨债的吗？

家贫，砸锅卖铁也救不了他。

任他去吧，只当是没生过这个孩子。

贩枪是重罪，势必重判，阿宏的人生毁了，这几成定局。

没承想，几天后阿宏被捞出来了。邻居大伯当时是"国大代表"，有些能力，他从小看着阿宏长大，于心不忍，故而自掏腰包上下打点，花了近百万元捞出阿宏来。

阿宏被直接送进兵营里避风头，他岁数到了，该服兵役了。家里没人去探望他，这个混世魔王既然命数未绝，就让他自生自灭吧。大伯也不接他的电话，还有什么好说的？众人皆已仁至义尽了。

那笔钱他没机会还，他当兵的第二年，大伯死了。大伯临终前专门召回阿宏：钱不要了……我要死了，以后没人再帮你了……别再犯错了，乖一点儿吧。

大伯挥挥手：你走吧。

他不想再看到这个让人失望的孩子了。

一瞬间，阿宏懂事了，他跪到床前，痛哭流涕，悔恨翻天覆地席卷而来。

磕头如捣蒜，他泣声嘶吼：我错了我错了我错了……

他泪流满面地问：晚了吗？晚不晚？我现在知道错了晚不晚……

他从小坏到大，临近成年时才知错了。

不停地磕头，不停地问，问自己、问旁人，无人应声，没人回答他。

有人把门打开，示意他离开。

叛逆的青春好似一本必须完成的暑假作业，做完了方能升入下一学期。每一个叛逆的孩子都一样——不论需要浪费多么漫长的时间用来彷徨，终归可以遇到几个瞬间用来成长。

浪子回头，阿宏决心不再走偏门。

他想挣钱，想挣大笔大笔的钱养活家人，弥补家人，他想赎罪。退伍时20岁，阿宏独自一人走在忠孝东路四段，边走边思考，走着走着，发现了满地的钱。台湾的经济正在起飞，整条忠孝东路却全是破旧的老房子，台湾的房子产权私有，政府不可能拆，但将来一定会改造——光这一条街的外墙改造，工程量就大得惊人，同样也有利可图得惊人。于是，阿宏20岁时入行建筑业，梦想着靠改造台北的老街挣大钱。这番雄心壮志持续了很多年，用他自己的话说：结果他妈的忠孝东路过了二十多年也没改造过，当年多破现在还多破。

改变不了忠孝东路，却一点一滴地改变着自己。他逼着自己沉下心来过日子，21岁结婚，为了让家人安心；22岁生子，为了让老婆安心；23岁代理建筑材料，逼着自己创业；24岁领着整团的客户隔山跨海去欧洲考察，一个人跑前跑后累到吐血。他死命打拼，想弥补往昔造下的孽，却依旧在无数个午夜无法入眠。

悔恨历久弥新，硌着他，针灸着他。当初怎么会那么无知那么浑蛋，怎么伤过那么多人的心？若青春能重来来过该多好，若能从一开始就当个好孩子该多好？他过不去心里的那道坎，安眠药最初吃一片，后来是一板，一吃就是许多年。

多努力一分，家人的衣食就多一分保障，这成了他的信念和动力。

圣谚满5岁时，阿宏27岁，他把生意做到了海峡对岸。

深圳宝安、珠海、武汉、上海、北京、长春、大连、西安、苏州、昆山……为富士康盖过厂房，给华硕电子搞过土建。当年中国大陆对外只开放了两张一级

◎平行世界，多元生活，既可以朝九晚五，又能够浪迹天涯

◎要有足够的理解力与心胸，才能明白一个理想主义者

◎当那些无话不说，渐渐变成无话可说
　我的老朋友，你是否理解我的频频举杯，或偶尔的沉默

◎自由、自我、自在的状态并非一蹴而就，世上哪儿来那么多捷径

　人只能靠自己去成全自己，真正对自己负责任的人懂得如何让自己变得完整

◎起点并不决定终点，出身并不决定金身，一辈子
这么长，再平庸的人也会遭遇不平凡的人生际遇，
你怎么知道你就一定没出息

◎每个人都有一首惊世骇俗的歌在等着他

◎所谓小善缘：小就是不深不浅，善就是天性使然，缘就是聚合离散

◎星光不问赶路人，时光也不问，故事讲完了，一个时代也就结束了

土建资质的证照，他的公司是其中一家。建筑行业之外，他还给大陆数家五百强企业当过董事长顾问，负责风险管控。人家商务谈判时，他坐在一旁听，从不发言，只私下递字条。他从小坏到大，坏得炉火纯青，对方若在谈判时玩儿猫腻，往往被他一眼识破。

和其他乐不思蜀的台商不同，他回台北的次数简直太频繁了，不是回去处理业务，只为了多点儿时间陪伴家人，圣谚慢慢长大了，他要回去陪圣谚。

他深恐儿子会重蹈自己的覆辙，殚精竭虑地扼杀一切不良的可能性，他深知苛刻和斥责会适得其反，于是用自己鬼马的方式一点一滴地影响圣谚。阿宏尤其在意圣谚的金钱观，用尽鬼马的方式培养他抵御天上掉馅饼的诱惑，每个买给圣谚的礼物，他都只借不送，不希望儿子养成走捷径不劳而获的心态。
他冻自己，洗冷水澡，他打自己的屁股，为的是让圣谚明白责任、义务的分量。他少年时用扁钻扎人，刀刀见血，圣谚却从小到大没打过一次架，不是不能打，是不屑于打，因为从小被他灌输了一套结实的理论：没本事的人才靠拳头开路，没脑子的人才用拳头说话，自卑的人才会打架，真正强大的人，不动拳头。

阿宏唯一的那一次打妹妹，是深恐子女重蹈覆辙，误入歧途。过后他自责了许久，他无法开口向尚年幼的子女讲述自己不堪的过去，以求理解。那是他罕见的一次失态。

他十几岁开始抽烟，继而抽大麻，他不想圣谚沾染恶习，煞费苦心地制定战略。圣谚升初中时，他买来小鱼缸当烟灰缸用，里面放了水，烟灰、烟蒂淤在其中，屎一样的恶黄。圣谚恶心坏了，经常抱怨，越抱怨他越变本加厉，客厅放一个，浴室也放一个。圣谚从恶心变为讨厌，继而延伸为恐惧，只要看到烟灰、闻到烟味就会焦躁不安，任何场合只要有烟味，都会捏着鼻子起身离去。从初中到大学，不是没有人怂恿圣谚，但他从不肯学着抽烟，别人也没有机缘诱他抽大麻。

阿宏对自己少年时学业的荒废耿耿于怀，他在圣谚上小学时跑去学校，私下找导师沟通，为的是让圣谚得到师长更多的关爱。他编假故事忽悠导师，说自己刚刚放出来，正在洗心革面，得经常去警察局报到，很担心孩子因为自己的不堪而影响成长。他假装感伤地向两位老师忏悔自己对孩子的照顾不周，各种表演心碎。老师抹着眼泪，被感动坏了，继而发自内心地怜爱圣谚。不知情的圣谚整个小学时代一直在老师的激励中快乐地生活，进而觉得念书是一件乐趣无穷的事，屡屡拿到奖状。

圣谚拿奖状回家给阿宏看，阿宏把奖状丢到地上：奇怪咧，上面写的又不是我的名字，你举给我看干吗？

他曾因害怕别人的"看不起"而用各种作恶来证明自己，一错十几年。他希望圣谚能内心强大地做自己，不希望圣谚的成长仅仅是为了活在别人的眼光里。

他对圣谚说：我觉得吧，你自己知道自己很厉害就可以了，完全没必要向别人证明你自己有多厉害。

圣谚和他几番交锋后，养成了一种结实的心态——知道自己要什么，知道自己做什么，并不太在乎旁人的目光。

慢慢成长中的圣谚坦然地穿着二手衣，坦然地面对各种奖励和质疑，心理素质好得一 B。

阿宏教圣谚如何坦然，自己却颇为圣谚的成绩骄傲，他偷出圣谚的奖状炫耀给人看，还打电话给老师，嫌奖状上的名字写得难看，结果连累圣谚打扫卫生。阿宏再没见过那两位老师，他心虚，那两个老师打死也不会知道，这个无比在意儿子学业的父亲，当年曾在学校天天抢人鸡腿吃，还曾挥着藤条追打老师，打得老师边跑边哭。

环境的重要性排第一。除了在学校，在家里阿宏也努力给圣谚制造一个崇尚学习的环境。阿宏书读得不多，却时刻不忘在圣谚面前塑造出一个有知识有文化的形象。他总人模人样地忽悠圣谚自己的专业能力，强调自己在公司的重要性，明明只是个建筑商，电脑绘图压根儿不会，却努力让圣谚相信自己还是位重要的设计师。

他爱泡澡，总在泡澡时带着涂鸦本子进浴室，装模作样地画图，满身泡沫，擎着本子在图纸上修修改改，过程中圣谚出出进进，满眼的羡慕和崇拜。

圣谚不知道那些图纸都是公司员工的作品，只道自己老爸好厉害，继而认为自己也应该像老爸那么厉害，将来也一边泡澡一边画图纸。

圣谚后来考取了台湾大同大学，学机械。

阿宏并不希望圣谚成为书呆子，他从小诱导圣谚去打篮球，练来练去练出了一肚皮腹肌。圣谚十几岁时慢慢懂事，不知从哪里得知了一点儿阿宏的往昔，跑来问他当年是不是开过地下舞厅。

那段岁月实在是不堪回首，绝口不提不是办法，阿宏打着哈哈包装自己，他把地下舞厅说成舞蹈培训班，吹牛自己曾是个舞蹈高手。

他对圣谚说：你觉得自己打篮球，体能厉害是吧？其实根本没有我当年跳舞时的体能厉害。

他吸腹，装模作样地摆姿势，圣谚真信了，崇拜得要命。阿宏假装遗憾地说，自己有一个遗憾是没能坚持跳舞，过早地放弃。圣谚动了心思也要学跳舞，对阿宏说：老爸，我来替你圆这个梦。

圣谚不知道，面前这个"舞蹈高手"曾因贩卖左轮手枪而锒铛入狱。

圣谚参加了热舞社后，阿宏特别支持，请老师编舞的费用他永远慷慨解囊。热舞消耗体力、耗费精力，阿宏谋略得当，圣谚天天扎在舞团里，没机会去交友不慎。

阿宏抓住一切机会和圣谚的团友们接触，他多管闲事，操心团里每一个孩子的成长，给人家当知心大姐。他是有私心的，他希望圣谚在成长最关键的阶段能有个完美的环境，干干净净、顺顺利利。

阿宏 14 岁时和学姐上床，过早地尝禁果遗毒无穷，他终身后悔不已。

饮食男女，人之大欲，凡人无法抗拒性的诱惑。圣谚越长越帅，阿宏怕死了，怕他学当年的自己。阿宏做梦梦到圣谚导致别人意外怀孕，然后回家要钱打胎，醒来后气个半死，边气边冥思苦想预防的对策。

他跑去问圣谚会不会下载 A 片，有没有看过 A 片，拿来一个 500G 的移动硬盘，告诉圣谚，如果想看 A 片的话，他免费提供。

他对圣谚说：对性爱的摸索全是没有意义的，不如直接看 A 片学习，又安全又卫生，还能省下开房的钱。

圣谚除了羞涩就是羞涩，他错愕：阿宏这个当爸爸的怎么这么不正经？

阿宏步步为营，以负责任的口吻来忽悠圣谚对性的认知，说：性，不能自私，要站在对方的角度，去满足对方的需求，那才是有意义的。所以在没有做好万全准备之前，最好别丢人现眼。

他建议圣谚注意身体的干净，甚至建议没事喷点儿古龙水，理由是随时保持一个好的状态，万一有机会碰到突如其来的激情，做好被"临幸"的准备。

阿宏提着一颗心，以毒攻毒，圣谚还没成年，要是真被临幸，他跳楼的心都会有的。

当爸爸的先把禁忌戳破，当孩子的也就对性不抱什么太大的神秘感了，他的计谋奏效，圣谚羞涩之余反而不太去琢磨那回事了。

恋爱还是要谈的，圣谚17岁第一次交女朋友就领回家给阿宏看，阿宏吓死了，以为自己挖坑自己跳了，张嘴就问这对小情侣有没有上床，结果圣谚拍着他的肩膀说：没事的，我懂的。

阿宏老脸涨红，仿佛存在不安全因素的不是儿子而是爸爸。

阿宏提着一颗心，一直提到圣谚满20岁的那一年。

他干了一件事，公开在网络上PO（发帖，上传）了段话给圣谚，不仅圣谚能看到，圣谚的每一个同龄朋友都能看到，他是这么写的：

儿子，这是在你20岁到来前，老爸送给你的一段话：

人生都会有必经的成长道路，一生中有很多第一次，很多人的第一次通常都因为没有获得鼓励，而影响了一生的幸福。我不希望你的人生不幸福，所以有些事总不厌其烦地对你阐述，但是儿子，有些事还是要靠自己摸索的。

关于"处男"一事，希望儿子你能碰到一位会鼓励你、会对你负责任，且不会在你心中烙下阴影的女友，与你步向你人生的另一个开始。

我想说的就是这个！

也希望有机会对圣谚下手或计划下手的"某人"，别太狠，能怜香惜玉，那么圣谚接下来的人生将有蓝天与艳阳陪伴。

希望你们的第一次能顺利成功，不要害怕挫折。

最后，儿子，真心传授给你一个宝贵的经验：矜持是要的，但也别太矜持了！

老爸就不为此事与过程帮你剪彩了……祝福你幸福快乐！你懂的。

老爸　字

在圣谚生日的当天，阿宏又发了一条 Facebook（脸书）说：

告诉大家一件事——我儿子过了今晚 12 点就 20 岁了！以后……他自己管自己了，我也不再担心他是不是处男的问题了！

哈哈哈！生日快乐！

（八）

阿宏和圣谚是再寻常不过的一对父子，没有什么惊天动地的故事，若你觉得这篇文章平淡琐碎，我表示抱歉。其实真实的人生本就琐碎，如何去桥接、过渡、贯穿，看你自己的喽。每个人都是编剧，每个人都是导演，每个人都是主演，一定的年纪后，每个人也都是自己的观众。想演什么样的戏、看什么样的戏，你自己说了算。真实的故事自有万钧之力，潮来汐往，心心念念，当作如是观。

阿宏和圣谚的小故事还有很多，不是短短一篇文章能容下的，打住吧，不写了，结尾结尾。

阿宏是和《艋舺》同时代的人，他在《牯岭街少年杀人事件》那样的环境里长大，剧中的人是什么样子的，他就是以什么样子长大的。若杨德昌续拍《牯岭街》，钮承泽续拍《艋舺》，他们会如何去讲述那些少年的后来呢？2015 年 6 月 10 号，阿宏满 45 岁，照他的话来说，折腾了 45 年，终于要真正长大了。他一点儿都不害羞，说得天经地义的。

你知道他为什么会这么说吗？

圣谚，关于你父亲的过去，我想你应该并不知情。

就像你一直搞不懂他为何从小到大在你面前总是那么鬼马。

你或许并不知道，你身上能找到的所有的优点，其实对照的都是你父亲当年的缺点。

圣谚，你很懂事、很乖，你的父亲阿宏对你的当下非常满意，他说能陪着你长到今天，他已经很满足了，仿佛看着另外一个自己重新长大。

他说他陪伴不了你一辈子，他说自己45岁后不会干涉你的任何决定，地基已经打好，愿望已经完成，他死而无憾了。

你的父亲阿宏说这番话时，我和他站在台北101大厦最高层，脚下是车水马龙的信义商圈，满眼是灰色老楼和玻璃幕墙的新大厦，毗邻交错，接力生长。

每一个孩子背后，都有一个用心良苦的父亲。

圣谚，你背后也有一个用心良苦的父亲，你身上还有一个重生的父亲。

你的父亲用他自己的方式缝补着残酷青春留下的创口，你今年多少岁，他就已缝补了多少年。

圣谚，爱回忆是人变老的标志之一，上次我去台北小住时，与你父亲有过那一次长谈，我与他相识十年，第一次听他回首往事，不禁心有戚戚焉。

他嘱我把这些往事写下来，赠你作为指南，希望对业已成年的你有所裨益。前路茫茫，他希望独行的你能继续走好。

有些话他不好意思说出口。

他让我代他谢谢你，谢谢你的存在，谢谢你对他的爱。

圣谚，我记得我们之间是有个约定的。

我在台湾辅仁大学开讲座时，邀你当现场摄像师，你端着那台打工挣来的单反相机站着拍、坐着拍、躺着拍，两个小时的讲座，拍满了两张存储卡。

好小子，好认真啊，好样的。

我记得演讲结束时，我说：下次我再来台湾时，打算组织一次摩托车卖唱环岛，欢迎大家踊跃报名。

当时我用手指点了点你，你举起双手，冲我比出两个"OK"的手势，满脸灿烂。

喂，小子，咱们几时出发？

想想就让人开心。

香蕉、稻米、中国台湾，重型机车挟着阿里山的风，尾旗啪啪作响……

叔叔我没有台湾驾照，无法自驾，只能坐后座，但不是500cc以上的机车我不坐……不是长发大美女当骑手的机车我不坐。

阿宏一定很眼馋。

把他也带上吧，让他也坐在后座上。

圣谚，你载着他。

【番外篇】

猫三狗四，人十月怀胎，文章却难产了整三年。

这篇《台北爸爸》本应在 2014 年《乖，摸摸头》里就出现，但未能如愿。

2015 年的《阿弥陀佛么么哒》里，依旧被删，未能遂愿出版。

缘由不多讲了，或许是因地域，或许是因取材，或许是尚未具足因缘……一气之下我将这篇文章自费印刷成单行本小册子，随书赠送。共印五万册，只送不卖。

如果你曾得到过那本小册子，甚好，留好，惜缘。

现在是 2016 年，这篇文章是否会在《好吗好的》里出现？此刻我坐在南极圈的雪地里，在手机里打下这些字，端详着剩余的两格电。

不过隔着一道海峡而已，人与人，家与家，父与子，又有什么区别。

超越地域、方式和理念，总有一些同根连气的东西值得去印证，并在彼此的印证中将分歧雪融，融一点儿是一点儿，潺潺涓涓。

圣谚全名陈圣谚，我后来推荐他到大陆的综艺节目《非常完美》里当嘉宾，他穿着阿宏的旧 T 恤走上台，自信而坦然，人人都喜欢他的干净礼貌和那份独特的帅，他在那个舞台上留了很长时间。

本想让他挣点儿通告费买台好相机，结果他把厚厚一个信封塞给我：大冰数熟，麻烦帮我给山区失学的孩子们捐款。

我说你这是干吗？这是你的劳动所得好不好，你不是向来抠门吗，怎么全捐了？

他笑：我玩儿得很开心，已经赚到了耶……

我说你等着，回头我介绍你去拍电影、当演员，登上更大的舞台好好玩儿。

他却说，他大学毕业后的心愿是去美国学修哈雷，当个机修工。

好的，加油，圣谚。

遗憾的是，约好的摩托车卖唱环岛一直没能如愿——阿宏那厮缺席，人没凑全。

当年写这篇文章时，阿宏 43 岁，而今 46 岁了。

45 岁生日后，他独自一人去了太平洋上的岛国帕劳，潜水、晒太阳、开酒吧、建客栈……

半生的劳碌后，他开始了一场全新的人生，停靠到了一个全新的港湾。

海风温润，在那个遥远的国度里，没人知晓他的昨天。

阿宏履行了承诺，不再管圣谚。

2016 年 2 月
南极洲

▶ ▷ 大冰的小屋·白亮《孙大剩》

▶ ▷ 大冰的小屋·白亮《爸爸乖》

▶ ▷ 好妹妹乐队《风又吹走了》

爸爸，想对你说的话一直没说，今天就写在这里吧：

新疆姑娘

我愿做一只小羊，跟在她身旁

我愿她拿着细细的皮鞭，不断轻轻打在我身上

我曾经深爱过一个新疆姑娘。

很会唱歌很会跳舞，很漂亮。

她说她小时候爱上过一只小羊，白白的，咩咩的，一眼就心软了。

她从背后搂住那只小羊，抱起来就不肯撒手了，毛茸茸的，扎脸，又香又痒。

她说她那年五岁，个子小小，小羊的两只后脚耷拉在地上。

大羊护羔，闷着头冲过来抵她，她抱着小羊就跑。跑也不会跑，踉踉跄跄的，一圈又一圈，围着哈萨克毡房。风在吹草在摇，大人们在笑，小羊的两只脚耷拉在地上。边哭边跑，打死也不撒手的呢，她说她喜欢那只小羊，只想在它被宰掉前多抱一抱。

她把脸轻轻贴在我背上，手轻轻环住我的腰。

她说：喏，就是这么抱……

她说：如果有天你路过我的家乡，你会明白撒是新疆姑娘。

（一）

许多年后我路过新疆，车过连霍高速，过玛纳斯河大桥，前方不远处是她的家乡。

车上的音响在唱：我愿做一只小羊，跟在她身旁……

我跟着哼：我愿她拿着细细的皮鞭，不断轻轻打在我身上……

我和马史杨奋说起了那个姑娘，提到了那只小羊，那间毡房。

然后我疯了，想跳车。

马史诚恳地说：冰哥，你以后如果进毡房，别先进门哈。

杨奋睿智地说：因为在我们这里，牲口才走在最前面呢。

我：……

我犯了一个严重的错误，我忘记了他们是俩憨×。永远不要在憨×面前抒情。

好好的一段秋水旧忆就这么生生让你们给搅了，你们给我赔！

（二）

马史杨奋，羊粪马屎。

羊粪是一粒一粒的，马屎是一坨一坨的，羊粪扫不干净，马屎扶不上墙。

都说人如其名，放到他俩这儿却是反的。

我刚认识马史、杨奋那会儿，他们刚从人生谷底最深处的淤泥里拔出腿，一爪子一爪子爬着墙。

杨奋那时身无分文，刚刚结束他的雪菊生意，马史逼他清的仓，一起开了家小影视工作室。工作室生意差到姥姥家。说是合伙，其实并不安排杨奋做什么，马史只是变相地养着他而已，微薄的收入马史和杨奋一起分。

至于为什么养他，《夺命大乌苏》那篇文章里有讲，不赘述了。

马史一直说，这个俩男人之间的包养故事，他将来一定要拍成大屏幕电影，他兄弟杨奋到时当编剧。

我却并不看好这个项目，因为剧情一点儿都不烧脑，简单到一句话就能说清：失意、落魄的导演马史在决定放弃理想逃离家乡前发现了发小杨奋这个卖雪菊的淘宝小电商偷偷写下的厚厚一摞书稿，大受刺激的马史瞬间振作，决心重拾理想，不仅自己拾，也要帮杨奋拾，马史用合伙开工作室的方式变相帮杨奋腾出精力，好让他有时间整理书稿、写写文章，乃至成为一个真正的作家，吃饭马史包了房租马史包了……他只希望兄弟杨奋能实现理想，当成作家。

马史一生的理想就三个字——拍电影。

良好的物质基础才是精神追求的良好基础，他用了很久才明白这个道理，于是奋蹄如飞，追风赶月不停息。不论哪种奋斗，过程都只能缩短，不能越过。他努力缩短着和目标之间的距离，不仅仅是为了自己，也是为了杨奋。

患难见真情，提携是弟兄，这个可歌可泣的故事，基调是友谊。

杨奋却是被蒙在鼓里的，马史的忽然转变一度搞得他很紧张。

他偷偷给我打电话，问：欸……那个相识多年的兄弟忽然对你有了想法，你会咋办？

我说：啥想法？

他的声音中含羞带辱略有悲愤：我怀疑马史想那个了我……

憨×杨奋说：

太恐怖了，马史居然把酒都戒了，省下钱来送我一台笔记本电脑。他以前每天不睡到新疆时间下午两点不起床，现在每天一大早就跑出去买早饭给我吃，昨天晚上他还偷偷摸到我房间给我掖被角，还放下一杯牛奶让我补脑……我认识他这么多年，他什么德行我还不知道吗？忽然变化这么大，对我这么好，这这这分明是有企图啊！他刚才上班出门前还非要给我个拥抱……

我逗他，我说：那叫爱的抱抱。

他说：有抱抱就有么么哒，有么么哒就有啪啪啪，瘆人啊！

他号：不能这样下去了，必须给马史找个女朋友去！

问题是，但凡有点儿审美追求的姑娘，哪儿会瞧上那个时期的马史？

新疆不大的影视圈里，马史是个"勺子"，要钱没钱，要前途没前途，颜值倒是有几分，但那时工作室处于初步打拼期，马史事事亲力亲为往前冲，头发不剪胡子不理，鬃毛一样，普氏野马一样。

这头野马太累太忙，眼圈是黑的，牙是黄的，指甲缝是黑的，手指却是黄的。

他那时卷莫合烟提精神，一圈烟熏的焦黄戒指一样挂在手上，衣服裤子沾满碎烟渣子粒粒，熬夜拍片时，浑身的口袋里全能摸出草料……

姑娘们爱野马的飒沓，但大都很难爱上野马的邋遢。

说什么"爱上一匹野马，可我的家里没有草原"，你家有草原也白搭啊，你愿意当铲屎官吗？

综上所述，我猜杨奋的忐忑还要持续很长时间。

果不其然，没过多久杨奋的电话又来了。

我懒得接，他夺命连环call（打电话），反复打，接通后他在那边长久地沉默。

啥事这么沉痛？难道……难道你们……

隔着大半个中国，杨奋沉痛地告诉我一个消息：

马史出事了。

嗷哟，马史被一个女人给强暴了。

（三）

案发地是罗布泊。

作案者是新疆大学研究生，新闻专业，身高175厘米，吨位70公斤。

说也奇怪，她看起来却只觉得性感不觉得胖，屁股是屁股腰是腰，歹歹地漂亮。

杨奋说，从一开始就发觉这个大丫头子不对劲。

她来工作室应聘时，张嘴就能喊出马史的名字，张嘴就能点出马史最得意的策划核心，她好像研究过马史之前所有的视频作品，看马史的眼神笃定、自信又认真，聚神聚光的丹凤眼。

女孩应聘的工作是导演助理，简历上的姓很寻常，名却骇人听闻：朕。

朕说她刚参加工作，一切以攒经验为中心。

朕说工资待遇好说，管饭就行。

朕说：你们不用考虑了，我明天就来上班，好，就这么爽爽地决定了。

从没见过这么斩钉截铁的女人，也从没见过饭量这么大的女人，一顿能吃6个半米长的羊肉串，每次吃拌面都要加好几次面。杨奋说，头三个月光发现朕朕饭量巨大，后来发现酒量也巨大。她替马史挡酒，一个人干翻了一包厢的客户，不仅逼着客户埋了单，而且追到卫生间门口逼着人家签了合同。

话说，这单活儿本来也是她给牵的线。

马史感激死朕朕了，非要给她预支提成，她不要，她打完长长一个酒嗝，目光炯炯地盯着马史说：你拍这个片子的时候，带上我就行。

她拍拍肚脐，腰马合一：我有的是力气，帮你扛三脚架去。

她说：好，你不用考虑了，就这么爽爽地决定了。

如果说案件有预谋，那一刻就是预谋的开始。

受害人马史像所有案件中的受害人一样，不仅未能警惕察觉，反而湿润了眼眶，心生感激。

他那时心说，真不愧是我们新疆姑娘，牢道（新疆方言，厉害）得很，这么勤劳这么攒劲（新疆方言，能干），还要扛三脚架帮忙，真是值得好好培养。

他当时的感动也并不是完全没有道理，片子的拍摄地是罗布泊，俗称"魔鬼三角地"的那个地方。

丝绸之路在罗布泊穿过，孤魂野鬼在这里游荡，曾有西行取经的高僧在笔记里说：沙河中多有恶鬼热风，遇者则死，无一全者。

高僧不是唐僧，是东晋法显。法显之后，灵异事件不绝，枯骨干尸遍布的罗布泊里见鬼的事时有发生，例如双鱼玉佩，例如地外生命传说，例如镜像人，例如许多人竟渴死在距泉水不远的地方……（此处删去300字，谨慎百度，后果自负）。

受害人和作案者一进入案发现场，见鬼的事情就慢慢发生了。

…………

见鬼不是指见到鬼，也不是指灵异现象，指的是受害人马史和作案人之间的案发过程……

具体过程杨奋当时没打听出来。

只听说两个人是手牵着手走出来的，马史低着头一脸羞红，朕朕安慰他说：我会对你负责的。

又说：好，就这么爽爽地决定了。

杨奋笃定地认为憨×马史是被强暴的，太没出息了，一个当导演的居然被潜规则了，我骇然之余把电话给马史拨了过去。

他在电话那头压低声音：……现在不方便说话，她在旁边呢。

他说：打字说，打字说。

少顷，他PO来一段文字：

时光挥一挥手，大海就变成了大漠，曾经的渔舟唱晚，只留下几条河痕。

昨日的百草牛羊，眼下的万里黄沙。

烈风掠走了最后一点儿绿意，暴日舔皲了残存的水印，也蹂躏了茫然的我……

胡杨目睹了这一切，可它老得不能说话，于是什么也没说。

他好像是把罗布泊湖心的一块石碑上的文字给改编了……什么乱七八糟的，这都哪儿跟哪儿啊。"勺子"嘛，受害人受到的精神刺激看来不轻的说。

朕朕是如何在罗布泊强暴马史的，至今是个谜，只知她对此事的预谋，早在他们真正相遇的三年前就已经开始了，那是另外一个故事了。

马史一直说，将来一定要把这个他被潜规则的故事拍成大屏幕电影，他兄弟杨奋到时当编剧，详述前因后果……电影插曲他也想好了，就用张学友的《饿狼传说》。

或者郑钧的《赤裸裸》。

（四）

马史说：阿达西（朋友），我走了，你记得按时吃饭哈，你保重啊！

杨奋拽着搬家的皮卡车，眼泪都快下来了，他张开双臂：不舍得你走啊巴郎子（小伙子），抱抱……

两个大老爷们儿脑袋顶着脑袋，嘤嘤地抽搭着，司机摇下车窗冷冷地说：他要搬去的地方与你只隔着两条街……你们俩不是下午还要一起去见客户吗？

司机是个羊缸子（妇女），叫朕朕。

朕朕把马史带走了，他俩的故事节奏像一部高速上升的电梯——眨眼间已经开始同居。

杨奋很悲愤，好好一个马史晚节不保，约炮就约炮，咋还一炮多响了呢，朕朕啊朕朕，你到底是有什么魔力？

据马史交代，他在新家里是极其没有话语权的，朕朕说一不二，让洗澡就洗澡，让剃头就剃头，马史辛苦蓄了多年的长发，她咔嚓一剪子就给废了。朕朕规定好了一日三餐的吃饭时间，到了点马史不吃饭，她直接把马史的铺盖卷巴卷巴一脚远射到楼下。

杨奋问：既然这么受虐，那你怎么不顺坡下驴直接跑了得了？马史就叹气：她也不是24小时都是王气十足的，她每天都有新的话题和我聊，都是关于电影拍摄和剧本构架的，难得找到这么聊得来的人，我舍不得走啊……

杨奋就含泪：舍不得她就舍得我吗？难道你和我就聊不来吗？

马史就点头：嗯，没她聊得来……

但马史说，和朕朕聊得再热火朝天，只要到了点他不按时吃饭、洗澡、刷牙，朕朕分分钟会翻脸的。她翻脸不骂人，只行动，行动前只提醒一次，但凡不听命，斩立决。

她每次的提醒是同一句话"好，就这么爽爽地决定了"……

杨奋就很伤心，杨奋说：马史你变了，你以前不是这样的啊……你看看你现在，又白又胖的，烟都不抽了，你哪儿还是一匹自由的普氏野马啊，你现在是一头圈养的家畜。

马史就尴尬，尴尬完了不忘掏包：工作室这个月的分红，拿着……好了别磨叽了，赶紧拿着。

接着又说：时间快到了，我要赶紧走了，下次见面的时间再约，注意保密哈。

其实并非一个月一次的定期接头，说这番话之前，俩人其实刚刚一起在工作室里上了一上午班，朕朕就坐在旁边，他俩手机短信不敢互发，信息传递靠的是眼角眉梢。

说这番话的时候，俩人从乌鲁木齐职业大学一直走到南湖广场，长长的路走完，中间不敢停的，谁知道朕朕啥时候会杀出来呢。

刚搬家那会儿，杨奋颠颠儿地跑去蹭饭，马史自然热情，咔咔咔咔整了一桌子菜。

朕朕那时还算过得去，她微笑着给杨奋夹菜，还客气地寒暄：多吃点儿，别客气，以后记得每个月都来家吃饭哈。

杨奋被噎得说不出话，他本来计划每天都去吃饭的。

侧头看看马史，个卖沟子的，端着碗遮着脸咔咔往嘴里扒饭……碗早他妈空了好吗！

有了女人忘了兄弟，杨奋说他那时的心情……

好像那哈密瓜断了瓜秧……好像那都塔尔闲挂在墙上……好像那雪崩飞滚万丈
啊，亲爱的战友，我再不能看到你雄伟的身影，和蔼的脸庞
啊，亲爱的战友，你也再不能听我弹琴，听我歌唱……

杨奋说朕朕对他使用冷暴力，后来并不主动找他说话，看他的眼神也不对，那
种眼神耐人寻味得很，不是瞪也不是白眼，好像他也是个羊缸子，而且还是天
天觊觎着马史的那种。
朕朕经常一边看着杨奋，一边露出谜之微笑。
隔着工作室的玻璃门，杨奋经常被看得肝颤肠子寒，恍惚间总觉得回到了古
代，面前这个人歪在金龙宝座里，淡淡一句敕命：赐他一丈红。或者：赐他鹤
顶红……
杨奋后来打死不敢去他们家吃饭。

无论如何，杨奋承认朕朕是个霸气的女人。
有些女人展露霸气是不需要太多语言的，朕朕从来不说祈使句，也从不明着下
命令，她只不过在每个决定后面加一个短句：好，就这么爽爽地决定了。
杨奋说这个短句威力强大，不论是用在马史身上还是用在客户身上，都屡试不爽。
每次她一说这句话，合同就算板上钉钉了，分分钟签字。

自打朕朕加入工作室后，客户资源忽然就稳定了。新疆市场不大，竞争却非常
激烈，马史自知自己并没有多强的公关能力，于是归功于朕朕是福将，能带来
好运气。
那时有个房地产业界女强人亲自打来电话：

我们要拍摄一个宣传片，钱么嘎嘎（新疆方言，微不足道）的事情，但是嘛，要把新疆人热爱这片土地的情怀拍摄出来，哎，你们工作室够攒劲吗？

这姐姐简直是个从天而降的财神，摆明了送钱来的，可那家公司太大，马史担心这单活儿吃不下，扭头找人拿主意时撞上朕朕的眼睛，于是跟着她的嘴型学：好，就这么爽爽地决定了……

项目做了一个多月，马史和朕朕累得脱了一层皮。

一单做完又是一单，好运连连，财神大姐追单，季度末一核算，净挣六位数。钱到手时马史尾巴骨都哆嗦了，我的天，这么多钱该怎么分配？

他憋了整整一星期，迟迟没和杨奋分享这个惊喜，分配方案也迟迟没敢和朕朕提。方案简单得很：刨去朕朕应得的酬劳，剩余的全部给杨奋存起来，作为他的作家养成计划储备金。这笔钱马史自己是不打算要了，可问题是，他和朕朕既是工作伙伴又是男女朋友关系，白白扔了这么大一笔银子，以朕朕的脾气，她会愿意？

该来的终究是来了，有天晚上灯一关，脑袋往枕头上一搁，朕朕终于慢悠悠地开口发难：有个问题我只问一次——财神大姐的那两个项目，杨奋并没参与，分钱时他参不参与？

来了来了，终于来了……

黑暗里马史闭上眼，人生恍若蒙太奇，兄弟和女人这道二选一的选择题，终于摆到了面前，正式开机。

（五）

憨×马史和朕朕提过分手。

对话是这样的：

马史：我们分手吧。

朕朕：哦，我不同意。

马史：……那好吧。

那时，对杨奋的帮扶计划，马史已和盘向朕朕托出，那笔钱的分配方案也结结巴巴地说了。

朕朕只问了一句：你确定？然后说：好。

然后什么也没说，她没说她那句口头禅的后半句——就这么爽爽地决定了。

马史的心悬在半空，半个月也没落地。

没吵也没闹，朕朕平静得很，她自此对那个项目只字不提，自己应得的钱也不要、不提，好像项目从来就没做过一样。

平静的怨气最吓人，马史偷偷地观察了很多天，越观察越恐惧。

马史沉不住气，忍不住向朕朕提起杨奋的好，说起自己迷茫落魄天天喝闷酒时，杨奋如何想方设法让他振作，给他打气，管他吃住，带他散心……

说了也没用，她对马史的义气既不感动也没赞许，她对杨奋的谜之微笑继续，并未停息。

马史等着她主动开口邀约杨奋来家吃饭，她不松口，一如既往地当杨奋是空气。

这种情况下，那笔钱马史怎么敢分？他半夜偷偷爬起来跑到卫生间唉声叹气，又跑回床上戳朕朕：……那笔钱。

朕朕翻一个身：你不是已经决定了吗？你自己决定就好，不用再问我。

什么态度！这是什么态度！马史快抓狂了，钝刀子割肉虐死个人，既然不乐意我分钱给杨奋，你闹你的就是，摔锅砸碗扔东西把我踢下床去，怎么闹都行。
现在你摆出这副无处下口的铜墙阵，让我如何心安理得地睡觉去！

气急之下马史继续戳她，说分手。
她闭着眼睛连呼吸的节奏都没变，只一句：哦，我不同意。
马史痛苦地抱着脑袋挠头皮，堂堂七尺男儿遇到霸气熟女，输得没招儿没招儿的。
…………

对于那笔钱，杨奋并不知情，却极为乐意当搅屎棍，帮马史的分手大计出主意。
马史憋了一肚子的委屈后，反倒憋出了犹豫：要不算了，凑合凑合得了，不分了吧……
杨奋骂他没出息，说他白读了那么多年戏剧，他给马史出主意：这个分手撒，学问大了去了……

分手的学问当然大：
最快捷的分手方式是出轨或劈腿，最自然的是异地或出国，最果断的是人间蒸发、消失不联系。
上述方式他俩一个都没想到。
他俩的大脑沟回接到一块儿也没想出半个稍微聪明点儿的主意。

杨奋给马史出的主意憋到不能再憋：装病。
装病是门大学问，绝症最有效，但最难装，总不至于在 EICU（急诊重症监护室）里七日深度游；传染病最有杀伤力，但搞不好会把自己折腾进隔离区；妇科病最好装，比如血崩型姨妈痛，但客观上不具备那些器官……
思来想去缜密分析，杨奋给马史出的主意是：不孕不育。

别多想！杨奋并未操刀帮马史剁掉小丁丁，他只是帮他搞来了一张专科医院的体检报告而已。杨奋说：相信我，一定管用！这家医院天天在电视上做广告，权威得很。

有多权威？按广告词的分量来看，和蓝翔技校一样权威，和新东方厨师培训一样权威，和……

马史揣起体检报告时是悲壮的、慷慨赴死的、面如土色的。

杨奋给他打气：要完全代入人物角色懂吗！把你学过的斯坦尼斯拉夫斯基全都用上！成败在此一举啊阿达西！

马史走两步退三步，半天没走完100米，杨奋说你原地踏步走呢？咋了，你不舍得分吗？

马史呆呆地重复着他的话：……不舍得分，吗？

他看着脚面蒙了半天，抬眼看看杨奋，眼里瞬间蓄满了真情：有什么不舍得的！瞧不起我的拍档，就别当我的女主角！

他在杨奋肩头重重一拍：原地别动，等着我啊，我这就去搞定她……咱们兄弟喝酒吃肉去。

（六）

两个小时后，马史完败。

他在电话里对杨奋喊：歪浆（新疆方言，天啊）！她居然乐了，她居然笑得肚子痛，她现在还在楼上笑呢……

马史说完分手二字后，朕朕还和以前一样，说：哦，我不同意。

马史佯装忧郁地说完不孕不育这一强大的理由，朕朕扑哧就乐了，一笑就是半天。

朕朕中间停下来一会儿，她敛去笑容，看着马史说：能编出这样的理由，看来你是铁了心想和我分手，好样儿的……

马史等着她说下半句，但她接着又笑开了，这次是捂着嘴笑。她转过身去不再看马史，一直到马史关上门，她也没再转身。

到底是分成了还是没分成？

杨奋沉默不语，电话里是马史气喘吁吁的声音。

马史沉默不语，只是一口接一口地喘气。

马史说：我气得肚子胀。

杨奋说：好了别说了，死过来找我喝酒吧，咱们从长计议。

马史说：真的，我肚子吱吱疼。

杨奋骂他矫情说他尿，指责他马屎扶不上墙，连个丫头子都搞不定，居然还有脸气得肚子疼。

马史半天没说话，只是牛一样地喘气。

马史说：杨奋，救命……

咕咚一声，手机落在地上的声音。

杨奋喊：马史马史！

忙音，没人回应。

（七）

护士在换液体，点滴瓶子在脑袋上晃呀晃。

马史在空军医院里醒来，一睁开眼，是杨奋哭得冒泡的一张脸。马史小心脏一凉，哆嗦着问杨奋：阿达西，咋了，医生说我得的是撒绝症？

杨奋扑到他的怀里，痛哭流涕。

马史尿吓出来了，床单湿润了一小片，他委屈地喊：不是装病吗，咋真得绝症了……

旁边的护士抬手给了他一巴掌：别叫唤！撒绝症？你不过是阑尾炎加低血糖。好好给我躺着，别乱动，一会儿安排你开刀。

峰回路转的马史很感动，一因为不是绝症，二因为杨奋，他摸杨奋的头，你真是我兄弟，患难见真情，男人为我流眼泪还是头一遭……

杨奋头摇得风车一样，眼泪鼻涕甩得满哪儿都是，他哽咽道：我的眼泪，一滴也不是为你流的。

他说，你要分钱给我的事我知道了，你想养到我当作家的事我也知道了，我当然感激，但无论如何……大家当兄弟，你这么做是应该的。

杨奋号，说他的眼泪和马史屁关系没有，全是为那个歹歹的朕朕而流的。

杨奋号：马史，你将来一定要把这个故事拍成大电影！

…………

在路旁找到马史的是杨奋，帮忙开车送到医院的，是那个财神大姐——那个甲方女强人。

她当时嘎一声停下车：这不是马导演吗！咋翻白眼了?！上车上车别磨蹭！

并非所有的甲方都是王八蛋，大姐人极好，不仅帮忙垫了住院费，还搂着杨奋给予了一个中年妇女所能给予的所有的语言安慰。

她说：没事没事，马导演是累的，阑尾炎而已嘛，肠子割掉一截就没事了。唉，片子拍得攒劲，人也拼，真不是一般地拼……

她还说：你们工作室的人都挺拼，像那个高个子姑娘，叫撒来着，就是腿也粗胸也大的那个，嗷哟，当时为了拿下这个单子，在我办公室门前守了整整一个礼拜哟，我一开始懒得见她，把个小姑娘给急得哟，一道道门往里冲，两个保安都拉不走……
单子谈成了还非要我保密，还让我亲自给你们打电话谈合作，说是什么为了给马史导演更大的信心，她说她从上大学时第一次看到马导演的作品，就觉得他将来会是个棒棒的导演，她说她敢拿命和我赌……

她说：嗷哟，我好几个同行都对那个姑娘很头疼。她公关的方式就一个字"哭"，妆花得哟，这么拼的员工可真少见，是领工资的吧，一开始都以为她是你们的合伙人呢……

她说：你叫杨奋是吧？那个姑娘也老提你，老说只要我再签一单，你们的工作室就能真正活下去，就等于给咱们新疆多养活出了一个作家……我不想签，她就站在那儿不出声地哭，我答应了，她就抱着我掉眼泪，边掉边说就这么爽爽地决定了……
她说：哎，真拿她没办法，老是哭，一点儿都不像咱们新疆丫头子，咱们新疆丫头子骨子里是有傲气的嘛……
…………
马史说：杨奋你闭嘴吧，你别复述了。

肚子又开始疼了，他一把掀开被单子：杨奋你帮帮忙撒，你找把刀，把我肚子豁开，一满子肠子掏出来勒死我吧。

他捂着肚子喊：这么歹的丫头子我还想分手，我还想不要人家，我是牲口啊。

他一枕头把小护士打跑，又抓着杨奋晃：……工作室锁着的那个抽屉，你去撬开，把那个蓝盒子给我拿过来。

他有气无力地骂：个卖沟子的！要不是因为你，我早把戒指给她戴上了……

他说：你要真是我兄弟，马上去把她给我绑过来！别让她跑了啊！

马史疼晕过去了，手紧紧抓着杨奋的袖子，一个指头一个指头地才能掰开。

（八）

都说教堂里能看到真正的忏悔，医院里能看到真正的祈祷。

马史的求婚既有忏悔又有祈祷，他举行求婚仪式那天，把医院当了教堂。

马史是躺着求的婚，麻药劲刚一过就求了婚。

求婚仪式来了许多人，都是紧急通知的，都不知该带花篮还是花圈。杨奋憨，群发消息时只说了时间地点人物，忘了在仪式两个字前加求婚……许多人以为是临终告别。

大家还是蛮配合的，一半人扶着马史，一半人抱着护士。

扶着马史的七手八脚地搀扶着他，帮他半跪下。

抱着护士的手忙脚乱地按住她们，不让她们冲过来。

护士们骂街：牲口吗！刚做完手术啊！别让他跪啊！线会崩开……

马史头上冒出豆大的汗，他展开攥了半天的手心，一只热气腾腾的钻戒露出来。
小护士们暂时不喊了，纷纷捧起了脸，求婚的场面谁不爱看。

马史捧着钻戒：……从罗布泊星空下的那个夜晚起，我就已经是你的人了，你说过会对我负责的……丫头子，嫁给我吧，就这么爽爽地决定了吧。
泪光晶莹的朕朕伸出手来……还是第一次看到她有情绪波动，看来再霸气的女人也抵挡不住钻戒。
接下来的一幕可谓平地起浪，可谓峰回路转，可谓六月天孩子脸，天降广告牌子砸眼前。

朕朕手伸过去，一巴掌把那个钻戒打飞了。

病房里倒抽冷气的声音此起彼伏，半跪在地上的马史却不尴尬，他指挥杨奋：阿达西，帮我捡起来，她肯生我的气，说明还有爱。
朕朕说：啊呸，谁生你的气了？
她从口袋里掏出了另一枚戒指，说：今天是我来向你求婚的。

马史后来说，他将来一定要把那个场景拍进他的电影……
当时所有的护士都在喊：别激动别激动，别蹦跶，线会崩开的！
马史倒在朕朕的怀里，手被朕朕抓在手里，朕朕一边忙着往马史手指头上套戒指，一边说：哎，这个人嘛，还计划着和我分手呢……想得美！我认准的东西跑得掉吗？和我结上个50年的婚以后再说吧。
戒指作死地往手指上套，套得马史龇牙咧嘴。
朕朕说：你将就一下吧，太仓促，买小了。她说马史找她分手那天，她笑完了就立马出门买戒指去了，不是因为担心马史真分手跑了，而是因为马史那天说出的分手理由假得太可爱了……

朕朕说：好了，戴上去了，娶不娶我你说吧。

除了说娶娶娶，马史的回答还有长长一声感慨，那个声音，他不是用嘴发出来的……

那个声音，是他所吃的食物的不屈亡魂的呐喊……

护士们站在一旁小声地跟人科普：这叫通气，通了气就意味着手术顺利，这么快就能通气，这位病友倒也真稀奇……

通了气的马史依偎在他未婚妻的怀里，幸福而羞涩地呢喃：……你咋知道那个不孕不育的分手理由是假的？

他得到了一个让他再次晕过去的答案。

那个答案实在太劲爆，他被推回手术室重新缝了一次线。

他的未婚妻拍拍自己的肚子，淡淡地说：这个里面嘛，孩子已经装上了，你的。

（九）

故事结束了。

好难得，从野生作家大冰笔下完结的故事，居然也有大团圆结局？

其实结局远比预想中的圆满：授粉成功后，马史和朕朕生下了女儿马小史，马小史已经会走会爬会说话了，她最爱驾驾驾地喊，一言不合就把她干爹当驴骑，她干爹叫杨奋，是个憨×，被她整得没招儿没招儿的。

我不想用这个故事来说任何道理，故事就是故事，描写的不过是三个阿达西、两个巴郎子，还有一个骄傲的新疆姑娘。

············

或许，我们换一种方式结尾更好。

其实，上述这个一万字的故事，是马史杨奋给我的赔偿。

不赔不行。

因为他俩曾在玛纳斯河人桥旁憨憨地打岔，无情地搅乱了我的一段过往思绪，让我最终无法完成那个愿望：去到那个遥远的地方，忘掉一个骄傲的姑娘。

愿望是个多年的夙愿，地方是那个姑娘的家乡。

那个姑娘没朕朕高没朕朕壮，没朕朕那么有气场，她很温柔，却比朕朕还要骄傲。

一种新疆姑娘独有的骄傲。

我曾深爱过那个新疆姑娘。

她说她小时候爱上过一只小羊，白白的，咩咩的，一眼就心软了。

她从背后搂住那只小羊，抱起来就不肯撒手了，毛茸茸的，扎脸，又香又痒。

她说她那年五岁，个子小小，小羊的两只后脚耷拉在地上。

大羊护羔，闷着头冲过来抵她，她抱着小羊就跑。跑也不会跑，跟跟跄跄的，一圈又一圈，围着哈萨克毡房。风在吹草在摇，大人们在笑，小羊的两只脚耷拉在地上。

边哭边跑，打死也不撒手的呢，她说她喜欢那只小羊，只想在它被宰掉前多抱一抱。

她把脸轻轻贴在我背上，手轻轻环住我的腰。

她说：喏，就是这么抱……

我说：非要骄傲到分别这一刻吗？能不能别再犟了……只要你一句话车票我立马撕了。
她的手轻轻环着我的腰，脸轻轻贴在我背上。
吉尼木……
她说：如果有天你路过我的家乡，你会明白撒是新疆姑娘。

吉尼木……
她说：如果未曾失去过，你又怎会永远记住我。

是的，我记住了她。
记到了天涯海角，记挂到今朝。

2016 年 2 月
阿根廷乌斯怀亚

▶ ▷ 大冰的小屋·豆汁《桃花镇》

▶ ▷ 好妹妹乐队《谎话情歌》

最后一个义工

只要小屋还存世一天，收留流浪歌手的规矩就不会变，咱们抱团取暖。

有缘就惜缘，缘深就当族人，来者可以拖着理想，可以背着希望，可以扛着命运，也可以只是为了钱。

钱不钱的和俗不俗蛋关系没有。

从某个角度来说，我认可果子的那句话——没资格谈论理想时，先好好去挣钱。

靠理想活着牛×，靠手艺挣钱吃饭也不丢脸。

歧路或坦途，船总要有根龙骨，人总要有个信念。

命运的属性是什么?

——命运善嫉,釜底常抽薪,波澜平地起。

难道没有例外吗?

——没有,不信抬头看,苍天饶过谁?

哈哈,我不服也不信。

——孩子,不急,失意、挫败、急转弯、厌离心、退转心……种种欲扬先抑你都必
将经历。

能逃吗?

——不能。

会疼吗?

——会。

会有多疼啊?

——有时好似高原反应,有时堪比剔骨剜心。

有万能解药没?

——没有,因果自受,解它做甚?

那有没有锦囊妙计?

——有,不过四个字:坦然受之。

这么简单?

——简单吗,若真简单的话,为何能做到的人万中无一?

如果我做到了呢?

——做做看,做到之前,先别 BB。

那么你做到了没？

…………

——问什么问？打哭你信不信！

（一）

最难坦然的，莫过于小屋——进入倒闭倒计时的大冰的小屋。

…………

双手抄兜，晃晃悠悠。

小屋坐落在五一街尽头。

若干年前，这里是人迹罕至的所在，杀人越货好地界，云淡风轻水潺潺。

三角梅香透了半条街。

好安逸的老街。

老时光零零星星堰塞在墙壁夹角处，青蝇振着小翅膀，嗡嗡地飞去飞来。

流浪狗蜷缩屋檐下舔爪子，虎皮大猫撵耗子，嗖嗖跑在青石板路上画
"之"字。

整条五一街安安静静的，一直安静到路的尽头。

路尽头有家花圈店，也卖棺材。

若干年前，我叼着烟，蹲在门前，兴致勃勃地看人钉棺材。

我帮他们敲了一会儿钉子，他们送了我一只小花圈。

哎呀我去，真他喵的好看，小呀么小花圈。

那家花圈店，后来改成了一家小火塘酒吧，名叫大冰的小屋。

…………

小屋是个坑。

挖地三尺，棺材大小的一个坟坑，为的是以邪攻邪。

来往的客人坑里一跳，挤坐在一起，头顶是降魔书，面前是避风烛台，墙壁上
挂满了钟馗韦陀忿相护法四天王天……

搁酒的桌子用的是棺材板，还是以邪攻邪。

斯是陋室，黄泥抹墙，红泥焙砖，屋顶漏雨懒得修，听歌的客人撑着伞。

雨季来临，鼓就不用敲了，伞上的扑簌雨水声，就是最好的鼓点。

烛光昏黄摇曳，蜡泪成塔，年复一年，那时候也懒得安灯泡，正好省电。

钱也懒得收，有六年的时间，所有人都可以免单，不论喝多少酒，银子爱给不
给，随您的便。

小屋独特的气场和规矩，自然不招庸众待见，经久不衰的是闹鬼的传言。

也罢，以邪辟邪，岸然君子莫作停留，孤魂野客入我门来。

所谓孤魂，不少是流浪的艺人们，也有画师也有诗人也有歌者，和昔年的拉萨
浮游吧一样，小屋是流浪歌手收容站，背着吉他推门进来的管酒管饭。

孤魂野客的品类后来越聚越多，生物多样性原则在 12 平方米的小坑里滚动循
环——有失意巨贾，有过气明星，有听着歌听着歌就休克的晚期病人，有喝着

酒喝着酒就被便衣带走的，说是通缉犯……

各色人等停停坐坐，往来穿梭，一个故事一首歌，一杯酒一个夜晚。

杯酒慰风尘，如是许多年……

诗曰：

十年滇北复山东，来时雾霾去时风。

知交老友且零落，江湖少年尚峥嵘。

忽忆昔年火塘夜，大冰小屋初筑成。

时无俗人论俗务，偶有游侠撒酒疯。

倥偬数载倥偬过，何日始今何日终。

今昔又是一岁尽，新酿青梅为谁盛。

…………

时光变迁，诡异变传奇，积淀的人气终于带来了好生意，每晚门外都排长龙，
屋里塞得罐头一样满。来的年轻人多了些，但浪客散人并未见少，六〇后和九
〇后促膝坐在一起，一起哄笑，一起沉默发呆。

还好，氛围没变。

变了的是房租，12 平方米的屋子，房租从一年四位数变成了六位数，一度压
得我喘不上气来。

于是开始收酒钱：40 元一瓶酒，可以坐一天。

钱不提前收，出门再交钱，喝了多少凭良心给，穷学生可以借此逃单。

逃单人不多，每天也就十来个，大都不是穷学生……

也有来者坐了一整天，大呼过瘾感慨超值。也有客官交钱时嫌贵，说超市里一瓶酒才卖三元钱。我说：那您去超市里喝吧，让收银员唱歌给你听……

他们笑着走了，两天后过来道歉：抱歉哈，去了古城其他酒吧，才知道此地运营成本高，酒价平均是五六十元一瓶，而且还要半打一打地买。

他们在小屋里重新坐下：为表歉意，给我们先来一打。

不卖！

说好了的40元一瓶酒可以坐一大，你一次要那么多干吗？

要喝就一瓶一瓶地喝，大冰的小屋再小也是丽江五百强企业，任你是谁，规矩不能坏。

给你们一人一瓶酒，自己起开，乖乖坐着好好听歌，慢点儿喝，不然打哭你信不信？

还有一点变了。

收容原创歌手的原则升级了一点儿：依旧是想来就来想走就走，想喝酒自己拿，但只要有缘留下驻唱歇脚的，不管是半个月还是半年，都开始发工钱。

是的，都是义工，义工凭什么就不给人家发工钱？小屋里没有免费劳动力，这里的义工的"义"，不是义务而是义气。

若干年来，小屋收留过数以百计的歌手。

和情怀无关，只想让那些缺乏生存技能的孩子多一个屋顶来挡风避雨。12平方米的小酒吧，最多的时候同时养着11个歌手，最高的时候工钱每月五位数。

管我挣多少，挣多少我发多少我乐意。

我就这样，我还不止这样。

你来打我呀你来啊你来啊。

凭什么一个底层歌手只能住地下室、吃着方便面、苦大仇深才能写出好歌来？

他小众，他就活该饿着？

小屋想让他们既能吃饱了饭，又能写歌。

凭什么一个歌手只能放低姿态、放低尊严才能有机会靠音乐吃上饭？

在小屋里，歌手最大，任何客人只要影响了歌手唱歌，立马撵出去。

这些歌手未必都是有天分的，也未必都是技术全面的，但音乐有门槛吗？有及格线吗？既然喜欢，他们为什么无权利去追求？

喜不喜欢，有没有权利去喜欢，和出身无关，和天分也无关。

每个人都有一首惊世骇俗的歌在等着他，只不过找到这首歌，需要米饭和时间。

我也穷过的，也一度是个流浪画师、流浪歌手、电视台里打杂跑腿的小剧务。

我也曾因为不想放下尊严而被人扇过耳光，踹过琴盒，打断过肋骨，盒饭扣了一脸。

我比谁都知道缺乏机会、缺乏资源会让一个人多么无奈地搁置自己的理想，所以，收留每一个长期歌手时，小屋都要求他们答应两个条件：

1.能坚持多久就坚持多久，不要怕嘲笑，不要轻易放弃创作，能做到就留下，没信心就拜拜。

2.出世与入世的平衡方为王道，永远不要远离生活。

不要因为自己搞艺术就盲目鄙视金钱，再高大上的精神追求也需要物质基础的支撑，靠本事吃饭不丢人，留下就认真工作，一边等理想慢慢清断，一边好好挣钱。

能做到就留下，没信心就拜拜。

小屋并未承载什么伟大的情怀，也没想培养什么民谣大师，只是想让事情是它本来该是的那个样子而已。

人来人往，留下或拜拜，聚合离散，如是许多年……

当真是命运善嫉，有一天忽然发现小屋离倒闭不远了。

没错，倒闭。

并非经营不善，我也并非受之坦然。

（二）

他是进入倒闭倒计时前，小屋收留的最后一个义工歌手。

2016 年年初，大冰的小屋，夜半时分。

街头方静，人群未散，棺材板上的风花雪月还未卖完。

他盘腿坐在卡垫上，十指修长，吉他横抱，叮叮咚咚地拨弹。隔着水汽模糊的小玻璃窗往里瞧，一片昏黄一抹白，油画中才有的那种古典白衣少年。

从没见过这么爱笑的大男孩。

不笑不说话，一笑闪闪发光一排牙，高露洁广告一样。

半旧的衬衫，衣领雪白袖口也雪白。利落的圆寸，冷不丁地侧面看，我×，匆匆那年彭于晏。

男孩叫果子。什么果？开心果，他自己说的。

老木门吱吱嘎嘎推开，新来的客人们在门口拥成一坨，一个个腼腆地探着头，打量着满坑满谷的人：哎呀满了呀，没有座位了……

果子抱着吉他，笑嘻嘻地招呼：坐嘛，挤一哈（下）嘛，挤一挤又不得（四川方言，不会）怀孕。

这么清秀的男孩，说的却是花椒普通话，煞是好玩儿。

川人惯摆龙门阵，言语间自有独到的幽默，他自己微笑而已，周遭的人反倒笑成马。

还没完，他一本正经地拨弄起吉他，用川普唱道：周末午夜别徘徊，快到大冰的小屋来，收留流浪的小孩，啤酒一瓶40块，与我一起开怀……

新客人们嘻嘻哈哈挤进来，打着拍子跟着和：……寂寞午夜说拜拜。

歌声是个好东西，破矜持消腼腆，拉近距离不要脸。

可惜好好的一首小虎队的歌，七嘴八舌忽快忽慢唱出了12种调门来，中国的基础音乐教育普及工作真失败。

我叹了一口气：会唱这歌的不是七〇后就是八〇后，你看看这一张张老脸，还自称小孩？"孩"字后面还不加儿化音……心理建设咋都这么成功的说。

正摇头呢，一旁有个姑娘忽然开口，幽怨感慨：黑灯瞎火找了半天，好不容易找到了小屋，可惜，今天冰叔却不在了……

我去，分分钟打哭你个九〇后老女人信不信！

我是烧了还是埋了，坐化圆寂了还是英勇就义了？谁说我不在？我和你们一起挤进来的好不好？这不刚潜伏到你背后一米处的角落里吗？只不过领子竖得高，帽檐压得低，灯光暗，没一个人发现。

果子也没发现。

但果子却冷不丁地说：在哦，谁说冰叔不在？

一堆逗B客人一下子全都精神起来了，真的在呀！在哪儿？在二楼吗？是在写书吗？快把梯子撤了别让他溜了，快找个盆来把他扣住，别让他跑了……

他们喊：快说快说，在哪儿在哪儿？

果子缓缓伸出一根手指，众人齐刷刷顺着那根手指看。

他指着照片墙说：大冰挂在墙上。

一堆客人乐得前仰后合，纷纷抻长脖颈子去瞻仰"遗容"。

他又热心地补刀：边边上，雪地裸照那一张，光着沟子露着点，还捂着小丁丁……

众人啧啧地咂嘴，对我的身材评头论足，还伸手去抠一抠摸一摸，摸得我浑身一个哆嗦又一个哆嗦，鸡皮疙瘩此起彼伏，销魂得难以言说。

我想给果子来一个过肩摔，大头朝下那种。

本是美好的青春纪念，生生给我说成了电车痴汉，好好一间大冰的小屋，活活给我搞成了大冰的小污……

没等银牙咬碎，果子又开始继续唱歌。他龇着一口闪闪发光的白牙，琴弦扫得飞快：

…………

谁也不能粉碎我的倔强，谁也不能把我丢在远方
就算回家的路依然难闯，至少我有一丝星光
如果你也和我一样，迷失夜空独自飞翔

那就用尽最后的力量，找个方向作死地去闯

moneys, moneys, 是你给了我力量

moneys, moneys, 是你给了我方向

moneys, moneys, 是你给我一记耳光

moneys, moneys, 是你让我扑扇翅膀

谁也不能粉碎我的倔强，谁也不能把我丢在远方

就算回家的路依然难闯，至少我有一丝星光

头顶的乌云装满雨雪冰霜，雷电擦过我的翅膀

没有什么可以逼我返航，妈妈还在等我带回干粮

moneys, moneys, 是你给了我力量

moneys, moneys, 是你给了我方向

moneys, moneys, 是你给我一记耳光

moneys, moneys, 是你让我扑扇翅膀

我的前方……

真能瞎编，money 还有复数?

蛮有趣的一首歌，为了钱而奋斗?

尾音的那一句，他猛扫一下琴弦，手自然地在空中画出一道弧线，啪地攥住桌上一罐风花雪月，拉环噗的一声掀开，泡沫四溢，高高举起。

他一脸灿烂地喊：唱得真好听，来，兄弟伙，一起走一个。

还有自己夸自己唱得好听的? 城会玩儿，九〇后的世界我读不懂……

客人们却不见怪，一屋子人都把酒擎了起来，有的喊：唱得好! 有的喊：再来一个!

冬夜的街头幽冷，小屋里没有生火，却暖得人微微冒汗，所有人的眉眼都是弯的，好欢乐。

透过摇摇晃晃的人堆夹缝，我认真地看着这个大男孩，不错，是个好歌手。不论是说话聊天还是弹琴唱歌，重口味也罢小清新也好，他拥有他这个年纪理所应当的简单快乐：许多人曾经拥有，而后终将失去，并且永不重逢的简单快乐。
…………

可是，果子。
不知道一个小时后，你是否还乐得出来。

有个信封，在我的裤兜里整整揣了两天。
一个小时后小屋打烊，锁好门后，我会把它塞进你手里，然后头也不回地走开。惭愧也好，遗憾也好，你的目光我的背影，都交给夜色吧，这样能少点儿尴尬。

你一定不晓得，这其实是你在大冰的小屋的最后一个小时。
信封里装好了一个月的工资，外加一笔小小的路费。

没开玩笑，正式辞退。

（三）

需要走的不止果子一个人。

要走都走，老人儿一个不留。

莫怪爷们儿无能，你们想去哪儿就去哪儿吧。

钱分了，字号你们拿去，各自寻一个新码头，各自立柜摇旗。

叹什么气，人在招牌在，爷们儿这辈子已经开赔了五家酒吧，不差再多倒闭这一个。

天大地大，此处若不容我们，那就让小屋这块招牌别处生根。若别处也不容我们，那就去往别处的别处，中国这么大，我就不信了。

谁说咱们是逃……说不定开枝散叶加盟连锁，最后还能上个A股新三板呢。

什么是新三板？算了，说了你们也不懂也不需要懂，好好唱歌就可以了。

好吧我也不是很懂。

都不要有压力，钱赔了算爷们儿的。

若说叮嘱，只希望大家记住一个规矩：江湖一脉，穷则独善，达则兼善，不论是挣是赔，都要善待每一个踏进门里来的有礼貌的歌者，有缘就收留，缘深就认作族人。

若能把这个规矩牢牢坚持，小屋不死。

酒斟满吧，自此天各一方，四散天涯。他日再聚，人或许不会这么齐了。

…………

所有人都安置好了。

都懂我，都没有告别，一个接一个地走了，走时悄悄，都是单程票。

只剩下果子。

散伙饭时没喊他。

他是新来的，什么都不知道。

比如，他并不知道，一间小小的流浪歌手根据地，盼着它倒闭的人可真不少。

你不惹事事惹你，许多年来，小屋在丽江，一直不招某些人待见。

翻白眼的有同行——生意差同行看不起，生意好惹同行嫉，没关系，都可以理解。

嚼舌头的有客栈管家——只要给酒吧带客人，全古城的酒吧都给客栈返点，就你们小屋例外？不给返点也行，凭什么不让我们装装大爷？全古城的酒吧都给我面子，就你们小屋例外？等着，网上化名骂死你丫的。

骂就骂吧，只是遗憾，骂又骂不到个点上……

真正不待见小屋的，是开淘碟店卖手鼓卖盗版碟的，不是所有，是某些。他们恨恨地给客人洗脑：

大冰的小屋装×，开酒吧居然不用麦克风不用音响，唱的歌能好听吗？听歌时还不让说话，装什么清高？贩卖情怀！邪教聚会！

他们恨我，我不恨他们，只不过瞧不起而已，十年如一日地坏坏他们的生意，越恨我，坏得越起劲。

喵了个咪，打着卖手鼓的名义卖盗版碟，美其名曰传播原创，多少原创歌手的生计就是这么被坏掉的。

顺道还败坏了手鼓这门手艺：

招几个小姑娘培训三五天，穿着所谓民族服装往门里一坐，一边敲鼓一边媚笑，敲他妈又不会敲，手鼓乱敲成架子鼓的节奏，还敢把路人教，教又不好好教，进价几十元钱的鼓几百上千元钱卖给傻瓜才是王道，顺便搭售盗版碟，还是黑胶。

当贼当到这个份儿上，简直让人敬仰。

为了掩盖不会敲，他们把盗版音乐放得震天响，动次打次跟着敲，还对口型跟着假唱，乒乒乓乓从中午震到午夜，从 2008 年震到 2016 年，生生毁了丽江好几条街。

几百年的古城，本不允许高音喧哗、噪声吵闹，不扰民的正规手鼓店本也不少，可大多被那些盗版碟店挤对死了——他们见缝插针铺天盖地蔓延席卷，几乎要将整个古城毁掉。

小屋也快被毁掉了。

在蚕食了四方街、七一街后，噪声终于占领了曾经云淡风轻的五一街。

小屋是古城最后一家老火塘，许多年来不用音响不用麦克风，只清唱——全古城唯一一家。

我一直以为这种低吟浅唱可以一直娓娓延续，直到我和歌手们都慢慢变老，直到丽江大冰的小屋和当年拉萨浮游吧一样，能够代表一个时代。

但肉嗓子怎能压得住音响，不被带跑调就不错了，还谈什么诠释原创？

是我天真了，老说捐精卖血也要保住小屋。

我从未料到，最终将小屋压垮的不是房租，而是门外乱七八糟的鼓声和震天的盗版碟音乐。

有人劝我：你虽是文氓，但孬好也算个作家，千万别像当年那么冲动。

……懂，明白，当了作家如果还舞枪弄棒，终归不是好宝宝。

有人说：投诉！天天投诉噪声扰民。

……投了，但这条街和其他街的经历一样，管理人员来了立马清静，人一走，音量照旧。执法不可谓不苦口婆心，也不可谓不严，但全古城那么多噪声源，总不能一个人守一家店。

也有人说：其实只要也安上音响喇叭对着干，就无所谓吵不吵，要吵大家都吵，看谁的音量高。

……拉倒吧，如果那样的话，小屋还叫小屋吗？直接叫小污得了。

我向来反对别人指责古城太商业化。

商业和商业化没有原罪，只不过，在抵达合理有序的商业化状态前，古城必经一场漫长的无序。

它不需要谩骂，需要的是时间，爱它就给它时间。

雨季再长终会晴天，但在此之前，身为一个受过它恩泽的人，必须接受这场漫长，也必须理解这场漫长。

既然理解，就要面对现实。

小屋实难熬过这场漫长，江湖事江湖了，与其等着城门被攻破，不如启动自毁程序。

辞退果子，亦与此有关。

（四）

遣散费在裤兜里焐得潮热，我潜伏在角落里听果子唱歌。

万幸，还没出两个月的试用期，感情还没那么深，可以狠下心来随便找个理由直接打发走了得了……

可找什么理由呢？说他唱得不好？

这不明显扯淡吗？

和其他人一样，果子也是背着吉他忽然出现的。

那日阳光正好，他半旧的衬衫白得耀眼，笑嘻嘻的一张脸探进门来，大声问：我有故事，你有酒吗？

我苦笑一声：换个梗吧，光这个月就已经有十几个人和我说同样的话了……

（此句的由来，参见《阿弥陀佛么么哒》一书里的《我有故事，你有酒吗？》一文，慎读，打倒QQ空间文艺青年小S！）

他倒也机灵，挠挠头，改口道：我有music（音乐），你有money吗？

我捏起一个拳头，关节嘎巴嘎巴响：再不好好说话，打哭你信不信？

他倒也不尴尬，笑嘻嘻地取出吉他，门外一坐，自弹自唱起来。

说也奇怪，他一开口，日光愈发耀眼起来，过路的人和狗都停下了脚步，有的默默眯起眼，有的默默抱起了肩，有的默默摇起了尾巴——好干净的声音。

两首歌唱完，我慢慢走出门去，拍拍他的肩：好了别唱了，留下吧，晚上一起吃烤鱼。

他笑嘻嘻地看着我，用力地捉住我的手使劲摇晃。

我以为他会说：谢谢老板。

结果他说：月薪不能低于5000元……

当着满街的人我能说不吗！除了点头我能有别的选择吗？诸位爷都散了吧，堵着家门口，我们没办法做生意……

小屋留人看缘分，并不问歌者的履历，12 平方米的屋子是一方自由国度，自有其规矩。

果子的来历我们不清楚，也不感兴趣，只知他是爱说成都话的贵州人，爱穿白衬衫，歌声很干净，永远笑嘻嘻，领工资时很积极……

加班也很积极。

领加班费时更他妈积极！

比如这会儿，明明可以打烊了，他还是不舍得停止加班。

果子正在唱他的小清新：

世界上有许多奇怪的事情，就像老鼠有天也会也会也会爱上……猫咪

莫名其妙我还为你提着行李，送你上了十点半的末班飞机

她说她要离开，唉，我说我会等待，哈

可是十点半的飞机，它不再下来

她说她要离开，嘿，我说我会等待，哈

可是十点半的飞机，它不再下来

可是十点半的飞机，它不下来……

明明是一首讲离别时备胎有多哀怨的歌，却被他唱得春暖花开，一屋子的客人都嘿嘿哈哈地跟着合唱，没心没肺地灿烂成一片。

掌声过后，有人夸：听果子唱歌，像晒日光浴，心情一下子就变得很好。

也有人开口说：就是就是，还是听果子唱歌舒坦，以前我半夜来小屋听大冰唱梵呗，听得我嘴里发苦，胆汁都倒流了。

（你尿汁怎么不倒流?!）

那人继续 BB 道：大冰书里写过的歌手，好像经历都特别沧桑坎坷，小屋的义工歌手好像也全都是苦大仇深的……好像只有果子例外。

（其他歌手招你惹你了?!）

那人蹬鼻子上脸，得寸进尺：
听大冰吹牛×，小屋的每个义工背后都有个传奇故事。果子，你的歌忧伤又阳光，背后的故事是什么？是理想吗？

（兄台，你的嘴肥厚而繁忙，面临的事故是什么？是补牙吗？）

满屋子的人开始跟着起哄架秧子：果子果子，我们要听故事，快给我们讲讲你的故事。
他们喊：果子，你怎么走神了？
他们笑：好了，别假装调弦低着个头啦，看把你给为难的。

果子也笑：讲就讲嘛，有啥子为难……
他微微低头，理了理半旧的白衬衫，又笑着说：可是我的故事里没有理想，全都是关于钱。

（五）

故事里的果子是个投胎小能手。

故事里的果子有许多钱。

他说他上小学三年级时，手头的钱已有五万。不是过年攒的压岁钱，只是他日常没花完的零用钱。

他说他老爸来钱容易，搞建筑搞房地产，小半个城市都是他的工地。

果子的爸爸高中毕业，从工地小工一路干到包工头，再摇身变成土豪大老板。

原始积累的过程像极了他盖的那些楼，平地而起几乎是一夜之间。

越有钱越想赚钱，他醉心生意，天天早出晚归，夜夜应酬到大醉。和别的父亲一样，他自然也关心儿子，每天见面必问：今天要多少钱？

要多少给多少，天天给。他养儿子的方式就两个字：给钱。

有时累了，他歪在真皮沙发上，爱马仕手包整个扔过去：儿子，自己拿。

拿得少了张嘴就骂：宝器（傻），没出息，老子的钱不都是给你挣的吗？

那时的孩子流行玩儿四驱车，一个车的顶配需要 2000 元，果子眼睛都不眨地掏出钱来，随手指了指：给我来三个车车。

玩具店的老板吓着了，别的小孩花 60 元买个四驱车都要父母陪着，这孩子一个人顶别人 100 个。老板不敢卖给他，怕钱是偷来的。

后来又卖了，旁边有人告诉了他这是谁的儿子。

这种氛围下长大的孩子，不可能不畸心。

小学没毕业，果子已是远近驰名的小恶少，年纪轻轻耍上了袍哥。

那时每天都有人代他写作业，还帮带早餐，学校篮球场只要他去了，呼啦啦让出好大一块空地。

他那时网罗了一帮兔崽子，按人头发工资，组团在校园收保护费。

钱他当然不缺，就是想要牛×，钱不是目的，欺负人时的快感才是，高他一头的他也不惧，照欺负不误。

他常领着人把高年级同学打得满世界跑，边跑边尿裤子，边跑边捂着嘴哭，连声救命也不敢喊。

这样的坏小子，当然无心学习，上课几乎就是为了逃课，逃也要逃出花样来，在老师眼皮子底下逃走才叫有面儿。老师刚一转身写板书，他就兔子一样蹿起来，手指塞进嘴里嘀哩哩一个呼哨，四五个帮凶瞬间蹦上窗台，眨眼间就越过操场翻到了校门外。

帮凶们帮得很积极，因为有现金奖励。

老师的胃疼也被气得很积极，每天上课时都提心吊胆，久之，被逼出了一副侧着脑袋写板书的能耐，以及颈椎炎。

说也奇怪，旷课那么多，成绩却不见落，一直在中游徘徊。

念成绩排名时，老师摘下眼镜摇摇头：果子，你但凡把心思多放在学习上一点儿的话……

底下的学生在笑：老师，果子刚又翻窗户跑了。

又指着窗台上的人民币说：他还打赏了小费给您。

初中时，全校最富的是果子，比老师富，比校长富。

四驱车当然不玩儿了，什么新鲜他玩儿什么，架子鼓、电吉他、烧油的遥控直升机，满满一屋子高达，限量版运动鞋也是一屋子，一水儿海外代购的。别人还没混到黄钻买家时，他早就是某宝皇冠买家了。

他还组织了十几个半大小子，采购了西瓜刀十几把，学着《古惑仔》里的造型用毛巾绑在手上，按人头发完打架费就拉出校门外打群架。

最狠的一架是和高中生干的，青瓜蛋子下手没轻重，伤了好几个，他自己也伤了，结结实实一钢管砸在他肩上，离后脑两寸不到。

老师根本管不动，喊家长也没用。

果子妈妈从很年轻时就开始当少奶奶，半生都活在麻将桌上，和大部分少奶奶一样，逛商场和打麻将就是人生。

如果逛街购物分段位，她铁定是黑带九段，如果四川麻将有学位，她板上钉钉是博士后。除此之外，她啥也不懂，啥也不会。

她自己几乎也是个孩子，自然也管不了孩子。

果子惹的祸，她只会赔钱摆平，果子没被开除，全靠送礼搞定。赔钱送礼时是不出面的，她没怎么踏入过社会，人情世故不懂也不屑，于是只管掏钱，办事全靠牌友。

掏钱她不心疼，心说，反正家里的钱花不完，反正果子爸又能挣，反正挣来的钱自己家人不花，也会被外人花了去……妈皮（四川方言粗口），那个小狐狸精！

果子爸那时犯的是有钱人的通病，一周有三天不着家，所有人都知道他在外面养了别的女人。果子那时和他爸的感情始终不深，这或许是最大的原因。

家里的东西砸碎了又买，买了又砸，一天到晚吵个不停。吵归吵，养家的钱还是照给的，包括给果子的钱也没停。

果子爸不懂怎么和家人交心，自己做下了初一又做下了十五，也没什么脸面教儿子做人，只是一味地给钱给钱，买一个耳根清净。

果子只当他是台提款机，无限透支的那种。

家不成家，爹没爹样，儿子也眼瞅着快成土匪了。

偶尔麻将桌上果子妈叹口气，身旁的牌友立马阿谀：莫操心，男孩子嘛，不怕小时候多养出点儿悍性，这样长大了才敢闯敢拼。

她点点头，觉得很有道理，接着又叹气：天天打架，都没见他守在屋里头陪陪我……

牌友出损招儿：听说现在爱打网络游戏的孩子都不爱往街上跑，都老老实实待在家里。

果子妈点赞，好主意！

果子一脑袋扎进网络游戏里，甚少出门胡闹，自此只在线上厮杀。

狮驼岭派的130级无级别限制的斧头一把三万元，他买起来眼都不眨，浑身上下都是无级别限制的装备，那个游戏叫《××西游》，他半年就砸进去近十万元。

反正家里有台人肉提款机，不花白不花。

他聪明，之前再怎么胡闹，学习成绩也一直保持中等，但自打玩儿上网游后，彻底给全年级垫了底。垫完初中垫高中，一垫就是三年，直到高三。

高三他念了两年，高考也考了两次。

第一次高考只考了语文就跑了，他惦记着家里电脑中的网络游戏，勇武组比武大会即将召开，他想拿那个状元，因为有面子。

果子妈懵懵懂懂，只觉得儿子终于乖了一点儿，急眼的却是果子爸，高考都翘？这可还行！

他毕竟书只念到高中，怕儿子也只能念到高中，于是没收了电脑，亲手拆成一地零件。

魔高一丈，零件被果子偷走，重新组装继续玩儿。

果子爸不常着家，果子掐着日子数规律，每次都在爸爸回家前几个小时把电脑重新拆成零件。

第二次高考前四个月的一天，果子电脑拆晚了，连主机带屏幕被爸爸扔到了楼下，他家住的是高档别墅，独门独院，倒是不用担心把路人砸着。

果子爸凶他：你这么不成器，老了的产业将来交给谁？你必须给老子上成大学！

骂归骂，他并不知道孩子的教育问题其实往往都是家长教育方式的问题。

骂了也白骂，转天爸爸在果子被窝里翻出一台笔记本电脑，最新款的。

果子有钱，他自己买的。

笔记本一撅两半，刺啦冒火花，满满一兜子私房钱被翻出来，当面烧掉。

爸爸指着果子：你瞪什么瞪，你不服气是吧？你不服气是吧！

一拳封眼，接着一顿暴打，果子被爸爸打出了一脸的血，实木地板上滴滴答答。

妈妈立在一旁，一句话也说不出来，她已经被吓傻了。

打完了吗？并没有，果子被拖进洗手间，不是洗脸，是剃头发，血迹斑斑的光头。

爸爸一边撕扯着割头发一边吼：长记性没！服了没！

三天后，果子爸自己服了。

果子包下了整个网吧，他稳坐在电脑屏幕后面，头也不抬地说：你先在门外等我，等我打完这一局，我自己走出去让你打。

又说：今天你不打死老子，老子不是你生的！

打了，没死。

后来又打了一次，一次又一次，一直打到第二次高考前一个月。

果子爸放弃了，算了，大学不上就不上吧，来公司上班。

阴错阳差，考上了。

所有人都奇怪，连果子自己都奇怪，怎么莫名其妙就考上了呢？

考得还挺不错：四川大学锦城学院 2010 级财会系财务管理专业。

果子爸醉醺醺地拍果子的肩膀：你狗日的还凶（厉害）呢，这样子你都可以考得起……

果子把肩头的手拿开。

说吧，你以后每个月给老子多少钱？

要多少给多少，给多少花多少，这对父子一贯的风格。

果子大学第一个月花了两万，第一个学期花掉了中等收入人家一年的生活费。

大学生活到底让人长进了一些，他那时对网游的痴迷忽然减弱。

因为喜欢上了跑车和美女。

（六）

果子端起酒润喉，暂停了吹牛。

他面上浅浅的笑意，半分愧色都没有，淡然得像是在说别人的故事。

没人说话，小屋里一片尴尬的沉默。

半晌，有人悄悄打了个哈欠——OK，真是个够无聊的故事，真是个脸皮够厚的讲述者。

打哈欠的人是我。

本以为收留的是个流浪歌手，实则是个闲得没事干的啃老族。

你既然家里那么有钱，何苦一本正经地和我谈工作待遇，还月薪不能少于5000 元……

有意思，真有意思，小屋一世英名，收场前的最后一个歌手，居然是个跑来体验新奇生活的富二代。

真是个完美的句号。

想想人家的出身背景，再摸摸自己裤兜里那个信封。

妈的智障，我还打算给人家发遣散费。

我还以为给人家的遣散费足够多。

咕嘟咕嘟，一瓶酒很快喝完了，果子抹抹嘴，左右看看。

他客气地说：既然开了头，那就一口气讲完吧，谢谢你们的聆听哈。

没人接茬，客人们尴尬地互相看看，大眼瞪小眼。

我气笑了，聆听个屁啊，差不多就行了孩子，照顾一下国情，别继续炫富了。

算我走眼，怪我太相信直觉，硬把人和歌画等号，错把没心没肺认成简单快乐。

也罢，人家的心理素质既然那么好，我他妈还有什么不好意思的？现在就打烊吧，把他喊到门外，辞退的消息直接宣布了得了。

我刚要起身，冷不丁地，灯忽然暗了，果子抬手摁灭了开关。

他笑了一下，说：接下来的故事还是关于钱的，我关了灯讲吧，不然不太好意思说……

都讲到这个份儿上了，你居然还会不好意思？

屋里一片骚动，所有人都被他的情商感动了，看来人间极品真不是一般人能当的。

我气得笑出声来，讲吧讲吧，讲讲你爸爸后来给你买的什么跑车。

他半天没说话，还挺会卖关子的。

屋里漆黑一片，看不清他的表情。

良久，听见他轻轻地说：后来梦醒了，忽然就醒了。

他说：后来爸爸死了，忽然就死了。

（七）

梦醒时分，2011 年 4 月 16 日。

果子说：

2011 年的 4 月 16 日中午，我终于选好了那辆车的配置，打电话催我爸汇款。

我爸说没问题，只要我能把大学念完，想买什么东西就给我买什么东西。他说现在正在喝酒应酬，一会儿散席就安排人把钱打过来。

我等了一个下午，钱一直没到账，我爸的电话一直没有人接。

晚上十点，电话终于通了，里面哭声一片，我妈在电话那头哭得死去活来：赶快回贵阳，你爸不行了。

爸爸不行了？嗡的一声，脑子里一片空白。

怎么买的票，怎么上的飞机，全是空白。

亲戚在医院门口接我，他让我先别哭，说我妈妈已经哭不动了。我没哭，我脑子里还是一片空白。我走到病房门口，一群人围坐在里面，我妈还哭得动……从来没见过她哭成这个样子，我不敢进去……

医生让我去他办公室一下，说是妈妈死活都不去。
医生告诉我说：你妈非说你爸还有呼吸，让我们继续抢救，还一直要求转院……你爸现在有呼吸，是因为戴着呼吸机。
他让我签了一张单据，说是死亡证明。他说：昨晚送过来时就已经不行了，死因是脑梗，准备后事吧。

我不敢去看我爸，一直待在病房外，坐地上抱着头，脑海里还是一片空白，一边空白一边奇怪，我怎么一直没哭出来？

不知怎么回事，我站到病房里来了，所有人都看着我。
没过一会儿，人全都出去了，我妈也被架出去了，只剩我一人和我爸待着。病房里很安静，只有呼吸机嘀嘀嘀的声音，我爸脖子上延伸出一根助呼吸的管子，浑身弥散着浓重的药味和酒气。我碰碰他的手，冰凉冰凉的……
我爸死的时候 48 岁。

果子沉默了一会儿，说：
我当时站在床前不停地哆嗦，我爸死了，就躺在我面前，可我怎么一滴眼泪也流不出来？我掐自己的脸，再摸爸爸的脸，不是在做梦，我爸爸真的死了？

那以后谁赚钱养家？我和我妈以后该怎么办？

那种感觉，就好像还没来得及背降落伞，就忽然被人从飞机上踹了下来……不停地失重下坠。

从未预料到的场景结结实实地摆在眼前，这一切远远超出了我的想象。除了发蒙，什么也做不了，连怎样才能哭出来都不会了。

发木的脑子里只嗡嗡旋转着一个念头：那以后谁给我和我妈挣钱？

（八）

一蒙就蒙了许多天。

灵堂 7 天，流水席 24 小时开，道士作法，满眼的青烟白花。

来的人很多，哭的人很少，许多人匆匆赶来，站到果子面前试探性地问：你爸爸临走时交代过什么没有？有遗嘱没？

他眯着眼睛回答：我爸去世得太突然，一句话都没留下。

来者怀疑地盯着他瞧，一脸的阴晴不定。

果子说：我蒙了好几天，直到头七最后一天……麻烦上门了，有人大闹灵堂索债，掀翻了一片花圈。我吓了一跳，终于清醒过来，原来我爸欠别人这么多钱，从来没听他提起过！我和我妈都傻眼了，我们这样的家庭，也会欠别人钱？

公司账上的钱根本不够还，当务之急是速速筹钱，不然人家不让我爸入土为安。我和妈妈戴着孝跑工地，跑所有与人合作的项目，但所有人都一个口径：

按合同办。

好吧，那就按合同办吧，能拿到应急的钱就好。

可帮忙的亲戚说：很多东西是不会写在合同里的，有很多是口头协议、人情协议，如果全照合同处理，你爸爸的生意根本不可能赚到钱……

我和妈妈什么都不懂，除了按合同办，完全不知道该怎么办。

果然被说中了，一分钱也没拿回来，帮忙的亲戚见没拿回钱，眨眼也不见了。

这还只是开始，刚刚好话赔尽，勉强把白事办完，法院的传票就来了，一次就来了六张。

我和我妈被传票吓坏了，难不成我们这样的人家还会被告上法院？那在亲戚朋友面前我们还能有什么脸面？

赶紧想办法，应该也有不少人欠我爸的钱，如果把钱全讨回来，或许能过了这一关。

不讨债不知人情冷暖。原来这世上，讨债比讨饭难。

整整讨了两周，脸色看尽，一分钱没讨回来。别人一句话就把我们将死了：你拿出证据我就给你钱，拿不出你凭什么问我要钱？

妈妈气哭了：你当初借钱时，难道没给果子爸打过借条吗？那么大一笔钱，说赖就赖了吗？

人家手一摊：借条呢？你没找到借条，我就不欠你家的钱。

明明我们是债主，可他们却像是在呵斥乞丐。

…………

印象最深的是我爸的一个好兄弟。他家住的四层别墅是让我爸垫钱修的，入住那天还请我们一家人去吃过饭，当时他白酒一干就是一大杯，指天骂誓要为我爸两肋插刀。

他那时候还殷勤地给我剔鱼刺，跟我爸说，你儿子就是我儿子，他还热情地喊我妈大嫂，说长嫂如母。

我和我妈抱着最大的希望去了他家，结果防盗门怎么也敲不开。

客厅里明明有电视机的声音，窗帘缝里明明有光透出来。

我和我妈傻站在门外，一点儿办法都没有。

妈妈气哭了一次又一次，眼泪擦干，还要接着跑法院。我陪她坐在法院调解室里，一个小时两个小时地受人唾骂。

别人欠我们的钱要不回来，我们欠别人的钱却不知道该怎么赖。那些平时逢年过节来家坐坐的，问你成绩怎么样的叔叔阿姨，如今拍桌子瞪眼睛，除了一副赶快还钱的嘴脸，一丝商量的余地都没有。

妈妈半辈子活在麻将桌上，人情世故方面不懂，翻来覆去只会哀求，哀求到最后她也急了，她喊：你们以前可不是这样啊……

他们一句话顶回来：别扯以前，今天只说钱！

我们家是一夜之间变赤贫的。

四辆车全被扣，积蓄存款也全部给爸爸抵债了，我自己存的钱也没保住。家里好几处房产也卖了，从家具家电到手表首饰衣服，能卖的全卖了，包括妈妈的麻将桌和麻将牌。

卖来卖去，一干二净，欠款大头终于还清，零头还差20多万元。

这个世界，看你笑话的人永远比在乎你的人多。

妈妈找要好的牌友借钱，没一个牌友肯接电话，没一个回复短信。

万般无奈，找亲戚们借这20万元，借了一圈，亲戚全变路人……别人知道你还不起，知道你翻不了身，别人怕拖累，别人已经不想再和你当亲戚。

十几个亲戚处借来的钱总共不到一万元。

亲戚打发叫花子。

（九）

唯一没卖的是郊区的一间小公寓，我和妈妈最后的栖身之所。

家徒四壁，我们俩挤在一张床上，半夜经常听到妈妈梦里的痛哭声。
那天夜里，妈妈又在哭，我悄悄起床，躲到厨房里抽自己嘴巴子：20 万元，
刚好是你上一个学期花掉的钱。我一下接一下地抽我自己：你还想买车呢你，
你爸爸死的当天你还想买车呢你！

现在怎么办？把这个小房子也卖了抵债吗？然后怎么办？流浪街头去要饭？
卖了这个房子，就不用去要饭了吗？家里快要断水断电，已经凑不出半个月的
菜钱……

门忽然响了，都凌晨四点了，谁这么用力地踹门？听动静好像不止一个人。
他们好像喝了酒了，凶神恶煞般地喊：滚出来！没钱还就拿房子还！
他们一边喊着开门开门滚出来，一边玩儿命地踹门，一声比一声响。

墙皮噼里啪啦往下掉，妈妈光着腿裹着被子跑出来。她像个孩子一样死死地拽
住我的胳膊，哆嗦着问：怎么办？
妈妈吓得快瘫倒在地上了，她养尊处优了半辈子，从未遭遇过这种场面。
我使劲用肩膀抵住门，苦苦哀求：各位大哥，现在已经很晚了，实在不方便开
门，你们明天再过来好吗？求求你们了……

僵持了一个多小时警察才来，应该是隔壁邻居嫌扰民，报了警。警察在门外训斥了几句，我和妈妈躲在门里，大气也不敢出地听着门外的动静。好了，终于结束了，抢房子的人散了。

我刚把妈妈扶上床，门又响了，他们又回来了，这次不是踹，明显是在用肩膀撞。

我慌忙拨通了派出所的电话，可他们说：你们这是私人财务纠纷，你们自己解决吧。然后电话就挂了！当时整个心都冷了，想喊想骂，却不知道该骂谁，骂什么。

门被撞得咔嚓响，声音明显不对了，我赶紧跑过去用力抵住门，一侧头，妈妈也跑过来了。

她嘴唇咬着，一边哭，一边和我一起用肩膀抵住门。门每被撞一下，她就摇晃一下，披头散发，脸已经哭花了。

不知怎的，我眼泪唰地下来了……我爸爸死那天我没哭，讨债受辱我没哭，现在我是真想哭了。

眼前一秒钟就花了，脑子里一片空白，等再反应过来时，厨房里的菜刀已经跑到了我手里，我正发疯地劈着门。一边劈砍，一边喊：门不用你们撞，我自己劈开！谁敢进来我连他一起劈开！

…………

门外终于安静了，菜刀深深地嵌在门板上。

妈妈已经吓得哭不出来了，她蹲在地上缩成一团，鼻涕眼泪把头发糊了一脸。

我跪下，抱住她，她惊恐地想挣扎，我使劲把她搂紧，脑袋塞进她怀里，嗷嗷地大声哭出来。

原来落魄的滋味是这样的，原来家徒四壁无力还债的滋味是这样的。

换作半年前，打死我也不可能相信我们一家人会被这区区 20 万元逼疯。

太难受了，我宁可自己从没在那个富有的家庭里生过长过，这样就不用生吞这巨大反差带来的折磨。

我心里想：已经是绝路了，死吧，干脆死了吧。

哭完了就去死。

（十）

也不知哭了有多久，门又开始响了。

我心想：也好，拉个人陪着我们一起去死。

刚想抬头，妈妈死死地把我的脑袋抱住了，她可能猜到我想干吗了，呻吟一样地又哭起来了。我掰她的手指，用力推她，正挣扎着呢，门被轻轻敲了两声。

嘎吱一声，门自己开了。

一大片天光涌进来，已是清晨了。

一个阿姨站在门口看着我们，她问：你们还好吗？我没来晚吧？

…………

她吃惊地端详着嵌在门上的刀，失声喊道：我的天，千万别做傻事！

那个阿姨是爸爸的一个普通朋友，算是生意合作人。

貌似那是爸爸投资过的最小的一笔生意，小到可能连他自己都快忘记的一笔小生意。

那个阿姨说，我爸之前和她合伙整了两个门面，我爸死的时候，门面刚刚装修完。他们当时口头协议，盈利将来一人一半。

她急切地说：我让懂的人估了一下，门面估值 70 万元左右，但现在着急出手，别人只肯出 60 万元，而且只能先付一半。

她递过来一张银行卡，说：里面有 30 万元，赶紧拿去应急。

又捂住心口说：我的天，幸亏没来晚……

如果那个阿姨没出现……万幸她出现了，所以我现在还能坐在这里。

30 万元的救命钱，天上掉下来的一样，那笔钱保住的，不仅仅是我和妈妈最后的小房子……

爸爸在九泉之下该庆幸还是该脸红？

那么多推心置腹的人闭门不见，那么多称兄道弟的人眨眼翻脸，悬崖边唯一伸手的，居然是个普通朋友，那个门面她完全可以不转，那笔钱她完全可以不还……

可我又有什么资格去指责爸爸呢？

就算他不是这么匆忙地辞世，就算他提前做好了安排，那该来的一切报应，我和妈妈难道就能躲得开？

好了，不多说了，我对那个阿姨感恩一辈子。

她是好人，给了妈妈钱，续了我一条命。

（十一）

大梦醒来，一切归零，往日荣华，今日云烟。
债还完了，门修好了，那接下来呢？

果子说：
我躺在床上想了好几天，有一天凌晨忽然想明白了。
如果我说我是一夜之间长大的，你信吗？

我跟我妈说：妈，我走了。
我说：妈你别激动，我不是去杀人越货抢钱……
我说：还债剩下的钱，妈你留着生活，给我一张火车票钱就好，其余的你不用
管了。
她点点头，说：你想走就走吧。
她一下子哭了出来：那你住哪儿？你哪儿来的钱买饭？你饿着了怎么办？
我帮她擦眼泪，说：总会找到办法的，实在没办法了我再回来……

妈妈说：那你能不能别走，剩下的钱有近 10 万呢，咱们省着花，还能花上几
年……咱们接着去要账，咱们再仔细找找，说不定能找到几张欠条，说不定会
有人良心发现……
她神情惶恐，无助得像个孩子一样。
我一下子犹豫了，又迈不动腿了。

最后还是走了。

走之前，妈妈拖住我的胳膊问：那我怎么办啊？那我该干什么去？

我搂住她说：妈妈你别哭了，所有的报应都是活该。咱们只能靠自己了，不论是你是我，都必须从零开始了。

她哭：除了打麻将，我什么也不会啊……

我说：妈妈，现在没有别的路了。

（十二）

果子离开贵阳时，没带任何行李，只有一张单程票。

四年半后，他背着吉他，来到了大冰的小屋门前。

几年来发生的故事他没细说，甘苦自知，大抵不过是漂泊。

他擦过高楼大厦的玻璃幕墙，摆摊卖过烟花，夜场里打过工，琴行里也打过工，学过吉他也教过吉他，大学里开过吉他班……

不论从事什么工作，他都会从每个月的收入里分出一半，汇给妈妈。

与孝顺无关，果子的从零开始并非励志鸡汤，不过是一个孩子的救赎和悔改。

果子说：妈妈现在也有工作，也在挣钱。

几年前，收到果子汇来的第一笔钱后，妈妈在电话那头问：不是偷的吧？

她哭：我儿子没有不管我，我儿子能养我了。

她说：别劝我，让我痛痛快快哭吧，哭完这一次，以后我都不会再哭了。

妈妈当天哭着去了职业介绍所，求了人半天，求来了一份工作。

妈妈也长大了，哭着哭着就长大了。

她活了 40 多年，第一次上班。

果子笑：妈妈有时候像个小孩子一样，真的……她非要把第一笔薪水汇给我，让我买吃的，买衣服穿。我怎么可能要嘛，我不要她还生气……

第一笔薪水，五味杂陈。

阴错阳差，果子妈妈那天开工时，遭遇了曾经的牌友。牌友打电话喊来其他好几个牌友，名义上是介绍生意，实际上是为了发朋友圈。

他们轮流站到妈妈身后，各种摆 pose，手机闪光灯肆无忌惮。

妈妈的工作是保洁。擦地、刷马桶、清洗油烟机。

果子笑着指指身上：妈妈用第一笔薪水，给我买了这件白衬衫。

手指点着胸口，他咧着嘴笑，漆黑的屋子里，笑出清清亮亮一滴泪来。

他说：唉，一想起来就觉得心疼。

果子停顿了一会儿，说：

妈妈这几年一直做保洁员，现在每个月能挣 1400 多元，她以前在家从来不干活儿，现在什么都会做了……一开始我很心疼她，担心她受不了委屈吃不了苦，可她说，儿子，你都能从零开始了，我也要跟上你才行啊。你不用心疼我，你多夸夸我就行，你每次一夸我，我就不累了……

我每次夸完她后，都会说，妈妈你一定别累着了，我现在靠吉他能吃上饭，过几年我就能靠吉他吃饱饭，将来我回贵阳陪你一起过，这辈子咱们再也不会朝不保夕了。

妈妈每次一听这话，要么岔开话题，要么着急地挂断电话……眼泪她都憋着，她再没和我哭过。

我问过自己，我和妈妈算是挺过来了吗？我们的从零开始，及格了吗？

不敢细想，怕一想多了就满足了，一停下来就再次迷路了，一安逸了，就再也跑不动了。

变故后的这几年，我和妈妈唯一的想法就是拼命工作，使劲挣钱。

这几乎是支撑着我们不趴下的最大信念。

使劲挣钱，也不全是为了钱……有这么个念头撑着就好，有念头才敢有指望，偶尔才敢想想将来。

别笑我俗气。

我知道把钱当信念非常可笑。

但做事总比不做强，如果一时还没有资格去谈论理想，那就先认真工作，好好挣钱。

（十三）

打烊的时间早过了，屋子里并没有人走。

远处有隐约的鸡鸣，夜色却正隆。

果子低头看表，说他妈妈这会儿应该快收工了。

他说：

我妈接了好多新房开荒的活儿，最近经常连夜加班做保洁，估计今天又累得够呛……

我没去劝她，与其劝她别干，不如陪着她加班一起干，她在贵阳加班到几点，我就在丽江加班到几点。

他笑笑：

第一次跟人讲自己的故事，让大家失望了哈，既不励志也不浪漫，实在是抱歉。

实话实说，我来小屋打工，主要是听说这里的薪水高，可以多挣点儿钱。

他忽然把头别过来，冲着我坐着的角落，笑眯眯地眨眨眼：

好了，话说得很清楚了，我目前不过是个冲着钱才唱歌的人，这样的人不留也罢。

所以，老板，别藏在那儿纠结了，不论是辞退还是开除，明说就好。但是之前说好的月薪 5000 元，最好一分都别少给。

还有，加班的钱也别少算……

我猛地缩紧了肩，瞬间半额头的汗，好尴尬，他啥时候发现的？

果子敛起笑意，正色说：

老板，谢谢你给过我工作，还给我机会加班。

我明白小屋收留的歌手，每个人都有一段传奇，唯独我例外。有时候细想想，心里也挺难受的。别人的故事，从一开始就都是关于坚持和奋斗，而我的故事，全都是关于钱。

他眼睛亮亮地盯着我看：

……我也想和他们一样，锁定一个目标，去作死地撞南墙。

我也想像你书里说的那样，平行世界多元生活，既可以朝九晚五，又能够浪迹天涯，既能挣到钱，又敢追求理想……

可惜，这一切我暂时还没有资格去谈。谁都不怪，只怪我自己懂事得太晚，我活该……

老板，我走就走了，不敢有什么怨言。

但将来的某一天，我一定会背着吉他重回小屋，理直气壮地站到你面前。

话音落地，四座寂然。有的人抱起肩，有的人眯起眼。

小屋里鸦雀无声，几十双眼睛盯着我看。

他们在等着我的结案宣判，或者临别赠言。

手插在裤兜里，红包攥成一团……

明明是因为小屋快倒闭了，所以才要把你遣散，怎么七搞八搞搞成了你没资格在小屋待，什么乱七八糟的？真是乱麻一团，这逻辑关系也太给力了，整得我连怎么解释都不会了……

此情此景我能说什么！

当着满屋子人的面我能说什么！

我往阴影里使劲蜷了蜷，结结巴巴地张嘴：

……谁他妈要开开除你了?!

你你你好好唱你的歌吧，别瞎 BB 了。

（十四）

果子没被辞退。

他很纳闷儿，我很郁闷。

他现在月薪涨到了 8000 元，加班费另算……

他个胎神老说自己只是来挣钱，老说自己还没有资格去谈论理想。

可我却真的不这么看。

所谓洗心革面，所谓回头是岸，回头的那一刻，其实已然登岸。

人活一世，懂事最难，何时懂事都不嫌晚。

至于小屋啊，随它去吧，我想我或许应该也学着懂事一点儿，懂事才能坦然。

风淡云集，风疾云散，未来未知岁月里的某一天，我终将告别我的小屋，终将松开双手，和我的丽江说声再见。

不强求了，也强求不来，一切都交予时间。

或许三年五年，或许句号就是明天。

或许是欲扬先抑，或许消散如云烟。

但只要小屋还存世一天，收留流浪歌手的规矩就不会变，咱们抱团取暖。

有缘就惜缘，缘深就当族人，来者可以拖着理想，可以背着希望，可以扛着命运，也可以只是为了钱。

钱不钱的和俗不俗蛋关系没有。

从某个角度来说，我认可果子的那句话——没资格谈论理想时，先好好去挣钱。

靠理想活着牛×，靠手艺挣钱吃饭也不丢脸。

歧路或坦途，船总要有根龙骨，人总要有个信念。

…………

这么长的文字能读到现在，谢谢你给面子。

是的，这又是一个正在进行时的故事。

派出去的歌手们都很精进，各自在新的码头立起了新的招牌，厦门分舵、成都分舵、大理分舵、西塘分舵……

新的故事络绎发生，我没让他们再回来。

天大地大，没有必要再回来了。

小屋老店有果子他们凑合守着就够了，这里的故事也尚在继续着，虽然尚未晴天。

在你读到这段文字的这一刻，或许果子正笑嘻嘻地坐在小屋里，勤勤恳恳地加着班。

或许他正指着照片说：大冰在呢，挂在墙上呢。

或许他正要开始诠释自己的原创，刚刚调好琴弦，身上穿着的是他妈妈给他买的白衬衫……

酒搁在桌子上，桌子是棺材板。

屋外噪声喧天，屋里风轻云淡。

人们围坐在坑里，努力竖起耳朵，听他将怀中的吉他轻轻拨弹：

…………

谁也不能粉碎我的倔强，谁也不能把我丢在远方

就算回家的路依然难闯，至少我有一丝星光

头顶的乌云装满雨雪冰霜，雷电擦过我的翅膀

没有什么可以逼我返航，妈妈还在等我带回干粮

moneys，moneys，是你给了我力量

moneys，moneys，是你给了我方向

moneys，moneys，是你给我一记耳光

moneys，moneys，是你让我扑扇翅膀

…………

此时此刻。

听歌的人们一定猜不出，这个笑嘻嘻的白衣少年，曾经是个败家富二代。

也一定猜不到，这间进入倒计时的小屋，曾经是一家倒闭的花圈店。

他妈的，咋这么有意思呢?

昨日像那东流水，前尘往事如云烟。

2016 年夏
哈萨克斯坦阿拉木图

▶ ▷ 大冰的小屋·周衍《周老师》

▶ ▷ 大冰的小屋·一鸣《小城的每一天》

► ▷ 大冰的小屋·果子《十点半的飞机》

► ▷ 嵇翔《带你去羊湖》

► ▷ 大冰的小屋·果子《moneys》

美少女壮士

🐟 枪托在后面大力地推搡，人被带到停车场，他们让小芸豆
一行三人双手抱头蹲在地上，车灯从背后唰地打亮，电影
里演的枪决现场一般。

一回头就骂，还有拉枪栓的声音，于是只能抱头蹲着。前
方一片混沌，时间开始变得漫长，几分钟像是一个世纪。

原谅我这一生不羁放纵爱姑娘。

大爱五毒俱全的好姑娘。

五毒俱全的姑娘最动人：

独立的价值观。独立的思辨能力。独特的生活方式。独特的人格魅力。

还有爱读书。

你身旁有没有这样的姑娘？

兰之猗猗，幽幽其香，五毒俱全，独来独往。

她莅临这个世界，仿佛身负某种神秘的使命一样。

（一）

此时此刻，我和她相隔着地球上最远的距离。

我在南极，她在北极。

听说她在冰天雪地里扎营，零下 40 摄氏度的天气里跟踪拍摄北极熊，拍不到熊孩子不罢休。

冻死了怎么办？叫熊一巴掌呼死了怎么办？也太不让人省心了。

其实若能让人省心的话，她也不是她了，谁让她是小芸豆，限量版的美少女。

这世界上嗲嗲糯糯的美少女很多，自负代表月亮的也很多，可大多是温室花朵或小盆栽里的多肉植物罢了，不像小芸豆，新鲜的野生兰草一丛，舒枝展叶散香，五毒俱全，百毒不侵。

小芸豆漂亮，长得漂亮活得也漂亮，胆大心细人好——她的胸和她的胆子一样大，她的腰和她的心一样细，她的皮肤和她的人一样好。
同时，这头姑娘是条货真价实的汉子，虽然没长小鸡鸡。

就没她不敢冒的险，就没她不敢亡的命，我曾在别的文章里记录过她的传奇：
她敢独自背着相机，游荡传说中的人体器官交易地墨西哥 SONORA（索诺拉）巫师市场。
敢孤身探访巴西里约热内卢的黑帮贫民窟，揭拍那里的成人礼，那里的成人礼是给十三四岁的孩子一把枪，让他在路上干掉一个行人扔进臭水沟里。
…………
她敢在格陵兰冰面上狩猎 10 天只吃生肉，敢坐着导航失灵的船飘零在龙卷风肆虐的巴拿马海域。敢从加拿大 7494 英尺的雪山高峰滑下来，蹚出一条全新的雪道。敢擎着两支冰镐高原攀冰，在阿坝州双桥沟挑战 WL4 高原冰瀑。
她敢在北极冰潜，她冰潜的那个地方，之前没人敢下水。
…………
为了找个中意的拍摄角度，她敢拿个棍儿去截醒印尼巨蜥科莫多龙，为了抓拍美洲鳄，她能在金塔纳罗奥淋上半个月的雨。
她是第一个拍摄亚马孙水下巨蟒的中国人，冒着被蛇绞死的危险。
…………
她拍过上百种鲨鱼——潜入海底贴身拍摄牛鲨、虎鲨、大白鲨，零距离拍摄大青鲨。冒着被顶翻船的危险，去拍摄求偶期的大翅鲸。

她扎进南美海域自由潜，渔枪护身，直面海底毒物狮子鱼……

她迟迟没把自己的经历写成书，真叫人扼腕叹息。

生命不止，折腾不已，鉴于小芸豆的亡命履历，一般我们朋友间提起她，都喊她美少女壮士。当面是不敢喊的，这头壮士是温州人，擅南拳搏击，曾在北欧街头壮殴劫匪，把人家打翻在地，都哭了……

当然，说她是壮士，不仅是指她能亡命爱冒险，还有别的方面。
很多方面。

（二）

美少女壮士小芸豆正义感很强，见不得虚妄。
有个关系不错的朋友还没有考到潜水教练执照，却在自媒体上宣称自己是潜水教练，小芸豆果断留言当场揭穿。她很严肃地教训那个朋友：教人潜水是一件需要责任感的事，关系到他人的生命安全，你既然还不是教练就不要开这种玩笑。
事后朋友是没得做了，有人怪她不讲情面不懂私下沟通，她的回复是，只有公开留言，先前那些留言报名要学潜水的人才能尽快看见。
她说：不然有人淹死了怎么办？

除了正义感，她对信用二字有种独特的理解，为此我深受其害……
2014 年有一遭，我有口无心地说：云南冬天不冷不热，特别舒坦，豆，过年记得来找我玩儿。

她说好嘞，用带年货不?

我逗她，当然要带，你们浙江的臭鱼鲞给我背上一麻袋，最爱吃那个了。

当时是夏天，小暑节气，说过的话汗一排就风干了。眨眼到了腊月，小屋的歌手大呼小叫地给我打电话：掌柜的，有个超级大美女堵在咱家门前，还扛了一麻袋大便!

歌手没见识，活了20多年没吃过浙江咸鱼，也没闻过那份独特的腥香……两个月后，歌手告诉我他这辈子再也不会吃咸鱼了，不仅是咸鱼，其他所有鱼都不会再吃了，连着吃了两个月已经吃伤了。我也吃伤了，可咸鱼还有三分之二麻袋……至今还搁在小屋阁楼角落里，幽幽地弥漫着迷人的香，半个古城的猫跑来喵喵地报到，踩着瓦顶，转圈膜拜。

小芸豆记性好，第二年来找我过年时，又扛了一麻袋。

我悲愤欲绝，想用薯片割腕。

除了死讲信用，小芸豆还死讲义气。

她因为欣赏一个朋友的才华，收留那人在上海家中住过整整两年。那个人是芝加哥艺术学院摄影专业高才生，有才气也有傲气，还有艺术家的通病，经济拮据。那两年他的日常花销由小芸豆资助，小芸豆的摄影器材他也可以随意使用，再昂贵的器材也随便用，包括徕卡和哈苏以及所有的镜头，镜头磕坏了也没关系，不用他修。

他和小芸豆的家人吃住在一起，有时还带着女朋友回来蹭饭，他过得很坦然，从不说谢谢。坦然地住了两年，坦然地走了，走时招呼没打，一个字没留，被子也没叠，生活费倒是带走了，借的钱也没还。

我们一干朋友那时得到消息后都气笑了：小芸豆，养条小泰迪都会摇摇尾巴啊，你的这位艺术家朋友可真不把自己当外人。

她自己反倒不生气，只说：走就走呗，收留他时就没指望他说谢谢。

她说，艺术家是需要供养人的，有心供养，何必市恩贾义。

她说，况且，我们是朋友。

这种情况下还能继续当朋友，也是没谁了，众人啼笑皆非，皆很服气。

若干年下来，这种事发生了不止一次，每次她都无所谓，后来大家也都懒得生气，都把小芸豆当古人，随她去古道热肠滥讲义气。

关于讲义气这一点，很多朋友都有发言权，比如晓红。

晓红是个年轻的妈妈，开服装店维生，初期生意难做一度吃紧，是小芸豆动用人脉不声不响地帮她拓展的客源，并且神兵天降，飞了半个地球回来帮她搞服装派对扩大影响力，小芸豆连夜赶工帮晓红纳花边，帮模特缝帽子，一针一线认认真真……

夜宵买回来，人却不见了，小芸豆事了拂身去，不肯受那一声谢谢。

关于神兵天降，傻苗也有发言权。

那时我们共同的朋友傻苗家庭生活受挫，且一时被旅行文学误导成了深井冰，一门心思地"世界那么大，我想去看看"，打算踏上流浪路辞职翘家去旅行，谁拦都不好使……人都办完登机手续了，在安检口被小芸豆一个虎扑摁倒在地。

欸？小芸豆你这会儿不是应该在地中海吗？怎么忽然出现在上海？

傻苗受了惊吓磕了膝盖，疼得哭，小芸豆死死地摁着她：这点儿惊吓都受不了，说什么闯荡江湖！瞅你这点儿出息！

她骂：什么世界那么大你想去看看啊，你不就是想去玩儿吗，这么大的人了怎么还这么拎不清！净让家里人担心！压力谁没有？有本事解决了问题再出发，别玩儿逃避！

小苗苗挣扎：我就是要去玩儿就是要逃避压力就是不想在家待着怎么的……

小芸豆锁喉：憋 BB，别人不知道你没脑子我还不知道吗？要真想出去玩儿的话我陪你去！我保护你！

她吼，别哭，别感动……你要不是我朋友，我才懒得管你！

俩人抱在一起滚来滚去，不明真相的群众以为是大奶打小三，并不知道趴在地上的是俩闺密。

那天小芸豆成功拦下了傻苗，后来她用自己拍照片挣来的银子买了机票，拖着傻苗去了东非和南非。傻苗被红眼航班累哭了一次，被丢掉的行李急哭了一次，被破吉普车颠哭了一次，被角马粪便熏哭了一次，想家想哭了一次……她那时蹲在异国他乡的草原上掉泪：小芸豆，放我回家吧，求求你，以后揍死我也不再搞什么说走就走的旅行，我想家了……

小芸豆说：你记住，家是讲爱，不是讲理的地方，懂了吗？

傻苗拖着鼻涕频频点头，懂了懂了，小芸豆说懂了就好，起来吧，咱们接着走……行程还有半个月，走完再放你回去。

她捧起傻苗的脸，深情无比：疗程还没结束，不一次性根治你，我怎么对得起你。

她吓唬傻苗说：你不是要学三毛吗？接下来我带你去穿越沙漠，水可能不够，没关系，咱们喝别的液体……

傻苗瘫倒在她怀里，哭得死去活来，不明真相的非洲群众路过，深受感动，以为是闺密间姐妹情深，并不知一个是被另一个坑蒙拐带出来的。

这段故事是根据傻苗的复述而记录的，她俩此后的行程经历，傻苗打死也不肯说。
要是小芸豆能自己写下来就好了，一定很有趣。
可惜可惜，这位美少女只肯当壮士，不肯出书当作家。

（三）

小芸豆热心，爱瞎操心，偶尔为民除害。
那段时间我酷爱吃夜宵，且是小烧烤，33 码的腰围眼瞅变成了 34。朋友们谁看到我谁劝我减肥，谁劝我减肥，我半夜给谁发美食图片和小视频，发来发去拖下水。
大家怨声载道，说我是公害，建了个微信群说要收拾我，你来啊你来啊你来啊，看谁把谁给收拾了。

有一遭路过上海，小芸豆专程请我吃夜宵，对我说，连吃夜宵都要被人管，太讨厌了，吃，管他呢！
她说，大冰，为了帮你增强食欲开开胃，我给你说说因纽特人的饮食习惯吧。

呵呵小芸豆，看来，你和他们是一伙的，用这种方式帮我节食减肥是吧，还能不能一起愉快地做好胖友了？

我护住面前那一大堆烤鸡翅和那一大坨烤牛肉，冷冷一笑，你说。

她说，先是海雀。
她说她上次去格陵兰搞冰潜拍摄，在北极圈里和因纽特人同吃同住。对北极圈里部分地区来说，爱斯基摩人这个称呼是带有侮辱性的，他们喜欢自称因纽特。
因纽特人爱吃海雀皮下脂肪，这点和北极熊很像，优选皮下脂肪，其次才是肉，都是为了摄取最优能量。他们款待她，按照当地传统捕来活海雀，拧断脖子，递给她生吃。
海雀带着毛，偶尔神经还会抽搐几下，小芸豆说没有办法啊当然吃了啊，只有融入他们才能获得配合协作，只有配合协作才能拍摄到好的镜头，才能完成工作。是啊，当然是生吃了。

我护着牛肉摇头，罪过罪过阿弥陀佛……味道是什么样的？
她反问：吃过生鸡皮吗？你盘子里那种鸡的皮。

她说，还有海狮。
打捞上来生吃，十分钟前还在海里游的海狮十分钟后开膛破肚。因纽特人围成一圈吃肝，肝对他们来说最美味，也是重要的维生素补充来源，血嗤糊拉混着脂肪吃，还带着海狮的体温……是啊，为了工作当然被迫也吃了，热乎乎的，和你盘子里的牛肉一个温度，但比牛肉黏……

她亲切地看着我，赶紧吃吧，肉都凉了。
她隔着洗手间的门，亲切地说，慢慢吐啊，吐完了给你讲讲独角鲸的脂肪，很硬，和咱人类的脂肪特别不一样……

事后我说，小芸豆，把你吃过的东西、看过的风光、工作和旅程都写下来吧，如果你肯出书，我一年不吃夜宵都行。

她不肯出书，但经常于夜半时分发来一些美好的食物照片，有海狮有海雀，还有别的。

我被迫戒掉了夜宵。

（四）

人无趣不可与交，以其无真气也。

之所以与小芸豆交好，七分是因为大家能疯到一起，三分是基于三观统一：都热爱旅行，都反对盲目地拔高旅行，都不想误人子弟。

一门心思地浪迹天涯，和一门心思地朝九晚五又有什么区别呢？鸡蛋从东篮子放到西篮子而已。谁说生活不如意、学业受打击、爱情不美满、考研考不上，就必须要把旅行这种方式作为解决上述问题的唯一的出口呢？

旅行不过是生活的一个子菜单而已，和正常的吃饭、睡觉，乃至于成年之后正常的性生活一样，是你人生必然的一个构成部分而已。

旅行是维生素 C 或者 B，每个人都需要，但如果谁说维生素 C 是包治百病的万能金丹，那谁就是在扯淡。

吃饭都知道膳食营养合理搭配，为什么面对生活时就偏执了呢？就忘记合理搭配了呢？一切偏执不负责任的旅行，都是在对自己的人生耍流氓，最终除了虚空什么也得不到，不仅解决不了之前的心病，反会滋生新的疑难杂症。

综上所述，小芸豆和我都不鼓励所谓的"说走就走的旅行"。

就像我们共同的朋友，无敌兵马俑铁成说的那样：不是拦着你不让你走，而是建议你想好了为什么走，往哪儿走，怎么走，以及怎么回来。

就像我另外一个朋友，背包十年的背包客小鹏说的那样：走得再远，也不要忘记回家的路。

越是真正的旅行者越懂得去平衡生活。

越是理智的旅行者越明白去平视生活。

越是资深的旅行者，越不会煽动人盲目辞职退学去流浪，只把旅行当生活。

我算老几，我说的这个资深不是指我，而是美少女壮士小芸豆。

她已经把地球蹚了七八遍了，旧护照攒了有一摞，我估计她应该是目前全球拍摄大型猛兽类野生动物最多的人。

还有，美国国家地理的签约探险家，全球没签几个，她貌似即将成为大中华地区唯一的一个。

…………

总的来说，小芸豆是个五毒俱全的女人：独立的处世观价值观，独立的判断思辨能力，独特的人格魅力，独特的生活方式，以及很爱读书。

不仅读书，也读人，还读城，她边旅行边工作边周游世界，吸引她的不仅是自然风光、野生动物，还有历史和人文，每到一个国家除了例行拍摄，她必去博物馆。

她曾说：了解是最基本的尊重，尊重别人的家乡，是每个旅行者应有的素养。

我虽然也旅行，但只写江湖故事，从不写旅行文学。

一半的原因是：因诸多的身份里有旅行者这一项，故而，不少没读过我的书就乱扣帽子的人，老把我的书误会成"游记"，曲解成旅行文学……包括天杀的某度百科。

另一半的原因是：朋友中有小芸豆这样的旅行者，我还写什么写。

不夸张地讲，小芸豆若有一天开笔出山，基本可以给中国当下的旅行攻略文学画个句号了。

我不止一次地劝她写书，她总打哈哈。

她说：我的旅行不过是我个人的生命体验而已，我还这么年轻，有什么资格这么早就来总结人生？这是对我自己不负责，对读者也不负责，万一误导了众生怎么办？

我欣赏她的心态，对她的严谨也认可，但……误导众生的旅行文学那么泛滥，你站出来四两拨千斤一下下不好吗？

好吧，你不想写我来写，我把小芸豆的故事摘出来二三，放进自己的书里，文章名叫《玩儿鲨鱼的女人》，为的是抛砖引玉曲线救国迂回作战逼她开笔。

文章写完是初春，下厂印刷是夏初，一直保密着。直到书下厂印刷的当天，我才拍了封面照片发她，附赠四个字：已上贼船。

信息半天没回复，电话也不通，应该正在这世界上的某个犄角旮旯忙着冒险拍片吧。我给傻苗打电话，喂喂喂，傻苗傻苗，你知道小芸豆又死哪儿去了吗？傻苗说，我也正找她呢，这家伙好像又蒸发了。

过了几个小时，傻苗打来电话哇哇地哭：
铁成刚才发信息说让我冷静，他说小芸豆被劫持了！

2015 年 7 月 11 日，非洲。

小芸豆失联，被武装扣押。

（五）

出事的地方叫纳米比亚。

纳米比亚 1990 年建国，人烟稀少，很漂亮的地方，置身其中有种孤独的美感。

小芸豆后来说，那里黄昏的孤独美，到了夜间会变成恐怖的黑。那里有最野性的狮子和野狼，路遇的狮子一群群，应该刚捕猎完毕，满脸满鬓的血红，冷冷的眼神瞥他们一眼。

小芸豆他们一行三人，驱车前往最纵深地带的国家公园，那里有家供旅人歇脚的旅馆。一路上见到稀奇古怪的动物们聚在水潭边喝水，有大象，许多大象，但都没象牙。当地人为了保护大象，把它们的象牙切了下来——因为盗猎者为取象牙，会先杀死大象。

这幅景象，走南闯北的小芸豆也是初见，她给那些没有牙的象拍了许多照片。

照片拍得很好，和后来这场飞来横祸有着密切的关系……

抵达旅馆安顿好后，夜幕降临，横祸也降临。

几个背枪的人忽然从黑暗里走出来，语气很不客气：原地站好！现在要检查一下你们的物品，我们是警察。

惊讶之余小芸豆问，可看下你们的警察证，打头那人掏出一个东西，飞速地晃了一下，整个过程持续了一秒，然后收起来了。

来者 11 个人有 7 个持枪，或许是看证件的要求惹恼了他们，枪柄接二连三故意撞在另外两个男性朋友身上。一行人进得屋子，抄家一样，所有的行李都被翻开，叠好的衣服扔了一地，连方便面也未能幸免，一袋袋被撕开。

这明显不是常规的检查，目的何为？
必须盯着他们的动作，以防行李里被塞进什么东西，继而被栽赃诬陷。这种情况下，照片是必须偷拍几张的，留个证据或线索，以防万一……万一葬身此地呢。
可惜，偷拍瞬间被发觉，相机设备全被夺走，枪托在后面大力地推搡，人被带到停车场，他们让小芸豆一行三人双手抱头蹲在地上，车灯从背后唰地打亮，电影里演的枪决现场一般。

一回头就骂，还有拉枪栓的声音，于是只能抱头蹲着。前方一片混沌，时间开始变得漫长，几分钟像是一个世纪，只听得背后稀里哗啦，他们把车也抄了一遍……他们真的是警察？

录口供前，被押回房间短暂地关了一会儿。手机没被搜走，但信号实在差，刚给国内通了半个电话，信号就再也找不到了。完了完了，没办法组织营救了，地址没说清，只说了纳米比亚。

是凶是吉，只能自己扛了。
小芸豆一行被拖去录口供，昏暗的审讯房里几个人仇恨地瞪着他们，好奇怪，为什么是这种眼神？另外两个朋友英语不行，口供一直由小芸豆翻译。一个朋友被质问为什么来纳米比亚，还走得这么纵深，那朋友慌，语无伦次地把纳米比亚夸了一大通，说这里风景如画人民能歌善舞热情好客啊多么美的国家啊……
这可怎么翻译，小芸豆憋了半天，只能翻译说：他说他是来旅游的。

警察当场就拍桌子了，有鬼！你同伴说了这么久，怎么你就翻译了一句话。

另一个朋友更紧张，张嘴把自己年龄说错了，改口时慌得一塌糊涂。

所有的东西都被拿走，包括车，几乎是明抢。三人中只有小芸豆尚且冷静，她说：先生们，我们已经很配合了，如果你们是正规的警察，请给我个扣留物品的凭据，不要让事情不符合规则好吗？

规则？你们这种人还有脸谈规则？她只得到冷笑，那帮人像对待空气一样，不再理她，对她的请求置若罔闻。

到底是什么原因让他们如此轻蔑？态度如此愤愤，到底是为什么？

洗劫一空后，事却没完，他们不肯放人。

不知何故，口供反反复复录了许多天，小芸豆每天都在做翻译。这期间房间没了，三个人挤在一个小屋里。另外两个朋友给了小芸豆很大的压力，负能量与日俱增，整天唉声叹气，一直絮叨说这个事情麻烦啊，他们是不是会对我们怎么样啊……

他们责怪小芸豆，说，你就不能再配合警察一点儿吗，该求情就求情该服软就服软，按照他们的思路录口供不就行了吗……

每天被警察精神折磨后还要被同伴精神折磨，小芸豆先是哭笑不得，继而装聋作哑，然后该吃吃该睡睡。

没有办法的时候，坦然受之就是最好的办法。

口供怎么也录不完，好像在故意拖延时间。

事情好像越搞越大，一天忽然有架直升机从纳米比亚首都飞来，下来的人说是高级警察主管，冷酷无比，言简意赅。录了八百遍的口供重新录了一遍，还取了手指印和DNA，然后拍入狱照一样拍了照片。

OK，看来要冤死在这个遥远的国家，失踪在不知哪个不见天日的大狱里去了……

酒店里持枪巡逻的人愈发认真，好像是怕小芸豆他们逃走，吃饭时候也端着枪跟着。端详那些枪，都是二战时期的，不能强抢，怕走火，不怕走火被打死，怕的是打了没打死，那下场会更惨。此地是国家野生动物公园深处，车早被拿走了，想逃也逃不了的，逃出去也是寻死，不是喂狼就是喂狮子，还不如死在人手里呢……

算了，若命该如此，坦然受之吧。

该来的一天终于来了，门咣当开了。

端枪的人说走吧走吧，可以上路了。

（六）

奇怪得很，不是拉去监狱，是可以滚蛋了。

警察说你们爱去哪儿去哪儿，取消全部的行程，离开我们的国家。

事后方知，他们是被当成偷猎者关押调查。

关押他们的是管辖当地红泥土著人的警察，习惯了野蛮执法，对偷猎者尤其野蛮。

三个月前，当地有几十头白犀被盗杀，其中有中国人参与。这里罕见自驾游的游客，尤其是中国人，且如此纵深，故而小芸豆一行的长枪短炮摄像装备被怀疑成作案工具，以为他们狼狈为奸，是给盗猎集团绘制地图、提供路线咨询的团队。

警察说，是的，是一场误会，但那又怎么样?

他们给小芸豆看了许多盗猎的图片和视频，说：你知不知道有些盗猎黑市在中国。

他们说：如果审查期间你感觉人格受到了侮辱，请记住，这份侮辱是你的同胞赠予你的。

小芸豆想反驳，但终究没有反驳。

（七）

同去的朋友据说很沮丧，说以后再也不会来纳米比亚，小芸豆却说她一定会再回来。她说，自己人不争气，在那里丢了脸，自己人就要从那里找回来。

她开始了导演知识的学习，计划拍摄一部有传播力的纪录片，揭露盗猎和销赃。有人质疑这部纪录片的意义，她回应说，同理心就是最大的意义，恻隐之心就是最大的意义，换位思考一下，如果有人跑到我们国家来猎杀金丝猴屠宰大熊猫，我们会做何感想？

与此同时，她到一个海外靶场，开始了实弹射击训练，并迅速熟练掌握了手枪步枪轻机枪……
她说，想立体地、面对面地和盗猎集团叫个板。

小芸豆是条说到做到的汉子，我相信她干得出来，不信也没办法，谁又能拦得住她。
我很希望有朝一日能与她同行纳米比亚，我更希望她这个美少女壮士能福大命大，不要那么快变成美少女烈士。

2015 年 9 月，我再次建议小芸豆出书，原因有二：

1. 天有不测风云，万一壮士变烈士怎么办？不如把那些散落在世界各地的旅行故事写下来，预先留个遗著……呸呸呸。

2. 这个世界上需要去叫板的盗猎集团，不仅仅在纳米比亚。能力越大责任越大，既然发心搞动保，那就以笔为矛，把海里的和陆地上的野生动物都兼顾一下，天有不测风云，万一哪天壮士变烈士怎么办……呸呸呸。

小芸豆拒绝我的理由也是两个：

1. 现在的人都爱看视频不爱看书。

2. 她皮实，没那么容易挂，有信心活成一头活蹦乱跳的老奶奶，将来去我的坟头跳芭蕾舞。

（八）

半年过去了，此时是 2016 年春节，此刻我和她相隔着地球上最远的距离。
我在南极，她在北极。

我今天凿了一坨南极万年寒冰下酒，可惜是独酌，要是这会儿有小芸豆坐在一旁斗斗嘴，该他妈多有趣……或许她这会儿也正在喝酒，杯中浮着一块北极冰。

听说她在冰天雪地里扎营，零下 40 摄氏度的天气里跟踪北极熊，为某个动物保护组织做拍摄。
冻死了怎么办？叫熊一巴掌呼死了怎么办？书还一个字没写呢！
和她做朋友太累心，太不让人省心，我很忧伤，冰块在嘴里嚼得嘎巴嘎巴响……

也罢，想听故事的少侠请举手，江湖救急的时刻到了。

谁说现在的人只爱看视频不爱看书。

咱们一起和小芸豆打个赌——2016年9月的某一天，我会发一条微博，用她的照片当配图，转发加留言如果破10万，小芸豆出书！

如果转发加留言没能破10万，我一口一口生吃掉我这本书，微博直播。

我没喝多，言出必诺，小芸豆你呢？

隔着一整个地球，我想轻轻问一句：

美少女壮士，这个世界上没你不敢去干的事。

那你敢不敢，和我打这个赌？

打吧打吧。

好吗好的。

2016年2月

南极洲

▶ ▷ 大冰的小屋·陈昕宇小不点儿《二月》

▶ ▷ 大冰的小屋·二宝《城市以北的春天》

斗茶

姑娘当真好气场，不慌不乱不尴尬。

她盯着公道杯，轻轻摇摇头。豆儿姐，她说，今天我是奉命而来，你就算用开水泼我，我也不会走的……

她又把目光锥在成子脸上，一字一句地说：
今天的这次斗茶，我和我爸爸等了20年了。

不是所有的故事都能改变你的生活。

不过它一旦做到了，就是一辈子。

有些故事是酒，有些是茶，是苦是涩，是回甘是解渴，单看你怎么喝……

谢谢你肯给面子，没把这杯茶谢绝，既然端杯在手，那就细品慢啜，别心急，别把接下来这段文字匆忙跳过。

匆忙了那么长时间，你就耐心这一回好吗？好的。

且听我说：

茶中公案多，包括一休哥。

就是动画片里"哥几哥几哥几哥几哥几哥几，阿里斯达依"那个，真的。

话要从头说，茶也一样。

"茶中故旧是蒙山。"

蒙顶山上七株茶，西汉年间的事了。

有史可考最早的种茶人，是修道者吴理真，后世称之为甘露道人。

甘露道人以降，茶艺茶学再到茶道，茶的登堂入室长路漫漫。自汉而唐，士子正途是经学坟典，茶是杂学，难入正统。直到有一个口吃貌陋的弃儿，于苕溪之滨结庐，写了一本《茶经》。斯人名陆羽，后世尊为"茶圣"。

全唐诗收有陆羽的《六羡歌》：

不羡黄金罍，不羡白玉杯。不羡朝入省，不羡暮登台。千羡万羡西江水，曾向竟陵城下来。

…………

诗即人，有幽思恬淡，有禅气潺潺，仿如茶一盏。诗无达诂，却也并不难解，陆羽
自幼被竟陵龙盖寺智积禅师收养，积公本就是茶僧。

茶由唐盛，唐人饮茶，始于僧家。
从唐到五代，最出名的茶僧有四人：一字茶僧，赵州古佛，禅月贯休，江东皎然。
皎然最狂，皎然为茶狂，皎然创茶筵，更有赞茶诗云：一饮涤昏寐……再饮清我
神……三饮便得道……

古来名寺出名茶，供佛、待客、自饮、结缘，且以茶礼入仪，譬如百丈怀海禅师的
《百丈清规》。
清规既定，后世泽被，饮茶一度成为参禅必备。
至北宋政和年间，禅门巨匠圆悟克勤手书了"禅茶一味"四字，这亦是他亲身悟得
的禅理。
禅是方便法门。
佛法至博，法门八万四千，不离总纲"四谛"。
四谛者，苦、集、灭、道，知苦，灭苦。
茶也是苦的，茶者，制苦，抿苦。

岁月沧桑，圆悟克勤的真迹后来漂洋过海，登陆了日本萨摩藩（今鹿儿岛）。
再后来，一个叫村田珠光的僧人得到了这幅字。彼时，他刚因违反寺规，被净土宗
寺庙赶出山门，刚刚从奈良来到京都。
传与他这幅字的人是个禅宗和尚疯癫僧人，名唤一休宗纯。

一休宗纯俗称"聪明的一休"。

就是动画片里"哥几哥几哥几哥几哥几，阿里斯达依"那个。

一休哥慧眼识珠，村田珠光终成大器——悬圆悟墨迹于壁龛，开山立派创草庵茶，成为日本茶道的鼻祖。

和汉无境，谨敬清寂，日本茶道自此而兴。

那幅"禅茶一味"被奉为至宝，至今还在日本奈良大德寺高悬。

…………

好了，基本知识回顾完毕。

接下来开始大反转了哈；诸看官坐稳，且听我喷（方言，闲扯）。

其实有些话啊，但分谁来说。"禅茶一味"这一类的公案，有时是真理，有时是放屁。

你我芸芸白衣，茶嘛，喝就好好喝，张嘴闭嘴扯什么公案，纯属狗屁。

根器够了吗？福慧资粮足了吗？境界到了吗？

境界未到，就硬把茶和禅扯到一起，把茶和道拉到一起，牵强又苟且，不过演戏。

同理，"酒肉穿肠过，佛祖心中留"也是狗屁。

去你妹的，读偈读半截。

连上后两句读读看好吗？好的。"世人若学我，如同进魔道。"

赵州茶、德山棒、临济喝、酒肉穿肠过，表面上做文章有意思吗？

好东西别瞎糟践，火候未到就瞎学，你不入魔谁入魔？

祖师大德们说酒说肉也好，喊打喊杀也好，引茶入禅也罢，不过是为弘法利生故，行的自度度人之方便说。

公案利如刃，机锋疾如电，电光石火间手起刀落，岂容胡打乱参。

好了喷完了，欢迎丰富联想对号入座。

走了走了，喝茶去了。

（一）

不是所有的故事都能改变你的生活。

不过它一旦做到了，就是一辈子。

这个故事是壶茶，是苦是涩，是回甘是解渴，单看你怎么喝。

生火烧水温盏洗碟，讲故事和泡茶，道理都是一样一样的。

初火新烟老茶头。

每日的申时茶，我习惯在"茶者"喝。

原因很简单：一生太短，尽量和有意思的人一起玩儿。

茶者是个有意思的地方，成子和豆儿的小茶舍。

他俩是我的朋友，奇葩两个，一个曾是只中建材西北地区销售负责人，年业绩过亿，一个曾是头彪悍的中学教导主任，令学生们谈虎色变。

若没成子的悬崖勒马，豆儿早在当年的支教骗局中被卖进山沟沟里了。

如果没有豆儿的死缠烂打，成子现在早就剃头出家庙里当和尚去了。

他俩生死虐恋几如一部韩剧，直到洞房花烛那天才惊觉，原来是黄发垂髫旧相识。

我曾记录过他们的这段传奇：

…………

豆儿两岁时的一天，被爷爷放在大木盆里洗澡，那天有太阳，爷爷连人带盆把她晒在太阳底下。这时，家里来了客人，是从西北远道而来的远房亲戚，随行的还有一个九岁的小哥哥。

大人们忙沏茶倒水、寒暄叙旧，嘱咐那个小哥哥去照顾豆儿，小哥哥很听话地给豆儿洗了澡，然后包好浴巾抱到了沙发上，他很喜欢豆儿，搂着豆儿哄她睡觉，哄着哄着，自己也睡着了。

大人们不舍得叫醒他们，他们脸贴着脸，睡得太香了，美好得像一幅画。

那个九岁的男孩不会知道，二十四年后，身旁的这只小姑娘会成为他的妻子，陪他浪迹天涯。

机缘果真有趣，往事不多提，想了解的自己翻《乖，摸摸头》去。

成子的人生很戏剧。

本是业界精英、青年才俊，却在 30 岁时急转弯，锦绣前程脑后弃。他那时追随一个云游僧人飘然而去，缘化四方。

豆儿那时没少为他哭，她暗恋他，话却一直未曾挑明。

僧人是个老人，是个奇人。

僧人禅净双修，更是位茶中方家，万缘放下，独爱一杯茶，终年遍访名茶，行脚天涯。

成子以俗家侍者弟子的身份追随他，他由茶入禅，随缘点化，举杯间三言两语化人戾气，调教得成子心生莲花……师徒二人踏遍名山，遍饮名泉，访茶农，寻野僧，如是数年。

一日，二人入川，巴蜀绵绵夜雨中，僧人躬身向成子打了个问讯，开口说了个偈子……偈子念罢，比丘转身，襟袖飘飘，不告而别。

成子甩甩湿漉漉的头发，半乾坤袋的茶还在肩上。

没做任何解释，僧人把成子扔回了红尘。没等缓过神来，豆儿从天而降，把成子重新赖上了，赖得惊天动地。

暂了佛缘，却续了夙世因缘，走的来的都刚刚好，好像一根接力棒，出世入世间的一场接力赛。

巧啊巧啊，巧得仿佛是有意而为之，只是，僧人怎知豆儿当时就在成都呢？

豆儿后来随成子走完了十万大山，二人歇脚滇西北，蜗居在丽江古城王家庄巷一隅，开了小茶舍一间。

豆儿告别了前程和家乡，给成子当了老板娘，跟他学茶，帮他卖茶。僧人没教成子读过经，没给成子讲过法，但教会了他喝茶。

有时和成子谈及往事，他一边泡茶一边感慨：师父和老婆，都是我的佛……

他感恩之情溢于言表，佛却不领情。

那一厢，豆儿跳着脚在叫：大成成！你和大冰又偷着喝老班章了是吧，8000

多元钱一饼好吗!

她沉着脸一屁股坐下,杯子啪地往桌上一拍:给我也来一杯,要败家一起败家。

豆儿的刀子嘴在古城是出了名的,我和成子噤若寒蝉,没人敢惹她。

她脾气来得快去得也快,她也嗜茶,九泡班章喝完,自己觍着脸问我们:要不……再来点儿冰岛吧?

冰岛更贵,一万多元钱一饼,豆儿每次都咬牙切齿地说只喝一钱。

……然后一两喝没了。

茶者的好茶之全,搁整个古城是数一数二的。

这两口子的败家也是出了名的,他们家的茶卖的没有喝的多,糊口之余剩不了太多钱。

别人是理财,他们是散财,余钱大半拿出来了买了救灾物资,有时是一仓库捐给孤儿学校的大米,有时是一卡车送往地震灾区的军大衣。

很多人信成子,善款直接打给他,委托他带去灾区,比如演员周迅,还有行者陈坤。陈坤和成子也是茶友,邀约成子参加过两次"行走的力量"。

成子押车去灾区时,豆儿蹲在家门口念阿弥陀佛,她走来走去,手里捻着佛珠,说成子皮实,肯定不会出什么事情。

又站在门口给成子打电话:注意安全行吗当家的!敢出事我和你没完!听见没有!

刚挂断电话,又火速打了回去,一接通就劈头盖脸地骂:大成成你开车接什么电话!

女人有时候真不讲理,电话明明是她打的。

成子不怎么谈他做过的公益，只说：师父当年常说知足即般若……天下的好事哪儿能一个人全都占了。钱嘛，够花就好，有饭吃有床睡，有老婆陪，天天还有好茶喝，已经是很大的福报了。

他意味深长地点点头，我知道他想说什么：师父和老婆，都是他的佛。

佛正走着神呢。

豆儿出神地看着茶架，边咬指甲边自言自语：要不，再来一点儿曼松……

茶喝多了也会醉，我迷瞪着眼看看他俩，脸蛋都是红扑扑的。

豆儿喝开心了，媚眼如丝地看看成子，又一拍桌子，说：来，亲一个！

成子瞟我一眼，咳嗽一声：不太好吧，这儿还有活物呢……

豆儿一拍桌子说：管他呢！她抻长脖子嘟起嘴，在成子脸上找了个胡楂少些的地方，结结实实一声"啵"。

我啧啧称奇，都说茶能清心败火，原来喝多了还能催情的说……

世间情侣万万千，能长久的大都是因投契，有的是有共同话题，有的是有相同的步履，有的是能撕能忍能容，有的是性生活和谐能啪啪到一起。

豆儿和成子是能喝到一起。

七碗受至味，一壶得真趣。他俩像两只小茶兽，并肩蹲在茶海旁相偎相依。散散财，亲亲嘴，喝喝茶。

世俗汹汹的胸无大志，在他们这里是冷暖自知的知足之趣。

（二）

真正的生活智慧，不过是出世与入世间的平衡。

说易行难，入世的东西哪个不沾染红尘，倒也不必刻意标榜次第高。

和其他开门做生意的茶店不同，茶者茶舍的墙上只有一块松木招牌，并未高悬"禅茶一味"。

把人抬得太高是捧杀，茶也同理。柴米油盐酱醋茶，普洱茶原不过是一种普通的民用品，本不需要粉丝，也不需要推手，但谈及时下茶人风气，却不由得让人咂咂嘴，浅叹一口气。

譬如对普洱老茶的追捧。

当下市场上老茶满天飞，30年40年、70年80年的老茶比比皆是。

很多茶人给人洗脑，吹嘘普洱茶年份越老，保健效果越好。可40年以上的老茶，越老有效成分越少，就算是真的老茶，也大都是当初喝剩下的东西，口感已近糟粕。战乱年代困难时期，哪儿有那么多机缘让那么多人去精心呵护一饼茶呢？

所谓的百年老茶，大多已开始炭化，个人认为，几乎等于喝蜂窝煤炉渣……没事你喝啥炉渣？

普洱分生熟，现存的老熟普大多是假的。

存世的普洱茶中，生茶有可能追溯到清代，但熟茶绝不可能，熟茶工艺1975年才有，不是1875年——谁的钱都不是天上掉下来的，何苦被所谓50年、60年的熟茶忽悠了呢。

这么说吧：生茶也永远放不成熟茶，渥堆发酵和自然干仓存放的工艺不同，放1000年也放不成熟茶，只能被叫作老老老老老生茶。

逐利者如入室厕蝇，不仅嗡嗡，且害人生病。

为了造出逼真的仿古普洱，市面上一度出现过"鞋油普洱"，不法商贩把新茶用猪肠衣、膀胱包裹晾干，再用胶和鞋油人为做旧处理，此举致癌。

各种方法层出不穷。

在云贵一带，把普洱茶存放在高湿度的溶洞，可令茶汤色更深，是为湿仓茶。

在广东一带，湿仓非常普及，当地人也习惯了那种类似中药的口味，偶尔买买倒无所谓，但把湿仓存放两三年的茶，当存放了十年左右的老茶来长期喝，花的是钱，赔的是命。

湿仓高温发酵，常常会引起霉变，霉变致癌。

沸沸扬扬，利来利往。张嘴茶艺闭嘴茶道，面上清心寡欲，背后却是喧嚣的江湖一方。

行商制假，大贾昧心，且昧得冠冕堂皇。拿台地茶、灌木茶、外省茶来冒充乔木大叶种普洱茶的比比皆是。

还有一路好汉，热衷于跑山头立牌坊。

普洱讲究产地山头，班章为王，冰岛为后，昔归、蛮砖、布朗、邦盆、贺开，只要稍有点儿名气的山头，不管是否茶季，都能见到他们的身影。

随便给茶农塞点儿钱，"某某公司古茶园基地"的牌子也就竖起来了，咔嚓咔嚓照片一拍，网上一传，茶饼上再一贴牌李逵李鬼真假难辨。

时间一长，乱了茶农心，坏了茶山风气。反正就是拍照走人嘛，今天你给钱让你立牌子，明天他来，照样能立块牌子在原地。

更有一路务实的英雄，茶山立牌子拍照也懒得去，但什么茶名气大他就敢卖什么茶，专门在某宝上卖。也不管原产地一年能产出多少，也不管原产地毛茶多少钱一斤，只卖99，只要99。而且还是套装，还不限量，还包邮，双十一还半价。

还真有乐意上当的，且销量惊人，但按其体量推算，六大古茶山种的应该不是茶，而是大白菜。

就拿最热的冰岛来说，市面上每年流通着100多吨。但真正意义上的百年古树茶也就百十来棵，一棵树撑死了一年产茶5公斤，自己算去吧，你在某宝上买到的能是真的吗？

例子繁多，难以列举。柴米油盐酱醋茶，喝口茶而已，怎的搞得如此不易？
…………

申时已到，铁壶水刚沸，火候刚刚好。

好了成子，咱们算老几，别批判现实主义了，挑一饼普普通通的布朗山，咱们再喝一道。

成子不接话，眼神轻轻往我身后一瞟。

他微微沉吟了几秒，道：豆儿，来客人了，招呼一下。

每次看到成子摆出这副扑克脸，我就知道又有好戏看了——又有人来踢馆了。

（三）

不是说只有开武馆的才会被踢馆。

开茶馆也会被踢馆，同行是冤家，茶桌就是擂台。

昔年成子随僧人游历时，曾与多个山头的茶农交好，茶者每年的存茶，大半由他一个山头一个山头亲自背回来，加之泡茶技艺高超，识货的人还是有的。名气一大，是非自然也来了。

我替他数过，最多的时候，一个星期有四拨同行上门"切磋"，轻声慢语里刀光剑影，且前赴后继，像极了评书里的武林争霸车轮战。

昨日的输赢暂且不论，单说今朝的来者好气场。

来者是个姑娘，细细的腰长长的大棉布裙子，挎包也是棉布的，还没转身，不知道长得漂亮不漂亮。

纤弱的一个背影，杀气却隐隐，好奇怪，她并未转身，怎么却能感觉到她的嘴角是翘着的，挂着一丝笑意的？

她在笑什么？

和所有来踢馆的同行一样，知己知彼方占先机，她不忙寒暄客气。

偌大的茶架，琳琅满目的茶，姑娘背着手，一饼一饼地端详，看也不伸手摸，懂规矩。

六大古茶山她不流连，只在摆着紫鹃、大雪山的茶架前微微前倾……紫鹃争议大，大雪山实属难寻，她明显是个行家。

再看看头上的发髻，典型的茶人装束，簪子是根常见的普洱茶针，豆儿脑袋上有根一模一样的。

…………

但见这姑娘猛地一个转身，目光犀利如电！她慢慢抬起胳膊，气贯指尖，眼前一花，手中的茶针已脱手，飞矢流星一般迎面飞来。说时迟那时快，豆儿脑后的茶针不知何时也飞了出来，针尖对针尖，乒的一声脆响，刺啦啦火星一闪……

以上是在扯淡。

茶人踢馆不是华山论剑，怎么可能动拳脚比暗器拼内力？

仅是斗茶而已。

宋呼斗茶，唐称茗战。

贡茶制度始于唐代，官员们争宠，故而搜罗名茶进献时，比对争强。

及至北宋，世道一度河清海晏，凡人腾出了心思，自然乐得营造精神享受，斗茶渐成摩登的流行文化，士子文人趋之若鹜，连皇帝都亲力亲为参与其中。斗茶的场景入诗入画，不二风雅。

千年以降，斗茶是雅玩，也渐成赛事。有比赛自然有输赢，自然得失心。

有些比赛未必是坏事。

近年普洱茶复兴，云南各山头山寨斗茶之风也复兴。春茶一下，现摘现炒，评委现场开汤品评，立判高下，这种斗茶，主要考的是炒茶师的杀青技，说是比赛，其实是在鼓励匠人精神的传承，更是在劝进。

而有些比赛却未必是好事，比如形形色色的茶艺技能大赛。

按理说，考量的理应是泡茶技艺，大多却舍本逐末，比起了台风、服装、茶席布展、pose 漂不漂亮，乃至谁长得好。至于泡出来的茶怎样，反倒不重要了。

有意思，既然如此，何不改斗珍珠奶茶蜂蜜柚子茶康师傅冰红茶……

上述皆是时下风行的斗茶模式，传统斗茶规模没那么大。

传统规矩讲究三局两胜，可几人共斗，也可捉对厮杀。斗的范围基本不出香气、口感、茶质、回甘、耐泡度这几项。

每次斗茶，需同样的环境、水、茶具，同样的茶类，同样年份的茶，同样的投茶量，同样的冲泡时间，同样的冲泡手法。

简单来说，最最基本的规矩是你不能拿龙井来跟大红袍斗，不能拿金骏眉与日照青斗，不能拿倚邦和老曼峨斗，不能拿花茶和普洱茶斗……至于对决的双方是老是少、是男是女，倒不是问题。

斗茶不是赌博，赢了也没什么彩头奖品，切磋后若占上风，也仅是证明了自己更强而已，面子事而已。
但往往许多散淡茶人事事散淡，偏偏在茶字上爱争争面子，人性复杂且不可论证，倒也有趣。

我最爱看人和成子斗茶，他是个认输小能手。
与成子斗茶的人，几乎都赢了，众生百态跃然脸上，生动的浮世绘。有的赢家心满意足扬长而去，有的赢家赢了也不高兴，其中有的欲言又止，有的缄默不语，有的终究沉不住气，临走时忍不住发问：何必故意让着我？
都是行家，出手见高低，是输是赢心知肚明。

成子的回答只有一句：认识了就是朋友，有空常来喝茶……
又说：有茶喝，是咱们的福报，喝就好好喝嘛，比啥比？
他享受的是喝茶的过程，不是输赢。

很久没见过成子和人斗茶了。
他后来变本加厉，来者一叫板，自己立马笑呵呵地认怂，比都不比就认输。
一般茶社的主泡台轻易不让外人坐，他却无所谓，不仅恭恭敬敬地让出主位，而且还有耐心听人吹牛。有些人好为人师，总忍不住倚仗资历给他点儿教诲，他倒也真能听得进去。

如此心境，倒真是没白给他那个僧人师父当徒弟。

豆儿也没白给他当老板娘。

我和成子盯着来者的背影默默无语的那会儿，豆儿取来一只新的建盏，已经不动声色地烫洗干净，她轻轻咳嗽一声：小姐，一起喝杯茶吧。

（四）

姑娘款款坐下。

她瞅瞅那只兔毫建盏，笑意盈盈开口：歹势（不好意思），阮（我）可以用自己的杯子吗？

咦，台湾口音？

姑娘摇摇头：阮是胡建人（我是福建人）。

她从挎包里取出一只小巧的钧窑杯，釉色温润开片均匀，杯如其人，清淡素雅，却颇能动人心——杯口有一抹胭红，好似唇印般诱人。

这样年轻漂亮的姑娘会找人斗茶？说她会喝茶都没几个人信。

万一输了会哭鼻子吗？那可还行，多招人心疼。

我摸摸口袋，太赞了，今天出门带了手绢，而且只擤过一次鼻涕……

再看看豆儿和成子，一个淡着一张脸面无表情，一个憨着一张脸波澜不惊。

也好，这姑娘既然掏出了自己的杯子，摆出的就是讨茶喝的姿态，没有一上来就开门见山要斗茶，还是挺懂礼貌分寸的……也能晚一点儿再尴尬。

且慢，莫不是先借喝茶来刺探泡茶手艺水平高低，接着后发制人？水平不知高低，兵法用得却挺到位的哈，小妹子。

我微微一笑，抢先成子一步，把铸铁老壶拎了起来。

小妹妹，让掌柜的歇会儿，让我来给你泡茶吧，你喝过老茶头没有？可减肥了呢吼吼吼……

豆儿你瞪我干什么？我才不是因为看见人家姑娘长得漂亮说话也嗲才借机搭讪呢，反正你们家成子也不想和人家姑娘斗茶，那干吗不让我好心来和个稀泥呢……

老茶头是人工渥堆发酵后造出的生硬茶块，发酵程度重，存放时间长，比正常的普洱熟茶耐泡，或者说非常难泡——一疙瘩一疙瘩的，硬得像牛肉干。

妹子你别嫌弃，老茶头不好看但好喝，口感就像我……

这个这个这个，口感厚重柔滑，茶汤清澈红亮，安神醒脑消毒祛热，减肥降脂……

嘴上说着，手上也不能停了。

温壶注水，水开投茶 15 克，水刚没过茶头即可。此地是高原，平均海拔 2400 多米，沸水水温最高也不过 90℃，所以沸水煮 1 分钟，洗茶醒茶温杯洁具一气成。

将铁壶中剩余茶汤倒尽，重新注水煮 3 分钟，而后倒入公道杯中分杯品用。

此时，茶气馥郁绵厚，满室皆香。

整套流程一气呵成，怎一个帅字了得！

姑娘也被帅到了，她呷了一口茶，笑吟吟地看了我一眼，虽只一眼，却饱含百般柔情。

接下来她一句话把我说愣了。

她说：美麦（不错），加贺（很好），勐海老厂十余年的老茶是吧？

什么嘴，这是什么嘴?! 只一口就能把年份和产地给报出来？
三小！人不可貌相，原来是个高人。

高人敛起笑意，深深地看了成子一眼，问：……可否再取一副茶具，也尝尝我的手艺。
话虽说得客气，却是绵里藏针，赤裸裸地叫板。
谁不知只有在斗茶时茶桌上才会摆放两副茶盘茶具。

豆儿端坐不动，假装没听见，不用回头我也知道成子会说什么……
果不其然，他迅速起身让出主泡台，客客气气地说：不用那么麻烦，您坐这个位置泡茶就可以。
按业界规矩，主家此举是认怂，等于不战而降。
对来者而言，算是给足了面子，比都不比就能赢，倒也省事。

热脸撞上冷腚，姑娘不领情。
姑娘一笑，垂下眼帘慢慢道：久闻成子哥大智若愚，不与人争……但今天的这次斗茶，却是躲不过去的……
我心下一凛，话说得这么狠，什么来路？
而且……她怎么忽然倒口，说起了字正腔圆的普通话？

我看看成子，憨憨的脸上憨意不减，真想给他一脚，人家话都说得这么不客气了，还装没听懂。
再扭头瞥瞥豆儿，她手摁在公道杯上，出水口微旋，对准了这位高人姑娘——

按照江湖规矩，这是下了逐客令。

豆儿的脾气我懂，此举是先礼后兵。她是当过教导主任的人，专治各种不服，真要翻脸吵架寻相骂，还没见有人能把她赢。

姑娘啊姑娘，年纪轻轻哪儿来那么重的争强好胜心？台阶当下你不下，事到如今多尴尬。

姑娘当真好气场，不慌不乱不尴尬。

她盯着公道杯，轻轻摇摇头。豆儿姐，她说，今天我是奉命而来，你就算用开水泼我，我也不会走的……

她又把目光锥在成子脸上，一字一句地说：

今天的这次斗茶，我和我爸爸等了 20 年了。

（五）

20 多年前，一个福建茶客来到云南帕沙。

云南布朗山帕沙村哈尼族村寨，此地盛产帕沙名茶。

福建茶客当年 20 岁出头，少年老成又难掩意气风发。他家学渊源，上溯两代皆弄器弄茶，耳濡目染下长大。他弃器专茶，年纪轻轻已在家乡茶界扬名立万。

茶客此行跋涉千里，一为购名茶，复为艺成闯天涯。他不住招待所，借宿在勐海茶厂的老制茶师香大爷家。

半生负气自此始，简陋的竹楼里，福建茶客遇到了他的宿世冤家。

同屋借宿的，有个茶科所的中年技术员，男的。

第一天相谈甚欢，相逢是缘，且都爱茶。
第二天起了争端，二人于茶道义理的分歧巨大。

福建茶客奉的是南方茶道，讲究以形为主，主论茶礼茶艺，泡茶前的焚香、闻香、静心是少不了的。
技术员却大不以为然，觉得舍本逐末，形式大于内容。他说：直接把茶泡好了不就得了……
福建茶客急了，如此漠视茶礼，野路子匠人习气啊！丢了静心功夫，如何泡得好茶！又如何品得出好茶？亏你还是茶科所的，怎么能说出这么没水平的话？
技术员就笑：善者不辩，辩者不善，算了算了睡觉吧，别为了口舌之争伤了和气呀……

福建茶客颇有骨气。
道不同不共屋顶，他卷起铺盖睡在了屋外，血肉之躯喂了一宿花脚山蚊子。

第三天，福建茶客把整套工夫茶具摆好，多说无益，请君斗茶。
茶具是他自带的，香具也是。
技术员倚着门框嘿嘿乐，我的天，小伙子你咋这么较真？头发湿漉漉的，难不成还专门沐浴更衣了？
他摸出一瓶新买的花露水，行了别置气了，看你那一脑门的疙瘩，赶紧擦一擦……
福建茶客不为所动，敛气焚香，心平如镜。

日影斑斓，竹楼外鸟鸣声声。

比泡的是帕沙古树春茶，与座者是老制茶师香大爷。

福建茶客开泡，眼观鼻、鼻观心，若入三摩地，举手投足行云流水，隐隐宗师风范……

三碗茶入口，技术员赞许地点点头，香大爷也啧啧称奇。

后生可畏，后生可畏，他赞道，这才是我们帕沙古树茶本有的醇厚滋味！从今往后，你买多少茶我供你多少茶，就这么说定了。

闻赞语也不乱心，泡茶时的福建茶客当真沉得住气，他端坐袅袅香烟间继续泡茶，直到最后一泡茶分完……福建茶客抬起眼时，愣了一下，他问技术员：不是斗茶吗，你拎着个陶罐子干吗？

技术员乐呵呵地趴到地上吹炉火，一边吹一边说：谁要和你斗茶，你泡了茶给我喝，我也泡点儿茶给你喝哈。

他鼻子上蹭了炭灰，模样滑稽，小丑一样。

陶罐陶壶陶碗，全都是他从香大爷屋子里随手拿过来的，茶叶搁在陶壶里，陶壶搁在炉火上。他问香大爷要了根筷子，炒菜一样炒起了茶叶。

福建茶客嗤笑一声，这是什么路数？摊鸡蛋饼吗？干煸芸豆吗？

但第一碗茶入口后，福建茶客的脸色就变了。

同样的水，同样的茶，怎地多了如此浓郁的茶气和香气？！

再喝一碗，彻底傻眼了，相形之下，自己泡的茶简直是泔水啊……

技术员蹲在地上，笑呵呵地看着他：好喝吗？

又拍拍他的膝盖说：茶嘛，好喝就多喝点儿，斗什么斗嘛……

赢了就赢了，何苦奚落人！福建人倔，茶客二话不说起身辞行，茶具香具行李他全不要了，只一味大踏步往门外走，竹楼被踩得嘎吱响，香大爷怎么拦也不好使。

竹楼下福建茶客转身，他扬起铁青着的脸，冲技术员喊：

输是输了！但不服！你不过赢在技巧而已，雕虫小技有什么底蕴……明年我再来时，定在茶技上也盖过你！

他指着技术员喊：明年如果谁不敢来，谁断子绝孙！

林中飞鸟扑棱棱惊起一片，寨子里狗都不敢叫了，全都吓得鸦雀无声。

闽人最重宗祠子嗣，不真动怒不会发这样的血口大誓。

（六）

整整 10 年后，福建茶客才再度遇见技术员。

光阴如电，时间已从 20 世纪 90 年代初，来到了 21 世纪。

当年的弱冠青年长成一条中年汉子，汉子攥紧技术员的手腕，眼泪噼里啪啦掉下来。

他咬牙切齿地说：我每年都来帕沙等你，足足等了 10 年！

技术员说：哦……

他低声质问：哦什么哦！为什么爽约，你就不怕断子绝孙?!

技术员单手摘下毛线帽子，露出锃亮的光头一个。

阿弥陀佛，他说，施主别来无恙哦……

技术员 10 年前就有剃度之心，二人别后没多久，他就在柏林禅寺出了家，早就已经是一个水月游方僧。

福建茶客说：我不管！

他说，认识你之前和之后，我都没有输给过任何人，管你现在是出家还是出殡，都必须和我再比拼一次！不然打死我也不会放你走出这片茶山！

僧人挠挠头，说：哦……

福建茶客擦干眼泪，说出了自己的决定：

10年才等来的这次比拼，要斗就斗一条龙，从采菁、萎凋、杀青、揉捻、晒青、泡茶、品茶……全部过程两个人都必须亲力亲为，誓死要分出个孰高孰低。

这种铁人十项式的斗茶闻所未闻，够狠。

僧人摸摸鼻子，说：哦……

说比就比。

第二天一早，福建茶客于日出后半小时起身，亲自爬树采茶。春茶以一茶一叶、一芽两叶为上，他专拣一芽两叶的采，仔细又认真，好似淘金。

接着是兢兢业业地晒制……

然后是细火慢工地炒制……

炒茶又谓炒青，生锅、二青锅、熟锅，三锅相连顺序操作，工艺烦琐至极。

炒茶前洗手的肥皂是福建茶客自己带来的，口罩套袖用的也是自己带来的，白色大褂一看就是专门做的，一琢磨就知道，他已为此悉心准备了许多年。

那一厢忙得热火朝天，这一厢，僧人背着手溜达茶山。

喂喂松鼠，听听鸟叫，偶尔在林间打打坐、参参禅。

僧人也随意采了点儿茶，也简单晒了晒，也胡乱炒了炒，态度轻松自然，明显没花什么心力，像是在故弄玄虚，又好像是在敷衍作业……

福建茶客难免心下忐忑，这老光头，是不是有撒手锏？上回输给他的破瓦罐，今朝他又会出啥幺蛾子？

再看看自己炮制的茶叶，自信瞬间又回来了：天道酬勤，花多少功夫见多少真章，管他呢，真金白银茶桌上见。

茶叶晒青即将完毕，万事俱备，不欠东风。

福建茶客更衣沐浴，满身肥皂泡沫，差点儿洗秃噜皮，他一边玩儿命地搓洗自己，一边强忍住泪水：10年的卧薪尝胆，终于可以换来今朝的一雪前耻，终于终于可以咽下这口气……

可他终究没能咽下这口气。

僧人跑了。

炒好的茶叶摊在屋檐下阴干，少了一半。

字条倒是多了一张，用茶针钉在竹墙上：

施主，看到您如此用心做茶，贫僧甚是欣慰，茶道有继，善哉善哉。

俗话说，茶是人情酒是债，如此上等的茶，如此厚重的情谊，我就笑纳了吧，善哉善哉。

茶是人家香大爷家的，僧人临走前按市价付了钱，好像也不能算是犯了盗戒……

福建茶客裹着浴巾狂追，边追边哭，差点儿没背过气去。

拖鞋撵不上拖拉机，他哽咽着，隔着半道山梁叫骂：

秃驴！臭不要脸的！

你到底是不敢比还是不想比?!

你给我回来……

拖拉机上僧人双手合十:阿弥陀佛,回头再说,回头再说哈……

山路拐了个弯,拖拉机的突突突突声渐远,须臾,啥也听不见了。

此恨绵绵无绝期。

万幸,福建茶客没被气死,只不过返乡后瘦了数斤。此后他化郁闷为执念,发奋钻研茶道,技艺上愈发精进。

茶客生有一女,女儿自幼被养在茶桌旁长大,10岁起随父进茶山,采茶、晒茶、炒茶、泡茶样样精通,渐青出于蓝而胜于蓝,不仅练得一身茶道本领,亦继承了老父的这颗复仇之心。

僧人留下的那根茶针,她用来盘了发髻,当了发簪。

…………

此时此刻,福建茶客的女儿正端坐在我们面前。

她轻声说:

每年清明节前后的那几天,墓一扫完,我父亲都会匆匆赶往帕沙,前前后后加起来,他守株待兔了快20年……后来他渐渐年迈,人总也等不到,他也跑不动了,于是每年那几天,都把自己关在房间里赌气不吃饭,后来,他终于……

我和成子集体一摇晃,差点儿联袂从凳子上跌下去。

我×,不至于吧,含恨而亡?

姑娘却说:……后来他终于肯吃饭了。因为我长大了,每年由我替他去帕沙……

好了，不用说了，明白了。

僧人行脚四方，踪迹如鸿爪雪泥，自然是找不到的，所以，你就奉命来找僧人的徒弟是吧？

福建茶客的女儿想了想，点点头，笑得像朵花儿。

是啊是啊，是奉命而来的呢。

她说：成子哥，我知道你也已经很多年没见过你师父了，但你终归是你师父的徒弟，是吧？

一旁的铁壶呲呲地响，她笑意盈盈地盯着成子看：

恩恩怨怨20年了，真的说不清咱们俩应该算是世交还是世仇……

少顷，又客气地问道：

你觉得，今天你躲得开吗？

唉……

她轻轻叹了一口气：

要么马上用开水泼我，要么，现在把茶具端上来吧。

（七）

两个茶盘两套茶具，茶一饼。

一屁股坐上主泡台的，却是豆儿。

我"哎"了一声，她瞪了我一眼，成子伸手去拍拍她的肩，她反手一掌拨拉开。

豆儿冲那姑娘挑了一下眉，甜甜一笑，意图很明显：想找我老公斗茶，先过我这关。

言下之意也很明显：来来来，小婊砸，我就能把你给收拾了。

一个代夫出征，打算以攻为守；一个爽快应战，志在斩将夺旗。

姑娘不仅没有异议，反而一副正中下怀的表情，她也甜甜地点了点头，也挑了一下眉。

高手过招儿讷于言，好嘛，都不说话，俩人都演开了哑剧。

甜甜的笑意着实耐人寻味，明明心里是在作死较劲，面上却像极了一对默契姐妹好闺密。

我和成子对视一眼，联袂打了个寒战，女人这种生物，真他奶奶的神奇。

我瞅瞅摆出来的那饼茶。

好了，没悬念，豆儿必赢，那饼茶是昔归。

昔归产于云南省临沧邦东乡昔归村忙麓山，又被称为"临沧班章"。

此茶内质丰富，十分耐泡。茶气浓烈，香气犀利夺人。茶汤滋味重浓度高，却又汤感柔顺，水路细腻并伴随着浓强的回甘与生津，口内持久留香……

什么子弹配什么枪，什么人玩儿什么鸟。

豆儿秉性与此茶合，泡昔归她最擅长。

升水壶内开。

盖碗分为盖、身、托三者，取天地人三才之义。豆儿取一新盖碗，沸水缓缓，从碗盖的斜上方注到八成深处，盖和碗身微微敲击，微微轻响。

悄然静候30秒。

食指顶住碗盖的提耳处，将热水分到公道杯中，再分入四只茶杯中。

轻提一口气，取茶9克投入盖碗中，封上盖，右手提起盖碗，左手托住。

腕扬，手震，盖碗打在左手掌心处，反复了三次……这是在摇香？

我暗自喝了一声彩，好兵法！
豆儿竟然用起了南方茶道的茶艺，并且用得中规中矩，如此这般以其道还其身，福建姑娘该如何接招儿？
干茶香气扑鼻，犹如兰花，姑娘唇畔一抹浅笑。
豆儿不动声色，请闻干茶！

盖碗放回杯子右后方。左手引盖，右手提壶，单边注水，悬壶高冲。
热水沿着碗身急速流下，带动茶叶从底部团团翻转，水恰好漫出盖碗，刮沫，分汤。
第一遍注水是为洗茶，第二遍注水是为醒茶，两冲水都叠加在公道杯中。
至此，茶已醒杯已热，再静候半分钟，便可将杯中水倒掉。

壶水又沸。
第三遍注水，第四遍注水，提壶沿杯壁高冲，盖杯略盖 5 秒，昔归出汤！
按理说可以分杯了，豆儿却偏不分，只飞快地瞟了那姑娘一眼。

姑娘笑笑地回看回去，不急不躁也不催。
可以啊，又打了一个平手，看来都是行家，都明白个中学问：滇西北海拔高、沸点低，以此时的水温，香气出之不易。

豆儿点点头，抬手将碗身挪出，对着碗托低低斟上热水，再将碗覆之上方重新注水。这是在用碗托的温度来增强茶物质的溶出量，弥补海拔对水温的影响。

豆儿正色悬壶高冲，高度更高了，接着是中规中矩的关公巡城、韩信点兵……
最后几滴所谓"精华"却舍掉，为的是保留韵气。

茶还没端至唇边，就闻到香气有别，定睛细看，汤色幼亮清透，煞是喜人。
一啜一咂摸，滋味微涩甘甜，喉韵沉香鲜爽，茶气醇厚，缕缕生津，非同凡
响，堪称完美！

悬着的一颗心此时坠地。
豆儿先声夺人，耍了一套教科书式的茶艺，姑娘就算原样复制，也不过打个平
手而已。
姑娘啊姑娘，那还比什么比？

可她还真敢比。

（八）

豆儿泡到第七泡茶时，姑娘出手了。
豆儿取茶 9 克，她偏取茶 7 克，铸铁壶蓄水煮水，温杯洁具。
第一遍洗茶，提壶高温高冲，直接冲于茶叶上面，3 秒就出汤。
第二遍醒茶，提壶沿杯壁底冲，焖泡 10 秒左右出汤。
两遍茶倒入公道杯，再分于口杯之中，温杯洁具……

她焖泡时，我一头雾水，豆儿先是皱了一下眉，瞬间又点头会意，唯有成子一
脸平静。
至此，姑娘举止倒也寻常，而接下来的行为，却越来越诡异。

姑娘再次蓄水煮水，水沸后她伸手关了火，把铸铁壶壶盖打开……然后不再有任何泡茶的举动。

我一口老血差点儿喷出来，她竟然掏出了手机，玩儿起了游戏?!

不是南方茶道吗？不是茶礼茶艺吗？不是青出于蓝吗？怎么茶桌上玩儿起了《愤怒的小鸟》，还开着扬声器？呀……啪、呀……啪，声声入耳，姑娘悠闲地喝着豆儿泡的茶，聚精会神地玩儿着手机。

这不是摆明着在气人吗？

要么坦然认输，要么起身离去，觍着脸耍这种赖皮算个什么东西？

说也奇怪，成子依旧是一脸的平静。

他居然还往前凑了凑，饶有兴致地看着那姑娘指挥着小鸟冲猪头……

时间5分、10分地过去，豆儿继续泡着她的茶，手下不停，笑意更浓，脸上的咬肌却明显僵硬，我好怕怕地把凳子往后挪了挪——这是眨眼就要翻脸掀桌子的表情。

没等豆儿发作，姑娘先动了。

她伸了个懒腰，抓过盖碗，瞟瞟里面的茶叶，而后手腕一翻，把茶叶全部倒进了铸铁壶里。

以为她接下来会出汤，但她没有……她她她又玩儿起了手机。

这次换了一款游戏——《植物大战僵尸》。

我脑子不够用了，什么鬼啊，打哭你信不信？

还有成子，面瘫吗你？

还有豆儿，怎么还不掀桌子？

豆儿的茶已经泡到 16 开，明白了，这是最后一泡，善始善终了再掀桌子是吧？

等一下，让我把凳子挪得再远一点儿……

豆儿最后一泡茶倒完，公道杯杯口再度指向了姑娘，而后提起公道杯，将姑娘的钧窑杯倒满，倒啊倒啊倒啊倒，满得溢了出来，滴滴答答流到桌子边。

酒满茶半，酒满敬人，茶满送客，这是正式撵人了。

豆儿慢慢起身，居高临下地抱起了肩膀，脖颈轻轻转圈，嘎巴嘎巴轻响。

事到如今，这场斗茶中没有一个人说一句话。

杀气扑面，姑娘当然抬起了眼，她莞尔一笑，开口道：姐姐生气了呢，气大伤身呢。

说话间她不紧不慢地拎起铁壶，慢悠悠地将茶汤滤到公道杯中。

公道杯停到豆儿的杯前，她笑：来，尝尝我泡的茶。

这也叫泡茶？这就是家学渊源的高手？我猜她分分钟会被泼一脸热茶。

我忍不住乐了。姑娘，你嚣张得太可爱了，你是来找泼的吗？

没想到成子忽然开口，他冲我摆摆手，又拽拽豆儿的衣角，说：尝尝吧，她泡的，不会比你的差。

我真真气乐了，成子啊成子，知道你不争，但何苦昧着良心睁眼说白话？

喝就喝呗又不是洗脚水。我帮豆儿把杯子端起来，来吧，有外人在呢，给你们家男人一个面子。

仿佛喝的是酒而不是茶，豆儿一饮而尽……然后摇晃了一下，继而颓然坐下。

她的脸瞬间煞白，又忽然羞赧得通红。

豆儿对那姑娘说：你赢了。

豆儿让出主泡台，她说：成子，上吧，今天这次斗茶，咱们躲不开了。

成子不慌入座，只是背着手看着那姑娘。

良久，他问：姑娘，你刚才的泡茶手法到底是跟谁学的？

他轻轻摇摇头：真的是你爸爸吗？

（九）

姑娘眨眨眼睛：想知道吗？

她把手塞进包里翻呀翻，翻出自带的一饼茶。

来吧，她说，斗完茶再说。

纸封拆开。

这是茶？

明明是一包杂碎啊。

这明明是一包扫地扫起来的碎树叶渣子，还有参差的茶叶梗子、黄片子。

不是耍人是什么？这样的烂玩意儿谁能泡出来？如果说姑娘方才是嚣张，现在已然是欺人太甚了。

欺人太甚的还在后面，姑娘甜甜一笑：怎么样，敢斗吗？不敢的话，就把招牌摘下来吧……

踢馆就踢馆，还要摘招牌?！

她为什么不是个男的？她要是个男的，我绝对一拳封眼！

让人大跌眼镜的还在后面。

姑娘话音刚落，成子一秒都没犹豫，起身将招牌摘了下来。

他用袖子把那块小松木招牌擦了擦，双手递了过去：来，姑娘，送给你了，带回去给你爸爸留作纪念。

姑娘还真敢接招牌！

黑底红字的茶者招牌抱进怀里，姑娘却不肯滚蛋。她扫了成子一眼，扑哧一声笑了出来：我的天，这么爽快就认输啊，你怎知这劣茶我就能泡出来？

成子也笑：……20年的恩怨，一块破木板就能了断，倒也划算。

他说：好了姑娘，回去交差吧，以后欢迎你带你爸爸一起来喝茶，斗茶就免了。

姑娘岿然不动，深深看了成子一眼。

她轻轻搁下招牌，说：恩怨虽然了断……但茶就别等以后了，就今天喝吧。

她点点那包杂碎茶，笑着说：就泡这个吧，麻烦您了。

说来说去，还是要斗茶！

恩怨不是了了吗，招牌不是都给你了，为何还是要变着法儿地难为人呢？

姑娘，你也是天蝎座吗?!

（十）

成子笑笑，不是斗茶就好，喝茶嘛，欢迎欢迎……

他盯着那堆杂碎，琢磨了好一会儿。

少顷，捏出约 8 克，扭头冲豆儿说：帮我把那只紫砂壶拿来。这只紫砂壶是他的心爱之宝，平时非名山古树不用。我疑惑地看看豆儿，如此劣茶，居然用这么好的壶，这是何故？

豆儿冲我皱皱眉，也是一脸的问号。

但见成子单手提壶，高温高冲，沸水注入紫砂壶中直至溢出。

他用壶盖刮去漂起的碎茶杂质，再盖上盖，将茶水全部倒掉……如果那也可以叫茶水的话。

空壶焖气一分钟，成子开盖注水，这次是沿壶壁冲入壶底直至溢出，再盖上盖，之后，成子将剩余的开水缓缓地浇在紫砂壶面上，持续加热壶中水温。

焖泡 3 分钟后，成子将紫砂壶中的茶汤全部倒净。

他并没有用茶汤温杯洁具，而是又开始烧水。

水烧开后凉 6 分钟，才又倒入紫砂壶中……水已经不热了哦，这是什么路数？

10 秒过后，茶汤从紫砂壶中缓缓倒出，经茶漏入公道杯，再分别倾入与座者的品茗杯。

……实话实说，茶气和霸气都弱，但汤色通透如琥珀，回甘也鲜甜，如此烂茶能有这样的口感，难得难得！光喝茶不看渣，打死也不会想到是用杂碎泡出来的。认识成子这么久，只知他泡茶好喝，茶道师从茶僧，直到今天方知他居然可以化腐朽为神奇……

成子冲那姑娘憨憨一笑：还凑合吗？

他又冲我和豆儿吐舌头：幸亏不是在斗茶争强，不然这种温水泡茶的手法我也没什么把握，一定难喝……

姑娘恍若未闻，只是双眼微闭，细细品味。
良久，她开口说：……我好像明白师父的用意了。

师父？什么师父？
她不是师从她爸爸吗？

姑娘忽然款款起身，缓缓折腰，正儿八经地施了一个茶人礼。
她一扫之前的绵里藏针，恭恭敬敬地说了一声：
多谢师兄助缘。

等等。
什么师兄？什么助缘？

姑娘一笑：师父说，和师兄斗完茶后，我就能出师了。

（十一）

姑娘的师父也是那个茶僧。

两年前，姑娘终于在帕沙等到了僧人。
和她父亲的遭遇一样，僧人怎么也不肯和她斗茶。她缠着僧人，僧人去哪儿她跟到哪儿，僧人泡什么茶她喝什么茶，日复一日，随着僧人游历天涯……
她是家传的茶痴，既然斗不成茶，那就拜师学茶。

僧人颇为好说话，爽快地收了她，茶技倾囊相授，不留余地。

姑娘聪慧，两年后，她问僧人：我能出师了吗？

僧人边走边说：阿弥陀佛，能教的我都教了……

姑娘说：好，那以我现在的茶道水平，有资格和您斗茶了吗？

僧人就笑：阿弥陀佛，原来还是为了斗茶啊。孩子啊孩子，茶道是什么东西，你真的想明白了吗？

他说：想不明白的话，茶技越高越不会喝茶，高来高去跳不出执念，不过是自己在和自己缠斗……执念放不下，又谈什么出师呢？

姑娘咬牙：借口！你又不和我斗茶，20 年的恩怨我谈何放下？

僧人念阿弥陀佛，善哉善哉，有了放下的念头，也就有了放下的机缘，因机缘果莫强求，慢慢等着吧……

僧人停下脚步，说：哎哟，其实也不用等太久呢。

他指着一扇门，说：机缘到了，去吧。

姑娘问：去干吗？

僧人解开行囊，取出一饼劣茶。

阿弥陀佛……

他说：斗茶。

（十二）

成子的眼圈红了一下。

他问那姑娘：我很多年没有见过师父了，他身体还好吗？

姑娘笑着指一指门外：师兄，你何不亲自去请安呢？

成子没有起身，只是石头一样呆坐着。

成子说：都不用出去了，找也找不到的……师父应该已经走了。

…………

他对那姑娘说：好了，别哭了。

又摸摸豆儿的头说：行了，你也别哭了。

铁壶咕嘟咕嘟轻响，招牌斜倚在桌旁，公道杯里泛着琥珀色的光。

成子说：

来，接着喝茶吧。

（可看可不看的十三）

开篇处我说：

不是所有的故事都能改变你的生活。

不过它一旦做到了，就是一辈子。

…………

故事讲完，茶尚温热，是拍砖是点赞是掀桌子是继续喝，请君自行定夺。

谢谢你的耐心阅读，哈，我又没说能改变你生活的故事一定是我写的这一个。

真正能改变生活的故事，怎可能仅在传奇公案里找到，或在别人的唾沫星子里听说。

有手有脚的，你自己闲着干吗去了？画饼望梅，意思不大哦。

沏与你的这碗茶尚温热：一点儿真如本心，九分人间烟火。

都是纠结在烦恼执着中的颠倒众生，谁不希望自度，谁不希望醍醐灌顶、心生般若呢？正法不离世间法，世间法不离人间烟火，但业障层层，我们往往把原本简单的事情，附会成复杂的。

于是乎，斗法的比修法的多，拼嘴的比动腿的多，闭门指点江山的人比举步行遍河山的人，多得多得多。

缠斗急心，心若急了也就累了。

光听光想光辩光贬有用吗？道心或匠心皆须自修自证，且实修与证悟之间的逻辑关系不容错乱。如若知行不合一，箴言话头只会沦为降头，所谓禅茶一味，不过开口即错。

此番道理，又岂止是茶道呢？

这个故事会改变你的生活吗？

拉倒吧，这本书，本就不是写给所有人看的。

2015 年冬

峨眉金顶

▶ ▷ 大冰的小屋 · 周衍《伊尔哟》

▶ ▷ 张晏铭《旁观者》

姐 姐

🐟 你是看着《阳光快车道》长大的山东小孩吗？

你今年多少岁了？现在过得好不好？

这个故事也是写给你的。

星光不问赶路人，时光也不问，故事讲完了，一个时代也就结束了。

很荣幸，能陪着你一起走过那些旧时光。

很荣幸和你一起，给那段岁月画上句号。

当那些无话不说，渐渐变成无话可说。

我的老朋友，你是否理解我的频频举杯，或偶尔的沉默。

（一）

帽檐压低点儿，再低点儿。

看不见我看不见我看不见我……

可那条胡子拉碴的大汉依旧盯着我瞧，满脸谜之微笑。

……看什么看！看得我不要不要的，整个人都不好了。

可乐早就喝空，吸管却一直嗦个不停，丝丝的凉气摩擦着牙缝，微微的无奈摩擦着焦虑的人生。好吧！来吧！那个重复了快1000遍的场景要发生就快点儿发生。

果不其然，兀那汉子一个箭步蹿过来，咔嚓一把薅住我，气贯长虹高声怒喝：大冰哥哥！

他满脸狂喜，扭头喊：我×！真的是他！

话音方落，三五条黑影蹦将起来，踹翻椅子迈过桌子雀跃而来，狩猎羚羊的狮群一样，抓捕逃犯的便衣一般……将我团团围住，七手八脚摁住了我。

汉子忙着介绍：这是我爸，这是我老婆，这是我小舅子，这是我大小子，这是我大姐夫哥……

我苦笑，撒手好吗？我不跑，别摸我头发好吗？不要用手指戳脸……是的是的是活的。

汉子他小舅子摁着汉子他大儿子的脖子往我怀里塞：快快快，快喊大冰哥哥！

他儿子刚有桌子高，特别听话特别乖，不仅一顿老拳捣在我肋骨上，还用指甲盖掐我……

除了默默地受着这一切，我没有别的办法，这是命哦。

汉子深情地看着我，猛地吸了一口气，虎目微眯，晶莹的泪光闪烁，好似即将展开一场感慨万千的追悼演说。

好了，冷静。用肚脐眼儿也能猜出你要说什么，来来来我和你一块儿说——大冰哥哥，我们全都是看着你的节目长大的。

好的，你们……终于长大了。

喊我冰叔的基本是读者，喊大冰哥哥的一定是观众——大都是山东的。

我在山东台当过15年的主持人，在那个中国综艺节目尚未泛滥的年代，我和我的节目生生毁过整整一代山东孩子的三观（参见 @ 大冰 2014 年 8 月 23 日的微博）。

这些孩子成年后遇到我，都感激地说：从小看你的节目长大，成年后遇到啥变态的事都不觉得污呢……

杀人偿命欠债还钱，欠下的三观也是要还的，多年后每逢老观众，总要接受因果报应，总要耐着性子回答一系列拷问：

大冰哥哥，你怎么沧桑成个中年胖子了？

因为心里有事，不好瘦……

大冰哥哥，你怎么不像当年电视上那么天真活泼了？

因为我 37 了，不是 21……

大冰哥哥，你这两年为什么不主持节目了？

因为……

大冰哥哥，我们家当年电视是黑白的，频道只能收到两个，我每周六都苦等你的节目呢。大冰哥哥，你是我的童年啊，一看到你就觉得无比心酸啊……

我不是艺人，没什么偶像包袱，但轻微的抑郁症还是有一点儿的，面对连珠炮一样的问题，除了嗯嗯啊啊实在也说不出些别的什么。

老观众们的热情不能拂，但肉身必须要撤了，不是不给面子，而是按照常规剧情，接下来的问题中，他们一定会提及那个名字……

一个从来也不愿想起，永远也不会忘记的名字。

是个女生的名字。

大半个青春里，我和她的名字总是连在一起出现的，无数人以为我们是一对儿，或者希望我们是两口子。

…………

晚了一步，眼前一黑，那条汉子热情地抬手，狠狠一巴掌呼在我背上。

他终究还是问了：大冰哥哥，刘敏姐姐还好吗？你们后来有没有在一起？

他们一家人都热切地看着我，好像下一秒我就能把刘敏从背包里拎出来一样。

他们喊：回来……别跑啊……大冰哥哥你跑什么跑……

第 1000 次遭遇这个提问，第 1000 次落荒而逃。

面对无法回答的问题时，我只能跑。

（二）

跑得出追问，跑不出追忆。

如果回忆拴不住，就用文字追上它，再把它捉进故事里。

这个故事的女主角叫刘敏，中国有 13，000 多个人和她同名，光我手机通讯录里就有 3 个，普普通通的一个名字而已，不是恋人不是情人不是爱人不是家人，却像纳鞋底子一般，大锥子捅进去穿回来，结结实实纳在我心底。

刘敏是个武汉姑娘，超级养眼，画里爬出来的一样，不是杨家埠年画，而是北条司《城市猎人》漫画中的美少女，大眼生生，尖俏的下巴，甩啊甩的松松的马尾辫。

那个年代的女主持人们尚流行国字脸，唯独她是开麦拉 face（camera face，比较上镜的脸），脸也小腰也细，个子也不矮，胸也⋯⋯那个凑合吧，我最初很奇怪她干吗要来当主持人啊，她去当个平面模特该多好啊。

15 年前我初见她，她蹲着，捧着一个巨大的玉米，仓鼠一样地啃着⋯⋯真能吃啊。她抬头看看我，眯起眼笑，两肘一沉，咔嚓一声把玉米棒子断成两截。秋风萧瑟，我们捧着玉米棒子咯吱咯吱，并肩蹲在演播室门口的台阶上。她含着满嘴的玉米粒粒，含含糊糊地说：大冰，你的这个艺名起得不太好⋯⋯
她说：如果你叫大腿的话，可能早就红了呢。
她啊哈啊哈地笑，然后用胳膊肘子戳我：你怎么不笑?!

我面无表情地看着她，嘴里的玉米慢慢地嚼。

我那时遭遇职业排挤，岌岌可危地站在下岗边缘，心情抑郁，塞满了火药，一点就炸。同事们谁见了我谁躲着我，没人愿意和我开玩笑……唯独她愿意觍着脸问我：怎么样大腿，你现在心情好一点儿了没? 敢不敢笑一笑?

我说不敢!

她完全无视我的冷脸，她说你看，我会斗眼儿!

她说你看，我能用鼻孔眼儿把玉米粒喷出两米远……

……我没和她单挑，因为她告诉我她当了十几年的兵，擒拿格斗还是会一点儿的。她说她弟弟和我同岁，被她收拾得服服帖帖的，让哭就哭让笑就笑。她说，不就是被人穿小鞋吗，多大点儿事。好了马上就要上台录节目了，不要苦着一张脸了，来，笑一笑。

她说你笑得怎么这么难看? 要笑就笑得彻底一点儿好不好，来来来，重新笑一次，12 颗门牙全露出来……

我把脸别过去，她揪着我耳朵又给正了回来。我别，她正，我别，她正，烦死人了。

我和她认识的第一个小时就腻歪死她了。

好好的一个漂亮姑娘，怎么初次见面就动手动脚的，而且话痨，而且自来熟，而且人来疯，而且如此之不注意形象。

那天她站起身来，触目惊心的一双拖鞋，早市上 15 块钱两双那种。高跟鞋倒也带了，用发带拴在一起，她裙裾一样往肩上一撂，然后大步流星叭叭走，左手一个装满化妆品的塑料袋，右手一个拉不上拉链的行李箱，大裙子小熨斗露着角……这是来录节目的还是来甩货的?

她扭头冲我笑：跟上，快点儿跑，趁着观众还没进场。

跑也不好好跑，她说你看，我会单脚跳。

跳来跳去跳掉了拖鞋，我帮她捡起来，发自肺腑地苦笑——搞什么搞，这头蹦蹦跶跶的大丫头当真是来当主持人的吗？

说也奇怪，苦笑归苦笑，心情却莫名地好了一点儿。她好像有种很神奇的能力，不知不觉中就能把人头顶的乌云撕开一线天。

神奇的还在后面，一场节目搭档着主持完，我整个人都放晴了。

散场时我拽住她的行李箱不撒手，我不管，我从未有过这么默契的搭档，你下期节目必须还来，你下期节目还来好不好？

她背着手笑，她说：那你做个斗眼儿给我瞧瞧。

她说：看吧，这不是笑了吗，心情好一点儿了没？

她掏兜，两个玉米粒，自己鼻孔眼儿里塞一个，帮我在鼻孔眼儿里塞一个。她说，如果你能赢，我就不走了。

…………

她输了。

她后来和我搭档主持了 200 期节目，那个节目名叫《阳光快车道》。

（三）

主持人行当讲究默契配合，俗称场上如夫妻。

但十几年前的综艺节目没有制作宝典，制作流程尚粗劣，有台本，但主持人的台词往往不被细分，谁先说谁就多说，谁语速快谁就多表现。

卫视主持人是个竞争激烈的职业，工艺流程的不健全，导致当年一大批主持人为了自保拼命抢话，搭档往往是冤家，明争暗斗往死里踩。

说是场上夫妻，实则分居；说是默契，往往冷暴力。

但山东台的大冰和刘敏例外。

那时一度有人开玩笑，你们俩怎么一上了场就像过日子一样，怎么这么相敬如宾啊？

是啊，为什么一个眼神扔过去就能明白对方接下来要说什么呢？语速我快她也快，我减速她也不超车，所有抛出去的梗都掉不到地上，所有互相扔的梗都能翻出花儿来。别人录节目都盼着早收工，我们的节目录起来就没完，完全不觉得累，只觉得舒坦和融洽。

这种融洽从化妆间就开始了。

那时每个台的节目经费都少，有一个时期，主持人普遍没有专职化妆师，经常需要自己捯饬舞台妆。化妆间灯光暗，她打完一层粉底问我一遍：匀吗？我说你问镜子行不行问我干吗。她冲我吼，镜子又不会说话！我也吼：脖子！还有耳朵后面！都还黑着呢！

她近视，却不爱戴眼镜，画眉毛时每成功地画了一笔，就自信地高喊一声：嘿！

嘿什么嘿啊，又不是胸口碎大石……

我那时经常帮她夹眼睫毛，她那时时常帮我做头发，满手的发蜡揉啊揉半天，然后喊：嘿！当当当当，榴梿！

她帮我设计过各种奇异的发型，榴梿、菠萝、花轮同学、周润发……一边弄头发一边告诉我，她弟弟的发型，也都是她设计的，她家喵喵的造型，也都是她设计的。

……那个时候的观众保守，我没少因为发型问题挨骂，副台长也损过我。他远远地冲我叹气，浓郁的济南腔：小抹子（小破孩），你过来，脑袋上是个么行行子（是什么鬼东西）？豪猪吗？盛开的菊花吗？

若干年后，留那种发型的人都成了"皇族"，人们把那种发型称为杀马特。

当年网络还不流行，观众来信每天都厚厚一摞，除了骂我发型变态的，还有不少是打听她台上穿的裙子是哪儿买的。哪儿都买不到，大都是她自己设计、自己裁缝的，样子都很漂亮，但都经不起细瞧，针脚之宽恨不得一寸一针，动不动就刺啦露肉了。

恨死我了，那时候每次上台前，我都要蹲在她背后当义工，吭哧吭哧帮她别半天别针，一边别我一边骂。这是衣裳还是被面啊！你的裁缝手艺是跟着鞋匠学的吗？

她尥蹶子，高跟鞋后跟乱戳。

我吼：老实点儿，别乱动，回头别针别进肉里了可不赖我。

导演三番五次地催场，我急她也急，最后救急的，往往是宽条的透明胶带。

狗撵兔子一样地跑，候场门前齐齐一个急刹车，我脸都白了。我说刘敏，你你你好像有东西掉了。她倒也大方，二话不说手往怀里一塞，理呀理呀调呀调呀掏呀掏……

我那时年轻，纯净如玉，我哀求：你尊重我一下好不好？再怎么说我也是个男的。

她说屁，破孩子，你比我弟弟还小半岁呢。

开场音乐已经结束，观众的欢呼已经响起，她一把抓住我的手往台上跑，一抓就抓成了习惯，后来那么多年的那么多场节日，每次我们都是手牵着手上台。兴冲冲的，像两个闯进教室的孩子一样，每次都一样。

手心里暗暗用一下力，节目也就正式开场了。不论是1500平方米的演播大厅还是15,000人的市政广场，有她站在身旁，多大的领导坐在台下我都不慌，多牛的明星来当嘉宾我都不紧张。

忘词了也不怕，抛过去的眼神她总能会意地接住，小嘴一张突突突突，好似马克沁水冷重机枪。

话题尺度跑到了下水道也不怕，她总能笑嘻嘻地三言两语拨乱反正，一只手捏着话筒面朝着摄像机，一只手藏在背后掐在我大腿上，两个指甲钳住一点儿肉，作死地，旋转着掐。

全国观众看着呢，哑巴亏是吃定了的，我疼得额头冒汗只能哈哈哈。

她也哈哈哈，唇语无声，我却读得懂：掐死你掐死你，又说不能播的话了。

她语速快，反应也快。

那时我们远征CCTV，当时央视不知抽的什么风，召集全国各省的主持人大搞七天连续直播，这可苦了他们本台某些习惯了端着架子说话、只会念台本不会说人话的主持人，他们编导第一天就快哭了：哥们儿，你反应速度别那么快行吗？搞得我们的主持人说的话连十句都不到，再怎么说人家也是"金话筒"，你给点儿面子好不好……

我说知足吧你，为了照顾你们那位只会背稿子的"金话筒"，我已经降速30%了好吗？他不信，依旧说我故意抢话，我气笑了，我说好，那你明天等着瞧。

第二天那位优秀的"金话筒"得主最终只说成了一句话：观众朋友们大家好……

和他搭档的地方台主持人叫刘敏，是当时全国地方卫视第二快嘴的女主持人，第一叫李湘。

那时流行女主持人穿"恨天高"，不穿不行，男女搭档身高悬殊的话，镜头上看起来会很奇怪。但鞋跟太高的话，节目录制时间稍一长，脚会肿得像馒头一样，半天也拔不下鞋来。我懒得每次收工后帮刘敏拔鞋，于是把自己登台的鞋全部换成平底匡威。

话说，在舞台上驼背的这个习惯也是那时候养成的，驼背一点儿好，两个人站在一起，能显得大家差不多高。

很多艺人上完我们的通告后都很开心，奶奶的，显得他们都挺高。

后来整理场记照片，发现当时大红大紫的蔡依林和我们一样高，刚出道的张含韵和我们一样高，同样刚出道的刘亦菲倒是比我们矮一丢丢，但风头正劲的张娜拉居然比我还高……男生们就不用说了，在那个增高垫还不为大众熟知的年代，他们哪个都比我高。

上述皆为浮光掠影，做节目嘛，口碑和品质才是王道。

那时候"芒果"还没崛起，"荔枝"和"中国蓝"尚且萧条，也都还没有开始使用那些水果符号，提到山东卫视，人们还没开始说蓝翔，只说《阳光快车道》。

录棚内节目时经常发现有人倒卖黄牛票，观众席一个座位卖150元且供不应求，150元现在看起来不算多，但在遥远的2000年年初，省会城市月薪2500元已经算是高薪。

节目的外景也很受欢迎，拍摄过程却很惊悚，每次听说《阳光快车道》来拍节目了，围观的人能挤满整个市政广场。在临沂时，摄制组的面包车差点儿被挤翻。在泰安时，为了疏散人群，出动了大批武警，我和刘敏被塞进警车带离。

阳光女孩、阳光记录、阳光苗苗，爸爸妈妈爷爷奶奶请注意阳光小苗苗正在征集……

那时最有名的小苗苗是大头和萱萱，都刚上小学，现在大学都快毕业了。当年的舞台上，我生吃了这俩熊孩子的心都有，如今看看，却打心眼儿里觉得亲。他俩是我和刘敏的小号翻版，上台时也手牵着手，溜溜达达两个小大人。

采取跪姿采访孩子的习惯，是刘敏起的头，她爱孩子，从不俯视，再窄的裙子也单膝跪下，只为能和孩子的眼睛平视。心诚则灵，再不听话的孩子面对真正的尊重时也会买账，同样买账的还有我们遍布全国的观众，那时《东方时空》的记者去贵州边远山区采访，一堆田间劳作的乡民冲着镜头腼腆地笑：……当然喜欢看电视，最喜欢看山东台的《阳光快车道》。

《阳光快车道》当时的收视率有多高？
举个例子吧，电视里热播《还珠格格》时，全国人民都疯了一样地追捧，山东人民也不例外。但在山东，《还珠格格》的收视率没有《阳光快车道》高。

关于《阳光快车道》的舞台回忆太多，篇幅有限，不多写了。
关于舞台背后，这档节目几乎等于山东电视界的黄埔军校，前后培养出了数十个制片人。有成就自然有跟头，有欢乐自然也就有坎坷，是非过去在宫里，如今在台里，贵人和小人本就是共生关系，电视台本就是人精扎堆儿……但拜栏目名字所赐，一切阴霾最终总被阳光所消解，情结之殷殷，情节之跌宕，将来若有缘开笔，真真秒杀一切宫斗剧。

其实是誉是谤于我而言都不重要，重要的是，自打她出现后，我再没担心过下岗。
主持当红的节目压力大，所有的瑕疵都会在旁人眼中被放大，最好的应对方法就是拥有一个像她这样默契的搭档。

舞台是战场，话筒是枪，我们是背靠背的战友。水来土掩，兵来将挡，时而帮对方举起盾牌，时而帮对方递上弹药，彼此护着彼此，相依为命在舞台上。

默契和信任不是无缘由的，她之所以容我，是因为她懂我。
十几年前的摄影棚里，她是为数不多的知道我秘密的人。

她是唯一一个从未嘲笑过我的秘密的人。

（四）

我那时兢兢业业录节目，录完节目撒丫子就跑。
跑回拉萨开酒吧，跑回边陲当银匠，跑去江湖当歌手，跑到异地他乡背着画箱子当我的流浪画师……
那时同时经营着许多份职业，很多职业都早于主持人那个身份。
保密工作煞费苦心，台里的领导也好同事也好，大都没人知晓。辩者不善，懒得辩，不想让他们知道，一定会怒其不争，一定会觉得堂堂山东卫视首席主持人，居然如此不思进取、荒废光阴、偏离正道。

何为正道？
上了大学选择了一份专业，将来就只能靠这一份专业安身立命养家糊口？十八九岁懵懂时选择的那份专业，能定得了你一生的基调？
我大学本科学的是风景油画专业，那我这辈子就只能当一个美术从业者？
干了一个职业就一辈子只干那个职业？朝九晚五一份工作干到老就是正道？只有三险一金按月领工资才是正道？
我勒个去，太狭隘点儿了吧，这样生活很正确，但是爷不想要。

或许有人说，大部分人的一生不都是这样过来的吗……

又会说：大部分人大都不能跳出这个人生规律的哦……

还会说：大部分人的能力有限，一生经营好一种活法就已经很难了，同时多几种活法谈何容易……

凭什么只能当一颗社会的螺丝钉？为什么不能既当螺丝钉又当螺丝帽，同时是把螺丝刀？

大部分人不等于所有人，重要的也不是能不能，而是想不想。

真要是想了，能力值怎么的也能自我营造。

所谓的难，不过是你还没有真正地想去要。

"想"这个字没错，想也不犯法，有人想当个一条腿的高脚椅，也就有人想当个四条腿的小板凳。有大部分人在把单一的世俗成功作为人生奋斗目标，也就有少部分人想在既定的目标外再多寻找几个目标。

世人皆把金鸡独立当惯例，我却笃信多几条腿的人生才稳当。

任何一个文明健全的社会都应该是多元价值观并行的，同理，任何一个心智健全、人格健全的个体单位的自然人，面对"生活"二字时，是天然享有多项选择权的。

单一轴心的生活没有错，多项选择的生活也没有错呀。为什么一个人不能够趁着年轻，凭借自身的能力，多营造出来几个世界呢——

每个世界都有一个独特的社会定位，每个世界都有一份独立的收入来源，每个世界都有一群不一样的朋友，乃至每个世界都能拥有一份不一样的生活。

同时，每个独立世界之间并非寄生关系，而是平行关系，平行之中的多元平衡，是为：平行世界，多元生活。

先有平行世界多元生活，再谈既可以朝九晚五，又能够浪迹天涯。

若一个人对多元和平衡有了清晰的认知，怎会再狭隘地非黑即白地去看世界？怎会一门心思地去相信什么牛×哄哄的世俗成功法门，或者去片面追捧什么狗屁熏熏的"说走就走的旅行"？

我不反主流，我烦的是单项选择。

我不捧亚文化，我烹的是多元平衡。

我不屑路径依赖，我写的是知行合一的人生。

若干年来，平行世界多元生活这八个字，我和我的同道中人一直身体力行着，并裨益良多。

也不是没有过动摇，任何理念的秉行初期，总会遭遇客观条件的制约，比如种种不理解，种种嗤笑声。有明讥暗嘲，也就有默默的鼓励和支持，最初给予我认可的是她，我舞台上的搭档。

最初和刘敏谈及这些想法时，我是忐忑的，她听完后却满化妆间蹦跶学青蛙跳。

她说：啊啊啊，这也是老娘想要的生活啊！

蹦跶了半天，她坐在化妆台上发呆，稍许落寞稍许哀怨……她两只爪子伸过来，抠住我的肩膀作死摇晃：这种生活，老娘我是没戏了，你替我去实现吧！过了一会儿又是一阵摇晃：哎哎哎，不行不行，凭什么我不能实现？你赶紧给我再洗洗脑，快快快！

我不想给任何人洗脑，尤其不想给她洗，我觉得她活得挺明白，我只说：这种理想中的平衡生活，有可能最后我们谁都实现不了，但最起码在还算年轻的今天，我们有过知情权……

后半截话是：
先有知情权，再有选择权，先尝试再甄别，再筛选再锁定目标，中心思想是平衡，核心技术手段是经常问问自己——想不想要，想要多少？
想要就好好要，每个独立世界都要负责任地去经营，该认真就认真，该拼命就拼命。
但同时，在每个独立世界里，都要给自己立一个清晰的及格线目标，人的精力和心力毕竟有限，一个世界里浸淫得太深，势必影响各个世界的整体平衡，七分熟还是八分饱，知足是王道，聪明人明白自己到底想要多少。

后半截话我没来得及说。
门被一肩膀撞开，满头大汗的导演张牙舞爪，刘敏刺啦扯下一条透明胶带反手递给我，快开场了，背上的别针还没别完。
我们急三火四地往上场口跑，舞台口处她忽然转身，一把揪住我的耳朵使劲拧，她厉声道：不管你有多少个平行世界，都要先把眼前的世界打理好，在哪个世界就尽好哪个世界的本分，懂吗！

我疼，我说懂懂懂你你你撒手……
她逼我，懂了什么了？说！
我说我什么都懂，她眼睛一瞪手上力道加码，一边拧一边说：你个熊孩子给我记清楚了——抱起吉他你就只是个歌手，回了酒吧就最好只卖酒，拿着麦克风时你除了主持人的身份别什么都不能是，懂不懂？绝对不能搞混的……

上场门唰的一声开了，兴高采烈的观众们一秒钟安静，大眼瞪小眼地看着我和她站在追光中。

我的耳朵还捏在她手里……

那个片段想起来就忍不住笑，笑完了会发呆，也只有在发呆时，昨日种种方会重现眼前。

除了我妈和我小学班主任，你是唯一一个拧过我耳朵的人。

谢谢你懂我。

姐姐，谢谢你当年凶巴巴的叮咛。

（五）

她当然是姐姐，她比我年长两岁，她爱操心。

我那时有个习惯，一旦切换了世界，就只花身处的那个世界挣来的钱。

每个平行世界都要经济独立，不然很容易从平衡变成寄生，故而从主持人的世界切换去流浪歌手的那个世界时，除了一张单程票，绝不动用当主持人挣来的钱。

她从没笑话过我这个矫情的习惯，只是坚持用她自己的方式帮我省钱。那个时期摄影棚从济南搬到了北京，很多次从北京出发时，都是她送我。她那时刚攒钱买了辆小破车，比鞋盒子大不了多少，那辆车一度是我去机场、去车站的专车。

推辞不了的，我怕被揪耳朵，她拧耳朵的技术太娴熟了，左旋右转的，开门拧锁一样。

她那时住高碑店，天蒙蒙亮出发，穿越半个北京城开到白云观，接上我后，先找家早餐铺子，逼我吃下一斤油条一锅炒肝，然后顶着初升的太阳开上环路杀向机场。

头天晚上的录像往往是场鏖战，不困是不可能的。我迷迷瞪瞪打着饱嗝，她却精神百倍地哼着歌，有时候哼：送战友，踏征程，默默无语两眼泪，耳边响起驼铃声……

有时哼：啊朋友再见，啊朋友再见，啊朋友再见吧再见吧再见吧……

边哼边打哈欠，她精神百倍地打哈欠，我死去活来地打饱嗝。

收费站前我掏钱包，她一脸平静地夺过来，甩手扔到后座。我说：我×，10块钱而已啊，矫情什么？她说：是啊，你跟我还矫情什么？

机场出发大厅门前，她嘎吱一脚刹车，把准备好的零食塞进我怀里，又拍拍我的肩膀说：走吧小伙子。进门前我回头，她摇下车窗喊：替我好好玩儿哈！

素面朝天的一张脸，清清楚楚两个大黑眼圈，怕误了我的行程，她昨晚回家卸完妆后，应该又是一夜没睡。有过多少次送行？不记得了。只知道每次我滚蛋了以后，她都会把车开出机场高速，找个树荫角落补个觉，她毕竟不是铁打的。

我是独生子，我常想，如果我有个姐姐，应该也会如此待我吧。

她是当惯了姐姐的人，自立得早，懂事也早，辛苦挣来的钱，给爸妈买房，又给弟弟买了房。她那时常拽我逛街，逼我当衣服架子，说她弟弟的身材和我是一样的。她给弟弟买起东西来眼睛都不眨，自己却一天到晚穿着运动服，还是杂牌子。别的女主持人开奔驰宝马时，她依旧开那辆鞋盒子一样的小破车，那车的操纵性堪比手扶拖拉机，但她车技不错，停车只需要 10 分钟，方向盘只需要打 20 把。

我们最长在那辆车里待过6个小时，从下午到晚上，沉默不语。

车绕着三环路一圈又一圈，她那时刚失恋。

失恋她也不哭，也没怨念，只是把音响声放得巨大，若有若无地跟着哼，手握着方向盘，指尖轻轻打着拍子。

她是实打实的美女，又是有名气的卫视主持人，当时还拍了赫赫有名的《武林外传》。按她的条件，只要点点头，找个身家亿万的男朋友完全不是问题，她却给自己挑了个普普通通的工薪阶层，年龄也偏大，理由不过是这人踏实朴实，肯好好一起过日子。

她说她就够闹的了，应该找个稳一点儿的人才能搭配合理。

愿景和现实往往背道而驰，她遇人不淑，貌似最踏实的人原来却最不老实。分就分了，难过却难自已，一般女孩子受了委屈可以找家人哭诉，她却没机会当一般女孩子。她向来扮演的角色是照顾者，冷不丁地需要当一下倾诉者，却很难找到合适的倾听者。糟心的事不可能跟家人提及，她向来只报喜，从不肯让家人担心。

人难过的时候，还是应该哭一哭的，眼泪是身体承受不了的那部分情绪，流出来了，也就不淤塞了。

可我那时太年轻，还不会劝人，只在副驾驶上干坐，傻得像个萝卜。

如果能想个办法让她哭出来该多好，我怕她憋坏了，整个下午都在动脑子，可不知怎的，越着急越啥主意也想不出来，一脑袋糨子……

开始堵车了，红红黄黄的尾灯一望无际。她摇下车窗，嘈杂的黄昏一拥而入，车厢里瞬间塞满了盛夏的北京，音响还在唱着，她的指尖微微点着，轻轻打着拍子。

晚上 8 点时，车停在了燕莎中心，也好，逛逛商场可以散散心。我陪她一家店一家店地逛，终于在一家昂贵的专卖店里停下，她挑衣服，比在我身上试，应该又是要买给弟弟。

开票的时候她对服务员说：两件，分两个袋子装。

我说：哎，你别乱花钱，我现在又不缺衣服穿。

她揪住我的耳朵扯了扯，她说：可我现在缺个弟弟。

我咳嗽了半天，问：那那那你现在感觉好点儿了没？

她笑，哪儿有那么快就能好了呀？她说：没事，过几年就好了……

她说：走吧，再陪我开一会儿车去。

她说你看，我会单腿蹦着走，我从小就特别会跳皮筋儿，我弟弟也特别会跳皮筋儿。

我喊：你别蹦得那么快，你等等我……

那段感情她之后绝口不提，10 年过去了，应该好了吧。

那件衣服我一直穿到今天，每年夏秋都会穿。

有一年我路过武汉，她弟弟请我吃蟹脚热干面，酒酣时兄弟俩脱掉外套，一模一样的两件黑色 CK（Calvin Klein，时装品牌）T 恤。

她弟弟问我：我姐那时失恋过？怎么从没听她提起过？

（六）

她 14 岁入伍，列兵，文艺兵。

当时人家选上她的原因就两条：一是人水灵嗓子也水灵；二是脾气好，爱笑。

野战军苦，战士演出队里的文艺兵也讲究自力更生，她那个时候除了排练节目，还被安排种菜地，种萝卜种豆角种西红柿，自己播种，自己施肥，自己淘粪。

严格意义上来讲是偷粪。

演出队姑娘多，排泄物的产量却小，她经常一个人拖着粪车去别的连队偷。逮住她的战士们哭笑不得，打又打不得，骂又不舍得。她求人家说：给我吧给我吧，你们人那么多，使劲多拉拉就有了……

临走前她谢人家，说：你看，我会做斗眼儿，可好玩儿了呢。

她说，你们加油啊！我下周还会再来的！

拉回来的粪需要沤，需要倒热水和开，那味道太鲜，她练就了一身的憋气好本领——飞速说完半张稿子不带换气的——都是被粪堆给逼出来的。

粪足了，菜就长得好，大西红柿、大豆角子、大萝卜，但所有吃上她种的菜的女兵都恨她，一边吃一边骂，骂她太出头太冒尖，把别人都给比没了。

她那时一专多能，菜种得好，歌唱得也好，还会主持，舞跳得尤其好。她跟着电视练动作，第一年就当上了领舞，四五年的老兵们恨不得伸腿绊死她。

她入伍第一年立了三等功，全军会演时得的，奖一拿完领导就来谈话了。你不能什么都干啊，还让不让别人上台了？不要光顾着自己一个人出彩，要考虑团结。

她傻呵呵地笑，说好吧，我以后光报幕也行，去小品里演配角也行。

委屈忍到半夜，终于忍不住了，她哭着跑去连部，想给家里打个电话，可那时流行的还是老式拨盘电话，严严实实地被木头盒子锁着。盒子抠不开，指甲劈了两个，那个电话没打成，她之后也没打过。此后受了任何委屈，她一个电话也没给家里打过。

有些人天生是为舞台而生的，她演的小品没人看主角，全都盯着她这个配角，她报幕的晚会，掌声最多的是报幕环节。她人漂亮，话说得也好玩儿，台上一站就讨喜，下部队慰问演出时，成千上万的战士鼓掌起哄，不让她下台，齐声喊：回来！回来！不许走！不许走！
她踩着大车帆布的地毯，笑意盈盈地走回床板搭成的舞台，一张嘴，全场瞬间安静。所有人都死盯着她看，眼神热辣，抻长脖子。没人知道刚刚在台下，一个独唱演员推了她一跤，找碴儿是因为嫉妒，人心患不平，总把自己的平庸当成别人的错。

这种嫉妒尾随了她很多年，那一茬的演出队，她是唯一一个战士直接提干的。后来她凭借业务能力考上了解放军艺术学院，头半个月就得罪了全班女生，人人都恼她蹿得快，一进校就当上了军艺大小晚会的主持，几乎是包揽。
再后来，她没靠任何人，自己考进了空政歌舞团，在人民大会堂当过主持人，例如"中央军委慰问驻京部队老干部文艺演出"，据说那是中国人民解放军最高级别的演出，中央军委的领导们都坐在下面。这种场面难免让人紧张得腿肚子转，她却稳稳地挑着大梁，博得的掌声一点儿不比那些老艺术家少。

我们刚搭档的那一年，大年三十晚上我看春节联欢晚会，看过她演的小品，名叫《圆梦》。我那时并不知道她的奋斗履历，并不知道她曾经是个拖着粪车去偷粪的小女兵。

我最初很奇怪，这么要强的女孩子，为什么偏偏和我搭档时从来不抢话？后来很快就释然，她对舞台的理解远胜大多数艺人，卖命打拼并非为了证明自己的价值，只是为了做好自己能做的事情。在她的认知中，工作的整体完成度永远高于个体的出彩度……有这样心态的人，又怎会屑于去争?

我们有时私下也聊聊主持业务，她常说：既然吃这碗舞台饭，就要对得起这个饭碗，你对得起它，它就对得起你。
我深以为然，我说：我很高兴能和你一个碗里吃饭。

她黑着脸，她说她今天特别不想和我一个碗里吃饭。
她说，不是平行世界多元生活吗？不是每个世界都独立而平衡，彼此不影响吗？那你搞成这样算怎么回事，对得起你主持人这份工作吗？
我那时在西南边陲出了点儿意外，左手拇指残在滇藏线上。当时遇到山上滚石头，疾跑找掩体时一脚踩空，骨碌碌滚下山崖，幸亏小鸡鸡卡在石头缝里，才没滚进金沙江。浑身摔得淤青，但人无大碍，就是左手被石头豁开几寸长的口子，手筋被豁断了，石膏一直打到胳膊肘子。
我讪讪地让她在石膏上签名留念，她口红一挥就两个字：活该!

整整半年的时间，每次录像时见到她，我都挺无地自容的。是哦，打着石膏上台的主持人……也太不专业了。
那时我有个叫杂草敏的妹妹害苦了我，杂草敏搞来几条彩色长筒袜套在我石膏胳膊上，帮我掩耳盗铃，可舞台上灯光足、温度高，每次录像中一抬胳膊，汗水涔涔淌，又湿又痒，烦得人抓狂。
塞纱布太捂，塞棉花粘绒，塞手纸也不管用，一会儿就湿成了糨糊。

还是刘敏有办法，她亲手特制了一批布片，神神秘秘地藏在包里，每次录像前亲自帮我塞妥帖，每次录像后亲自帮我揪出来。还别说，还真管用，吸水能力一级棒，只是她每回塞进去和取出来的速度都特别快，我一直没研究清楚那到底是什么神奇的物件。

问她她也不说，手藏在背后打哈哈。再问，她就瞪眼。再问，她就伸手揪住我的耳朵使劲拧，一边左旋右转一边训我：瞎问什么瞎问什么！你个破孩子……

我那时实在太年轻，纯洁到不认识卫生护垫。

（七）

因为她，我和人打过架。

架是在济南朝山街街口打的。

济南府风行扎啤烤串文化，天越热越兴隆，闷热的夏夜，马路牙子上烟熏火燎，三步一岗，满世界光着膀子端着缸子的彪形大汉，一人一个小马扎。酒是话媒人，咕嘟咕嘟一扎啤酒下肚，嘴就管不住了，指点江山激昂八卦，个顶个的时事评论家。

说来也好笑，不知从何时起，管住自己的嘴，已是中华民族难见的美德了……

我耐着性子吃我的烤鱿鱼，背后是个高谈阔论的胖子。鱿鱼我没吃完，掼到了胖子脸上，顺带捣松了几颗牙。这顿打他挨得活该，嘴太贱了他，把屏幕里的各种明星各种猥琐意淫，说完了电影明星说 CCTV 女主播，最后提到了《阳光快车道》，编派起了刘敏。原话不复述了，反正程度之恶劣，把牙给他挨个掰下来都是轻的。

对方四五个人，一开始是蒙的，后来踹翻了桌子集体蹦起来，手中的酒瓶子哐当一声破开，绿澄澄的玻璃碴儿。

欸，吓唬谁呢，真会打架的谁手里还拎个放血的家伙？

我笑，我说都是山东老爷们儿，有种别一呼隆（山东方言，一起）上，一个一个来吧。

但他们半晌没动，先是伸胳膊撂腿凶神恶煞般，后是骂骂咧咧，再然后居然别开目光不尴不尬地坐下了。

我当然没那么强的威慑力，我顺着他们偷瞄的方向扭过头去，不知何时十来个彪形大汉默默站到了我身后，个个脱掉了上衣，个个抱着肩膀露着胸肌。领头的大汉轻声对我说：大冰哥哥，你说怎么打咱就怎么打。

他胸毛比我胡子都长，我受不起这声哥哥，我问：您是哪路好汉？你们这帮人怎么咪咪都这么大？咱又不认识，干吗要帮我出头呢？

他说他们不算是帮我出头，只不过听到有人侮辱他们的女神，不能忍也不想忍而已。

他们都是原济南军区某军的退伍老兵，每个人都不止一次看过刘敏主持的慰问演出，人人都爱她。他们呵呵地笑，居然敢侮辱女神，揍你没商量……动啥手哦，挨揍的胖子们早就跑了，听到他们报出番号时就跑了，也算识相，那支部队俗称铁军，出了名地不好惹。

我和那帮退伍兵挨个干了一杯啤酒，临走前他们提要求：握握手吧。

多大点儿事，握！挨个握！

但握他们又不好好握，个个捧着我的手反复揉搓，搓得我鸡皮疙瘩噼里啪啦的，定睛看去，一个个脸蛋都红扑扑的……

他们互相低声说话：这可是经常和刘敏姐姐握手的手啊……是啊，每期节目都看他俩手牵着手上场，真想给他把手剁下来……

我犹豫了半天，忍住了没告诉他们刘敏还经常揪我的耳朵。

（八）

她为我掉过眼泪。

那是《阳光快车道》最鼎盛的时期，经常3天录6期节目，播出时长近70分钟的节目，录制片比是一比十……这些是行话，不需要懂，我想表达的意思不过是：当时的工作强度之大，后来的综艺节目是完全无法比拟的。

现在的综艺节目动不动一期几百万元乃至上千万元，而那时我们的经费是一期10万元。

当时租用的是北京中华世纪坛地下摄影棚，场租费贵，电费更贵，栏目组经费捉襟见肘，故而节目一开场就不喊卡（停），嘉宾、导演、摄像一拨又一拨地车轮转，谁累了谁去休息吃饭换别人顶班，唯独剩主持人站在台上浴血鏖战。

在电视这个行业里，任谁都可以叫苦叫累，唯独主持人不能。

道理至简，几十个人的幕后团队劳心劳力把你捧上台，帮你建筑起名望并兑现了利益，那你就势必要承担与利益同等甚至比那还要沉重的压力，所以不能抱怨，也没人搭理你的抱怨。

其实也不需要抱怨，毕竟不是孤军奋战，起码还有她站在我身边。有她在，我不敢懈怠，怕她又说我不专业。

我俩那时最期待宣传期的歌手上通告，因为他们需要唱歌啊，他们唱歌时我们自然能歇一歇。如果他们两三首歌连在一起唱，我的天，我俩几乎可以见缝插针补个觉。那时各大卫视均未集团化改制，各工种一视同仁，不流行给主持人准备休息椅。我俩趁着唱歌的时间躲到舞台的一角，地上一坐，秒睡，秒醒，很少能有幸睡够 10 分钟。

那个角落摄影机拍不到，约莫 2 平方米大小，刚刚够我俩背靠背睡着，Kappa（服装品牌）一样。

静脉曲张的病根是那个时期留下的，我也有，她也有，都是舞台上站出来的。其实台上最累的不是腿，而是嘴。十来个小时嘚啵下来，脑子缺氧，口轮匝肌僵硬，嘴很容易瓢，我嘴一瓢就大舌头，张杰念成张碟，张信哲念成张定德……

发生事故的那一天，我又大舌头了。

具体说了什么忘记了，反正肯定是说错了，不然刘敏怎么会用那么奇怪的眼神看着我。好了好了，我知道我说错了，我冲她笑笑……好奇怪，怎么身旁的一切都开始慢动作？所有的声音都开始慢慢扭曲变形，四周的一切都慢成了一帧一帧的，脑子里忽然安静得像真空一样。我脑子不够用了，×，时间静止了吗？

她在喊我的名字吗？怎么看不清她了？

眼睛周围罩上了一个黑圈，日食一样慢慢向中间合拢，我想眨眼，可眼皮在哪儿呢？心里有点儿慌，想喊，可声带在哪儿也找不到了。这种感觉恐怖得好像梦魇，更恐怖的是眼前模模糊糊的画面是舞台的地板，地板越来越近越来越近，我正在往地板上栽？我为什么会往地板上栽？

身体忽然恢复了感觉，有只瘦弱的胳膊半空中拦腰扶住了我，是她吗？我太重了，压得她一个趔趄。我想和她客气客气道声谢，可嘴刚张开，哇的一声，喷出血来。

那年我25岁，接连主持了14个小时的节目后，栽在了《阳光快车道》的舞台上。第一次吐血没什么经验，喷红了刘敏的半条裙子，那是她很喜欢的一条裙子。我太不好意思了，我想帮她擦擦，却怎么也抬不起手来……

很多年过去了，那一幕始终清晰如昨夜。
我的脑袋被抱住了，她抱着我的脑袋跪在地上，滚烫滚烫的眼泪黏了我一脸，害羞死我了。我想熊（方言，凶）她，傻吗你，哭什么哭啊，这么多人看着呢……但我找不到力气，说不出来。
众人拥上来抬我去医院，两三个人使劲掰，半天也没掰开她的胳膊。她哭迷糊了，死死抱紧我的脑袋不撒手，好像我要害中弹命不久矣即将离开这个世界。勒死我了，气都快喘不上来了，我想让她胳膊别那么使劲，但我嗓子使不上劲说不出来……

后来发生的事情不记得了，脸上一凉，她的体温越来越远，我平躺进一种混混沌沌的黑暗中，除了空旷只有遥远。

这辈子睡得最美的一觉，是在北京的解放军总医院。
醒来时，隔壁床的病友和我怒目相对，我说你瞅啥？他说瞅你咋的，你个狗日的！

他说他如果不是疝气发作动弹不得，早爬过来把我掐死了。

他说你不是人，昨天晚上你呼噜打得好像开了一辆坦克。

我瞪眼，我说：我又不是故意的，嫌我呼噜大，你昨天晚上干吗不喊醒我！你有疝气你不能下地，可你床头不是有个搪瓷缸子吗！你昨天晚上拿那个缸子扔过来不就得了！

他眼睛瞪得比我还大：你以为我不想扔你吗！可有个穿血裙子的小娘儿们说，如果我敢拿缸子扔你，她就敢把我从病房扔出去……

我说，什么小娘儿们不小娘儿们的，那是我姐姐！

他说，我的天，你姐姐可真凶……

他指指另外一张空着的病床：你姐姐昨晚在那张床上睡了一会儿，你是坦克，她是东风卡车……你们全家人都这么能打呼噜吗？是家族遗传吗？

我没来得及回答他，他嗖地用被子把脑袋裹起来了。因为门忽然开了，闯进来一个很凶很能打呼噜的小姐姐。

我还没来得及和那个一见如故的病友告别，就被那个小姐姐带走了。

医生给出了诊断，查不出具体病因，无大碍，应该是属于应激性呕血，也就是累的，睡好吃好就行了。医生说赶紧出院回家睡去吧，别在医院病房里发动坦克了。

小姐姐带我去吃饭，她点了牛肉，然后是牛肉，接着是牛肉。她说牛肉补元气，赶紧甩开腮帮子往里塞吧，你这个可怜的小孩……

我边吃边随口问：你昨天哭得那么惨，是因为有些心疼我吗？

一句话出口，两个人都被酸到了。

我酸得扔了筷子挠桌子，她也挠，一边挠桌子一边艰难地回答我：你你你想多了，我其实哭的是……节目录不完，工作被耽误！

她说你赶紧吃你的饭吧，吃完饭还要回现场接着录像呢……

她说，也不用吃得那么快，慢慢嚼慢慢咽，别噎着……

到底是应该快还是应该慢啊？烦死我了，盘子端起来，牛肉一半拨入自己的碗里，一半拨进她的碗里。好了开动吧，要快咱们一起快，要慢咱们一起慢。

隔壁桌的食客一定很奇怪，这俩人时而细嚼慢咽，时而狼吞虎咽，是在吃饭还是较劲？

两个人都面色憔悴，顶着满脸油乎乎的隔夜残妆，一副刚吸完毒的模样。穿的也都是钉满亮片的恶俗舞台装，上面染着几摊诡异的血渍，隐隐散发着神秘的邪恶之光……

我们吃饭的地方隶属于北京朝阳区，那个地方的群众太牛，目光太犀利……所以我们赶在他们拨打举报电话之前就清空了盘子匆匆离去。

途中她忽然问我：昨天的事，委屈不？

我说：好像隐隐约约有一点儿……我×，你不说我还不委屈，你一说，我这会儿特委屈！

她说：委屈就对了！受得了委屈才干得成事业，哪天你学会了消化委屈，哪天你就真正长大了。

郁闷！她也没比我大几岁啊，却老爱把我当小孩。说吧说吧我听着就是了，顶嘴肯定又被揪耳朵。

可没顶嘴也被揪了耳朵！

她冰雪聪明，我心里想什么她是知道的。她轻轻揪着我的耳朵，轻轻地说：哪儿有不受委屈的工作？咱们运气好，能得到这份工作，多少人在等着盼着替咱们去受这个委屈呢……

她认真地说：听我的，不管心里委不委屈，一会儿都不要带着情绪去工作，好吗？

我说嗯，我听你的。

…………

几年后我又吐过两次血，依旧是在舞台上。

吐得心甘情愿，山东台给了我一份工作一份收入，让我当了首席主持人，给了我温饱体面，使我在多元人生中得以平行那个主持人的世界。

心里是感恩的，没再委屈过。

刘敏常说，只要你对得起舞台，舞台就会对得起你。

我喜欢这句话，年龄越长越发现这句话适用于每一种工作，每一方舞台，乃至于任何一个平行世界。

后来我在很多个世界里很多次倒下，有时累倒，有时摔倒，有时被骂倒，有时被绊倒……

每次倒下时心里都还算坦然，笑骂由人，你围观你的，我只当是忙里偷闲，拥抱舞台。

成长带来坦然，不然凄惶给谁看？

其实除了坦然也没有什么别的选项了。

身旁没人再为我掉下眼泪，没人跪在地上，抱紧我的脑袋。

（九）

你是否也有过那种错觉：

牵手的人不会松手，同路的人不会分开，缓缓流淌的岁月永不会改道，昨天和今天所拥有的，总会顺理成章地延续到明天，乃至永远。

世间最大的错觉，无外乎自以为是的永远。

世上大部分永远，大都是一厢情愿的错觉。

万事万物走的都是抛物线，并没有恒久的低谷或顶点，转折点出现时，我和她已搭档了很多年。

那时中国的综艺节目进入第一次洗牌期，收视率为王的时代到来，央视索福瑞（中国规模最大、最具权威的收视率调查专业公司）取代了 AC 尼尔森（AC Nielsen，领导全球的市场研究公司），不仅收视率采样指标骤变，很多事情也慢慢开始改变——

为收视率故，电视从业者的工作压力焦点一股脑儿地变成了对新节目形态的抢滩。彼时尚不流行购买国外节目模式，各大卫视扑通扑通跳下水，有石头没石头都在摸着过河，大家揣着对收视率的片面曲解，不做受众分析也不做市场预判，开始一窝蜂地拼命改版。

不是反对变革，而是反对盲从。

当时大部分电视人以为的变革的春天，实则是倒春寒。

若干年后，反思那些轰轰烈烈的大折腾，大多是做无用功，若干有望再活 10 年的节目，并没能像《快乐大本营》那么聪明地坚持，而是含恨倒在了胡乱改版的阵地前沿，自宫而亡。

遗憾的是，大部分节目无法区分短视与远见，《阳光快车道》也未能例外。

．．．．．．．．．．．

那是我们改版后的一次常规录像，普通到完全回忆不起录了什么莫名其妙的新版块。

夜里收工后，我们溜达到玉渊潭南路，那天北京限号，我送她去打车。累，不想说话，我们懒懒地站在路旁，脚下的落叶咯吱咯吱，半空中不停地有叶子飘下。

一辆空车停下来，她手抓住车门停在那儿，一动不动。

我伸手拍拍她的肩膀，累傻了吗你？赶紧上车走啊。

她转身，看我一眼，又移开目光。头再转过来时，双臂也轻轻展开在我面前，平静的目光注视着我，她轻声说：过来……

我又惊讶又好笑，上前接住那个拥抱：干吗，好好的抱我干吗？你什么时候学得这么矫情了？

她不说话，手轻轻拍在我背上，一下又一下，身体也轻轻地左右摇晃着，好像个哄孩子睡觉的年轻妈妈。我笑，拜托，别老把我当小朋友好吗？我眼瞅快30岁的人了。

她笑笑松开我，说：好了好了，走了走了。

她摇下车窗，笑着气我，说：你个小破孩啊……

她喊：快看快看，哈哈，斗眼儿！

车都开出快50米了，我哪儿看得见啊我……

没有道别也没有惜别，我并不知道那是离别。

所有人都知道她要离开，唯独瞒了我一个。他们后来告诉我，刘敏挨个叮嘱过不让告诉我，怕影响了那天的录像工作。

那次录像是她最后一次主持《阳光快车道》。

343

7 年的客座主持人生涯后，刘敏被停用了，节目改版需要。

（十）

我后来有过许多新的女搭档。

我不止一次地在台上喊错过她们的名字，把她们喊成"刘敏"，柳岩和方玲被我喊错的次数最多。柳岩大度，笑笑就过去了。方玲鬼机灵，爱开开我的玩笑，她眯着眼睛揶揄我：哥，别想"前妻"了行吧？你正眼看看我这个现任好吗？

主持人讲究场上如夫妻，方玲后来也成了"前妻"。

几年后《阳光快车道》停播，最后一期节目是我俩一起录的。

说最后的谢幕词时，台下所有人都在掉泪，许多曾经的导演、摄像、剪辑师赶了回来，捂着脸，默默地站着。

这条阳光快车道走到了尽头，这场青春也结束了，诸君珍重，各奔前程吧。

我代表栏目组感谢了大家，看着他们的脸，一个个地念出名字，念完后我恍惚了一会儿，是方玲帮我补上的最后一个名字。她说：谢谢永远的刘敏姐姐。

方玲后来去了光线传媒，有次一起主持《音乐风云榜年度盛典》时，她问我：哥，当年在你心里，刘敏的位置到底是什么样的？我给了她一个很拗口的回答：当年在我心里刘敏的位置和我在刘敏心里的位置一样。

方玲笑：好深情，你确定吗？

当然确定。

当年台里改版，需要尝试加入新面孔，暂停部分老主持人的工作，《阳光快车道》二选一，需完成一个停用名额。

预先获悉消息的刘敏主动找到台里说：要停就停我吧，反正我是客座主持。

别人告诉她，一旦停用，很可能就不再起用。

她说好，能不停大冰就行，我直接走人就是了。

别人问为什么，她说因为她是姐姐。

没有告别，她只要走了一个拥抱，平静的目光注视着我，双臂轻轻展开在我面前，她轻声说：过来……

（十一）

很长一段时间联系不上她，打电话她是不接的。

明白，她希望我能自己想通，她也不知道该怎么劝我。

明白的，她的离开是为了成全我的平行世界，她希望在主持人的这个世界里，我能保住工作。好，你是姐姐，我听你的我照做，我不冲动我配合，我不带着情绪上台，我好好工作。

…………

我愈发玩儿命地去工作，可没了刘敏的大冰，再当主持人又有什么意思呢？

有时真希望从未相遇相识，从来没有搭档过。真希望初次见面时，她掰开的那一半玉米，我没有伸手去接。

刘敏的离开改变了我的主持风格，不知不觉中变的。有一遭去河北台客串晚会，中场休息时，河北台的诚诚和方琼问：大冰不是向来挺能闹腾的吗，怎么现在开始走沉静风了？

戴军也在，他问：是准备转型主持访谈节目吗？

我敷衍他们道：哪儿能老当小孩啊，长大了呗……

安徽台的周群也在，她看了我半天，拽住我问：弟弟，失恋了？

我笑笑：差不多，又好像比失恋严重点儿。

周群拍拍我，她说她也曾换过好几个搭档，慢慢习惯了就好了。

能习惯吗？我努力试着去习惯，一年两年三年四年五年……节目翻书一样地改版，栏目走马灯一般地更换，两个主持人变成三个，再变成五个，搭档越多时我越孤单，这种若有所失的茫然直到主持《惊喜！惊喜》时才渐渐消散。

《惊喜！惊喜》我没有搭档，一人站在舞台上。

《惊喜！惊喜》是一档能实现一个主持人所有抱负和理想的节目，我为曾主持过那样一档节目而骄傲，它是上天赐予我的礼物，让我的主持人职业生涯不留遗憾。

但录像的间隙，我还是不习惯坐休息椅，还是习惯独自坐到阴影处的舞台边。身后空空荡荡的，没人和我背靠背，只有几盏小彩灯在闪啊闪。

那么好的一档节目，可惜刘敏没能赶上，没能拿起话筒和我肩并肩。像是一个捧着生日蛋糕的孩子，想找人分着吃了，却再也找不到他要好的小伙伴。

无法分享的舞台还有很多，还有一次是在北京展览馆。

《民谣在路上·大冰和他的朋友们》首场演唱会。

那是一场众筹演出，创造了那一年的音乐类众筹奇迹——48小时筹足经费，72小时原定数额爆表，最终募集的经费将近120万。人们从天南海北赶来，听一群完全没有任何名气的歌手给他们唱歌。台下3500个观众掌声雷动，台上是我那群流浪歌手弟兄，全都来自我当歌手的那个平行世界。

那天我是我歌手兄弟们的报幕员，追光踩在脚下，我拎着沉甸甸的麦克风来到舞台中间。

我说谢谢你们来，我说谢谢你们给的机会，很多年后，一群曾经的街头流浪歌手会记得，普普通通的一生中，他们曾站上过千人大舞台。

我说我手也残疾嗓子也烂，这辈子也不可能是个好的歌手，既然当不了好的歌手，那就当块我兄弟们的上马石好了……跟情怀无关，什么狗屁情怀，我只是想完整了我的这个平行世界，在这个世界里我实现不了的音乐理想，让我的兄弟们替我去实现。

我说这是一场接力赛，我和我的兄弟们跑第一棒，咱们试试看，看看能不能跑赢所谓的出身和命运，看看能不能跑赢这个所谓的机遇匮乏的时代，自己给自己跑出一个世界。

…………

演出很成功，散场时一大半的人不舍得走，他们鼓掌，不停地喊加油。

追光灯依旧亮得晃眼，白茫茫的一片，有十来秒钟的时间我失语了，蓦然想起若干年前的那个瞬间，同样的追光同样地耀眼，同样的掌声响起来，有一只白皙的手狠狠掐着我耳朵，有一句叮嘱刚刚说完。

……在哪个世界就尽好哪个世界的本分，懂吗！

懂啊懂啊，你轻点儿……

你来了吗？坐在哪一排？

你看，你的叮嘱我并没敷衍。

（十二）

刘敏过得好吗？

她后来再没当主持人，离开山东卫视后她沉寂了 3 年，改了行，去尝试当了职业演员。

主持人和演员虽都是艺人，却隔行如隔山，望山跑死马，很少有主持人转型演员成功的先例。
可她本就是个破例的人。过往的资历归零，客串过《武林外传》和演过春晚小品的经历她也归零，她把自己放低到一个新人的位置，和那些刚刚北漂的演员一样跑剧组、投简历，默默忍受那些小导演的气。
那时候她听到最多的一句话是：简历放下，回家等通知吧。

鄙视和轻视比比皆是，新环境新游戏规则，她一样一样从头学起。
有些戏的酬劳少得惊人，她说接就接了，完全没有脾气。有些发生在片场的责难其实是刁难，她乐呵呵地照单全收。
有些剧组外景地设在北京，见她也住北京，干脆不给她安排住宿，甚至不给她安排停车位。她每天清晨赶最早的地铁去片场，自己画好基本妆，自己拖着那只硕大的衣箱。
早班地铁挤满了上班的人，座位紧张，她不善争，像个农民工一样蹲坐在地上……有观众认出了她，拍下了照片在网络上传给我，我问，为什么不给她让个座?!
那位观众说让了，她谢了半天，但怎么也不肯坐……她说如果一大清早就安逸了，接下来一整天的斗志也就全没了。

人一旦尝过掌声的滋味，很难再心平，她却轻易地打破了这一规律，让自己重返那些倔强打拼的少年岁月——那时候她还是个刚入伍的小女兵，拖着满满一车偷来的粪，顶着满世界的白眼，自顾自地哼着歌……
我想我是懂她的，自始至终支撑着她的价值观不过一句话：我从没想过做到让全世界都认可我，我所做的一切都是为了让我自己喜欢我。

她一直跑龙套，直到 2010 年才有了个演女二号的机会。

那部电视剧叫《厂花》，马苏是女一，取景地是青岛。剧组工作人员里有我发小，发小告诉我，全剧组没有不喜欢她的人。马苏对她的评价是：你不是抢的人，你是真正懂得让的人。

《厂花》之后，她演了一系列电视剧，有《漂亮主妇》《我家的春秋冬夏》《飞哥大英雄》，她演的每部剧我都追，一开始只是单纯地看看她，但往往两集看完就被她塑造的人物给带走了。她接的大都是情节片，最擅长塑造人物，饰演的每个人物，内心层次都被塑造得无比丰富。

她在《生活启示录》里演过一个小三，演得太真了，犯了众怒。每天有几千个"大奶"跑到微博里黑她，把她当剧中小三吊打，有的说要抄她的家，有的说要给她收尸……当演员当到这个份儿上也是没谁了，但这不算完，她被黑完了以后，立马又被狂追狂捧。

《红色》播出，一部戏洗白了满屏的黑粉，满屏的人拜柳爷，柳爷是她在《红色》里饰演的大上海当红舞女柳如丝。从后来的采访报道中知道，她那时为了配合剧组进度，三天学了四支舞，摄像机前一跳完，一帮工作人员当着导演的面跑过去要请她吃饭……她跳得太像了。

我当时追剧，忍不住蹦起来踹平板电脑，一边踹一边喊：刘敏！你居然是这种人！你你你怎么会这么风尘！……哎？不对，刘敏她不是舞女……

可她真的演得太到位。

男主角：你最爱什么？只能说一样。

柳爷：你要不爱我，我最爱钱，你要爱我，你就是我的命。

我又蹦起来踹 iPad，一边踹一边喊：刘敏！你居然是这种人！你你你居然是这种女人！……哎？不对，刘敏她不是这种女人……

看电视剧《老农民》时，我的 iPad 彻底坏了。

怪她！谁让她在剧中演了个那么惹人烦的马小转，灰头土脸一身补丁的一个乡村农妇，脸脏得啊，垃圾堆里刚拔出来的一样，嘴又碎，乡村小喇叭。刘敏你怎么变得这么嘴碎啊？我印象里的刘敏哪儿有这么邋遢这么难看这么讨厌……

她演的每部剧我都看，看了一年又一年，看着她从龙套跑起，跑成了一个声名鹊起的大青衣。某种意义上说，她可以算是她那个年龄段戏最出色的女演员。

她在演员这条道上越走越远、越来越好，我高兴，却也越来越难过。

好吧，她再做主持人的可能性越来越小。

大家再度主持搭档，越来越渺茫。

（十三）

我曾好多次路过高碑店，还有横店，遇到了很多人，但没能遇到我想要的重逢画面。

我曾有过两次候机楼里的狂奔，一次是武汉天河机场 T2 航站楼，一次是北京首都机场 T3。

延误广播里在喊她的名字，我管不住腿，往登机口跑，一次看见了但不是她，一次什么鬼也没看见，反误了自己的航班。

时间一年年过去，草一样的惶恐慢慢抽条，有过担心，担心时间无情第一，把族人疏离成路人，又将浓烈稀释成寡淡，复又别两清。

这种无奈感持续过一段时间，后来想想，却是我多虑了。

33岁时，我又多平行出来一个世界，在那个世界里我是个野生作家。

从第一本书开始，我的读者留言里就有许多演员，个中不乏知名演员。他们的留言大都有一个共同点，都说：有个朋友送了我你的书，非逼我看一看，我看完后……

不用猜我也知道那个朋友会是谁。

三年三本书，每本她都买来送人，给那么多人送了那么多书，一定花了她不少钱。

我能想象出她买书时的神情，送书时的神情。

会带着一丝骄傲吗？嗯，破孩子应该没给她丢脸。

…………

我们后来恢复了联系。

默契依旧，都没去提那场分别。

她说你好吗，我说我好呀，我说你好吗，她说当然了……

她喊我去探班，我喊她去大冰的小屋玩儿，我告诉她那是我作家身份之外的另一个平行世界。

那年年末，她的戏杀青，第一时间飞来找我玩儿。

我买了菜打了酒，洗了头洗了脸，我烤了一根大玉米揣在兜里，打算见面后掰开，分她一半。

一见面她就嚷嚷：你都蓄胡子了，唉，像个大人了，以后不能揪你耳朵了。

我把玉米递给她，我忘记了掰开。

她问：你傻笑什么？

我说：……我想和你使劲多说说话，又不知道该说什么。

她抹眼泪，边哭边笑：你个傻瓜……

她说：我也想和你使劲多说说话，但也是不知道该说些什么。

满桌子的菜凉透了，我们并肩坐着，一会儿哭一会儿笑，不知道该说些什么。就这么坐着就好，挺好的。

算了结尾吧，我这会儿心里不好受不写了。

（十四）

还是想念，抑制不住地想念。

想和你再度急三火四地跑出化妆间，穿过狭长的走廊，重新站上那方舞台。

手牵着手相视一笑，咱们再说一次开场白：

阳光快车道，欢迎你来到，我是刘敏，我是大冰。

……想想而已，我知此番场景今生再也无缘重现。

You and I have memories

Longer than the road that stretches out ahead

Two of us wearing raincoats

Standing so low

In the sun

——The Beatles "Two of Us"

（披头士乐队《我们俩》）

像歌里唱的那样：

你我的旧时光，如那漫漫长路，永不消亡
我们俩披着雨衣，屋檐下伫立，阳光在上

刘敏，你离开山东卫视已经很多年，走了走了我也走了，如果没有奇迹发生，这篇文章算是我的正式告别。

我在这儿等了你很多年。
其实很多年前就想离开，可总是对自己说再等等，说不定能等来奇迹，能等到你重新回来。
等啊等啊等啊等……
等啊等啊等啊等……
走了走了，等不下去了，再等就老了。

临行临别，并没留太多遗憾。
你明白的，我留恋的从不是旧日的辉煌、昔日的掌声、昨日的喝彩。
难以忘却的，只是若干年前的那方舞台——
在那方耀眼而荒凉的舞台上，我曾有过一个世界。
在那个世界里，我曾经有过一个相依为命的姐姐。

姐姐对我的好，我记着呢。
姐姐，你老是喊我破孩子，我却从未当面喊过你一声姐姐。

（十五）

你是看着《阳光快车道》长大的山东小孩吗？
你今年多少岁了？现在过得好不好？
这个故事也是写给你的。

星光不问赶路人，时光也不问，故事讲完了，一个时代也就结束了。
很荣幸，能陪着你一起走过那些旧时光。
很荣幸和你一起，给那段岁月画上句号。
读到这一段这一句的这一刻，和曾经的自己说声再见吧，发现了没，你终于长大了。

你们长大了，我们也该谢幕了。
就用这篇文章，最后送你们一程吧：

祝你永不孤独。
祝你过得好。
祝你阳光快车道。

2015 年秋
济南

◎二十年前

▶ ▷ 大冰的小屋・白亮《阿弥陀佛么么哒》

▶ ▷ 赵雷《背影》

▶ ▷ 赵雷《我们的时光》

去最冷的地方，写最暖的故事

（一）

这本书诞生在远方。

是一本故事集，亦是一碗江湖黄连汤。

这本书还是我这个不靠谱的爹刚刚生出来的靠谱的小女儿，好姑娘。

愿你如我一般偏心，疼她怜她，把她当宝。

希望她的到来，能让你重新去发现身旁那些擦肩而过的人、默默陪伴的人、终将告别的人。

同时，希望你知晓——这个世界上真的有人在过着你想要的生活。好吗好的。

另外，我希望你读完这本书后，把她远远地送掉，就送给此刻你心里想起的那个人吧。

提问和回答，好吗和好的，都在这本书里了。

你的心意，愿他能明了。

发现没，"好吗好的"这四个字，可以缀在任何一个祈使句后面，连起来读读看，大胆试，句句都是彩蛋。

（二）

其实这本书的由来很荒诞。
…………

2016 年 1 月 5 日，微醺，我发微博：
想去往一个远在天边的地方，喝点儿烧酒，写点儿文章。

2016 年 1 月 6 日，酒醒，我发微博：
我说我想去往一个远在天边的地方，喝点儿烧酒，写点儿文章……结果一堆人留言说，有本事你去南极写下一本书啊……哈，南极是吧，好吗好的。

好神奇，他们咋知道我曾有过一个冰天雪地南极梦呢？
谢谢提醒，谢谢帮我把年少时的幻想唤醒，去南极写书，当真是个好主意——20 岁时立下的目标，36 岁时去完成，晚了 16 年又如何，自己的人生，自然要自己去完整。到死之前我们都是需要长大的孩子，不停体验，拼命经历，一步一步地让自己变得完整……直到将来变成一个幼稚的老爷爷，那简直是太棒的一件事情了。

但留言里戏谑声一片，有人怒斥：南极？装什么×啊！有人笑骂：看把你能耐的，你咋不上天。有人打赌：这条微博你肯定会删。
也有懂我的读者留言：既然敢说，他肯定敢干，他就这样，他还不止这样……
更有爱我的读者深情留言：乖，摸摸头，记得带暖宫贴……别忘了穿秋裤。

…………

一个月后，微博没删，我也没上天，秋裤倒是穿了，还贴了暖宫贴。

那时我又发了几条微博：

一条是：隔着一整个地球，道声晚安。

另一条是：此处回首，全是北方。

再一条是：写文章写累了，凿一块万年寒冰下酒。

一条发自阿根廷，另外几条发自南极洲。

…………

办签证时千难万难，着急上火一嘴燎泡……那时心说，不行，一定要对得起20岁的自己。

第一座冰山漂入眼帘时，成群的企鹅跃出海面……那时我想，OK，对得起20岁的自己了。

在冰原上挖坑露营时，半夜被冻醒，鼻涕结了冰，怎么吸也吸不回去……那时琢磨，×，我简直太对得起20岁的自己了。

第一个跳进南冰洋里冬泳时，碎冰划伤脚掌，人冻傻了腿冻绿了小鸡鸡冻得缩没了……我他妈想掐死20岁的自己。

但当第一口冰酒入喉时，海鸥翩翩，日照金山。

我独自呆立在这坦荡无垠的天地间，鼻子噌地就酸了。

忽然想穿越回20岁，拍拍那个沮丧的年轻人的肩，酒瓶子递过去，和他一起喝点儿。

想借酒蒙脸对他说：撑住啊，撑不住的话，你梦想中的平行世界多元生活，不过是扯淡……

撑住，只要撑过这 10 年，你终究可以看到你想看到的世界，成为你想成为的人！

要撑就立体地撑，3D 地撑，多维度地撑，坦然地去撑。

被人用盒饭扣在脸上时别还手，当好你的小剧务，有一天你会月薪过千，想吃多少就吃多少。

被人嘲笑普通话不标准时别还嘴，拿稳你的麦克风，有一天你会成为首席主持人，赢来尊重。

被晒晕在盛夏午后的国道旁时别撂挑子，把化肥广告画完，有一天你会拥有自己的个人画展。

被人扔掉铺盖撵出门去时别自怨自艾，把欠条留好，有一天你会把房租还上，你还会给你爸妈买上别墅。

被人踹翻琴盒往脸上吐唾沫时别嫌丢脸，继续用你的方式去喜欢音乐，有一天你将和你的流浪歌手兄弟们站上掌声如雷的大舞台，自己给自己长脸。

一回又一回倒闭关门时别沮丧，继续选址开张，未来的某一天，你会拥有一间永恒的小屋，一方无与伦比的江湖道场。

…………

你将被欺辱、被辜负、被打压、被捧杀，你将会抑郁、会恸哭、会残疾、会跌倒。

但不久的将来，你还会拥有一群没有血缘关系的家人，一堆不是籍贯的家乡。

你会拥有阅历、方向和信仰，你会有听众、观众，甚至读者。

你所有遥不可及的梦想，都会奔跑成触手可及的理想。

…………

你要做的，不过是种因待果，不过是业里修身，不过是晴天雨天坦然面对。

不过是一句——好吗？好的！

看好你哦，千万别给我丢人！人只能年轻一回，别搞砸了！不然打哭你信不信？

…………

南极之旅发的最后一条微博是：

平行世界，多元生活，既可以朝九晚五，又能够浪迹天涯。

无量天尊哈利路亚阿弥陀佛么么哒好吗好的。

是一条微博，也是一次告别，是一场旅行，也是一场完成。

彼时 2016 年 3 月，"海王神"号破冰船停靠阿根廷乌斯怀亚港，我完成了 36 岁这年的南极之行，完成了 20 岁时诸多梦想中的一项，并给这本书的最后一篇文章画上句号。

这本写自南极的书，名为《好吗好的》。

（三）

我招。

《好吗好的》这个书名其实是我的口头禅。

我懒，书名用的都是口头禅。

善意是隔空伸出的一只手——《乖，摸摸头》；

善意是人性永恒的向阳面——《阿弥陀佛么么哒》；

善意是一种人生正确的打开方式——《好吗好的》。

我当然不是什么大善人，我×，甚至不算什么好人。

但越是自惭形秽的人越向往干净透明，越是身处无边暗夜，越是希冀流星和闪电。

故而落笔成书时，偏爱去记叙那些人性江湖的善意故事：

善己、善人、善心、善缘。

善意能消戾，善意能得缘，善意能带业往生，善意能回头是岸。

善意能够帮人捕捉并建立起独特的幸福感。

"好吗好的"是个善意的短语，可以是一种坦然的心态，也可以是一种随缘的状态，更可以是一句善意的自问自答，或自度度人。

当然，你也可以只把它当个口头禅。

不论你年方几何，我都希望这本书于你而言是一次寻找自我的孤独旅程，亦是一场发现同类的奇妙过程。

那些曾温暖过我的故事，希望亦能温暖你。

希望读完这本书的你，能善意地面对这个世界，乃至善意地直面自己。

愿你我可以带着最微薄的行李和最丰盛的自己在世间流浪——有梦为马，随处可栖。

想说的太多，不如不多说了，都在故事里了，各花入各眼，请君自采撷。

（四）

说几件文字之外的事。

《好吗好的》是《乖，摸摸头》和《阿弥陀佛么么哒》的继续，许多上两本书没来得及说明白的东西，都在这部里。

我写的是江湖故事，不是鸡汤励志，不是旅行文学。
从第一本书到第三本书，始终弘扬的是出世与入世的平衡，从不鼓励偏执的生活：
比如，一门心思地追求世俗意义上的成功，把朝九晚五当标准答案，乃至唯一答案。
比如，一门心思地玩儿放弃，盲目地辞职退学去流浪。

健全的人生理应是多元的人生、多项选择的人生——先认真体验，再负责地选择。
没有任何一种生活方式是天然带有原罪的。
但任何一种长期单一模式的生活，都是在对自己犯罪。
明知有多项选择的权利却不去主张，那更是错上加错。
一门心思地朝九晚五去上班，买了车买了房又如何？一门心思地辞职退学去流浪，从南极到了北极又如何？

人生哪里是非黑即白那么简单？
人的幸福确实不能仅从物质福利中获得满足，但良好的物质条件无疑为精神生活提供了良好条件，为什么要不屑于平衡好二者的关系呢？

如果真牛×的话，别只用一只眼睛看世界，也别动不动就玩儿放弃，大胆地去平衡好你的生活好吗好的。须知，面对生活二字时，你有权利做多项选择，更有义务去平衡好你的生活。

请容我再重复一次我的价值观（敲黑板）——

平行世界，多元生活，既可以朝九晚五，又能够浪迹天涯。

（五）

这本书完稿后，按照惯例，我背起行囊，从北到南挨个去探望书中的主人公们。

我去了乌鲁木齐，和马史杨奋醉倒在夜风里，念着诗，抱着电线杆。

我守在北京机场 T3，小米辣拖着登机箱匆匆跑来。叔叔叔叔，她喊，快带我去吃饭，我只有两个小时的时间。

远在台北的圣谚发来一组图片，好温柔漂亮的姑娘，是他未婚妻的照片。

远在帕劳的阿宏说：痛心！刚当完爸爸，又要开始当爷爷了？该怎么当啊，人家不会了啦！

我钻进铁成的房车里打盹儿，醒来时他在车下练拳，抬肘提膝虎虎生风，听说师承的是一个隐世高手。好吧，他又多出来一个世界。

小芸豆再度失联，不知又消失在地球的哪一端。烦人，书还没写呢，别死。

卉姑娘和小厨子我找不到，不知道下一个除夕，他们是否会出现……

我去了横店，光影错乱里，静静地看着刘敏小憩。她累了，斜倚在道具沙发上，盖着军大衣。

成子和豆儿给我做夜宵，他们笑骂：鬼吗你是？怎么说出现就出现？

他们问：……所以说，你以后不会常来丽江了？……好吧，保重。

午夜时分，我重回小屋门前，果子和新来的歌手们围坐成一圈，五六把吉他依次响起。隔着模糊的老玻璃，我看着小屋里的他们，看着反光里的自己。

…………

书中的主人公们，依旧各自修行在自己的江湖里，各安天命，从容生长。

他们的故事，永远不应翻刻成你的故事。
知道吗，有时你需要亲自去撞南墙，别人的经验与你的人生无关。

同理，我笔下的故事桥段，与你脚下的人生也无关。

自己去尝试，自己去选择吧，先尝试，再选择，认准方向后，作死地撑住，边撑边掌握平衡。
不要怕，大胆迈出第一步就好，没必要按着别人的脚印走，也没必要跑给别人看，走给自己看就好。
会摔吗？会的，而且不止摔一次。会走错吗？当然会，一定会，而且不止走错一次。

那为什么还要走呢？

因为生命应该用来体验和发现，到死之前，我们都是需要发育的孩子。
因为尝试和选择这四个字，是年轻的你理所应当的权利。
因为疼痛总比苍白好，总比遗憾好，总比无病呻吟的平淡是真要好得多得多。
因为对年轻人而言，没有比认认真真地去"犯错"更酷更有意义的事情了。

别怕痛和错，不去经历这一切，你如何能获得那份内心丰盈而强大的力量？
喂，若你还算年轻，若身旁这个世界不是你想要的，你敢不敢沸腾一下血液，可不可以绑紧鞋带重新上路，敢不敢勇敢一点儿面对自己，去寻觅那些能让自己内心强大的力量?

这个问题留给你自己吧。

愿你知行合一,愿你能心安。

好吗好的。

…………

最后,谢谢你买我的书,并有耐心读它。

谢谢你们允许我陪着你们长大,也谢谢你们乐意陪着我变老。

(六)

人常说百年修得同船渡,你我书聚一场,仿如共舟,你读过我几本书,咱们就一起坐过几次船。

你看你看,小舢板又靠岸了,风雨如晦,前路漫漫,就此别过吧少侠。

莫问何日再相见,只要江湖不泯,这条船自会再来。

临行稽首,摆渡人于此百拜。

…………

且慢,留步,不慌走。

临行临别,赠君炸药包一个,聊以为念。

我去了南极,你去北极吧。

明年冬天我用稿费送一个读者去一次北极吧,食宿路费全包。

到时候带上这本《好吗好的》好吗? 既然她生在南极,那就带她去看北极光。

故事还在继续，写故事的人还在路上。

感恩诸君读我，与我结下这段小善缘。

大冰

2016 年初夏

吉尔吉斯斯坦碎叶古城